a Library

# 向こう岸から

# С того берега

平凡社ライブラリー

Heibonsha Library

# 向こう岸から

С того берега

アレクサンドル・ゲルツェン著
長縄光男訳

平凡社

本訳書は、平凡社ライブラリー・オリジナルです。

目次

# わが息子アレクサンドルに

わが友サーシャ〔「アレクサンドル」の愛称〕

私はこの本を君に捧げる。それは、私がこれまでこれ以上に良い本を書いたことがなかったし、おそらく、これからもこれ以上に良い本を書くことはないだろうからだ。また、私は闘いの記念碑として、この本を愛しているからだ。この闘いの中で、私は多くのことを犠牲にしてきたが、しかし、知ろうとする勇気を捨てたことはなかった。そして、最後に、古臭い奴隷的な偽りに満ちた見方、別の時代に属しているにもかかわらずわれわれの間に生き延び、ある者たちを妨げ、ある者たちを脅かしている、愚かしい偶像に対する不羈の人間の、時として不遜な抗議を、幼い君の手に託すことを私はいささかも恐れていないからだ。

私は君を欺きたくない。真実を、私が知っているように、知ってほしい。私は君がこの真実を、辛い過ちや苦しい絶望によって得るのではなく、遺産の権利として得ることを願っている。

君の人生には別の課題があり、別の葛藤があることだろう……苦悩や苦労に事欠くことはないだろう。君は十五歳だが、もう数々の辛い思いをしてきた。

この本に解決を求めてはいけない。そうしたものはここにはない。そもそも、現代を生きる人間にとって、そのようなものはない。解決済みのことはもう終わったことだ。未来の変革はたった今始まろうとしているのだ。

われわれがやろうとしているのは建てることではなく、壊すことだ。われわれがやろうとしているのは、新しい啓示を告げ知らせることではなく、古い偽りを取り除くことだ。哀しいpontifex maximus（架橋者）たる現代人にできるのは、橋を架けることだけだ。その橋を渡って行くのは、われわれとは別の、今は未知の未来の人だ。君はきっとそのような人に出会うことだろう……**古い岸**に立ち止まっていてはいけない……老いを養う反動の中で救われるくらいなら、古い岸とともに滅びるほうがましだ。

来るべき社会改造の宗教はただ一つ、私が君に遺す宗教だけだ。そこに天国はない、褒賞もない。あるのは己の意識、己の良心だけだ……いつの日にか**故国**に帰り、この宗教を広めてほしい。あそこではかつて私の言葉は愛されたものだ。きっと、私を覚えている者たちもいることだろう。

……人間の理性と個人の自由と友愛の名において、私は君のこの道を祝福する。

**君の父**

一八五五年一月一日　トウィックナムにて

# 序文

《Vom andern Ufer》(『向こう岸から』)は私が西欧で出した最初の本である。これを構成している一連の論文は一八四八年から四九年にかけて、ロシア語で書かれたものである。私はこれらを若き文学者、フリードリッヒ・カップに自らドイツ語で口述した。

ここには今では古くなったものがたくさんある。☆ **われわれの**岸のいかに強情な者といえども、また、いかに罪深き破戒者といえども、五年に及ぶ恐ろしい体験からなにごとかを学ばなかったわけがない。一八五〇年の初め、私の本はドイツで大変な反響を呼んだ。ある者たちはこれを褒めそやしたが、ある者たちは手ひどく非難した。ユリウス・フレーベルやヤコビやファルメライエルといった人びとの、お世辞以上の反響と並んで、才能ある良心的な人びとの憤りを含んだ批判もあった。

☆ 私は雑誌に掲載した三つの文章を付け加えた。これらは第二版用のために用意されたものだが、この版の出版をドイツの検閲は許可しなかった。三つの文章とは、「エピローグ」と

「Omnia mea mecum porto」と「ドノゾ・コルテス」である。この度、私は外国人のために書いたロシアについての小さな論文に替えて、これらの三つを収録した。

私は絶望を宣伝するといって、民衆のことを知らないといって、革命への失恋の恨み（dépit amoureux）を語っているといって、民主主義を、大衆を、ヨーロッパを**尊敬していない**等々といって、非難された。

十二月二日が私よりも雄弁に彼らに答えた。[*1]

一八五二年に私はロンドンで私のもっとも明敏な批判者、ゾルガー〔ドイツの急進派〕に会った。彼は荷物をまとめて一日も早くアメリカに渡ろうとしていた。彼にはヨーロッパでは**なすべきことが**ないように思えたのである。「事態はどうやら、私がまるきり間違っていたわけではないことを、あなたに納得させたようですね」と私は言った。これに対して、氏は善良そうに笑いながら、「あの時、私が全くばかげたことを書いたものだと気づくためには、これほどまでのことは必要ありませんでしたよ」と答えたものだ。

この率直極まりない告白にもかかわらず、世論一般の結論とそれが残した印象とは、むしろ私のそれとは異なるものであった。この苛立った感情が表わしているのは、危険が迫っている、未来には恐ろしいことが待っている、己の弱さや気まぐれで硬直した老齢は何としても隠しておかねばならない、といった思いではないだろうか。

……ロシア人の運命――ミシュレの言う、この「口の利けない」ロシア人の運命[*2]とに、何と奇妙なものであることか。彼らは隣人より遠くを見ることができるが、その見通しは彼らより暗く、そして、自分の意見を大胆に言い立てる。

ここにわが同国人の一人が、私よりはるかに以前に書いたものがある。

「十八世紀の遺産たる哲学の光や、洗練された風俗や、公徳心の普及や、諸民族の緊密で仲睦まじい関係や穏健な支配といったものを、われわれ以上に褒め称えたものがいるだろうか……人類の地平にはまだ幾片かの黒雲が残っていたとはいえ、希望の明るい光は早くもその際《きわ》を黄金色に染めていた……われわれは今世紀の終わりを人類のこの上ない不幸の終わりと見なしていた。そして、その後には理論と実践、思弁と行動の**結合**が続くものと考えていた……今、この嬉しい体系は一体どこにあるのか。それは根底から崩れ去ってしまった。十八世紀は終わろうとしている。博愛主義者は哀れにも欺かれ、ずたずたに引き裂かれた心を抱いて倒れ、永遠に瞑目しようと己の墓場までの歩数を測っている。

誰がこんなことを考え、予期し、予見しえただろうか。われわれが愛した人たちはどこにいるのだろう。学問と叡智の果実はどこにあるのだろう。文明の世紀よ、お前はすっかり面変わりしてしまった。私には、流血と炎、殺戮と破壊の中に、お前を見分けることができない。哲学嫌い《ミゾフオーフ》が勝利しつつある。「これがお前らの文明の成果さ——と彼らは言う——これがお前らの学問の成果さ。哲学なんて滅びるがよい！」。そして、祖国を失った哀れな者、血族も父も息子も、あるいは友も失った哀れな者も繰り返す——そうだ、滅びてしまえ！

流血が永遠に続くわけはない。剣を持って人を斬る手だとていずれは疲れるだろうし、地中の硫黄や硝石だとていずれは枯渇するだろう。雷鳴も静まり、遅かれ早かれ静寂が訪れるだろう。私はそう信じている。だが、それはどんな静寂なのだろう。冷たく暗い死の静寂ではないだろうか……

私には、もろもろの学問が衰退することは、単にありうることであるばかりか、むしろ、必然ですらあるように思われる。しかも、近い将来に。それらが衰退してしまったら、その壮大な建造物が破壊され、佳き光をもたらした灯が消えてしまったら——そうなったら、一体どうなるのだろう。私は恐怖し、心に戦慄を覚える。灰燼の下でも火種は幾つか残るかもしれないし、幾人かの人がそれらを見つけ、人気のない静まり返った自分のあばら家に火を灯すかもしれない——だが、世界はどうなるのだろう。

私は顔を覆う！

ひょっとして、人類はわれわれの時代にあるべき文明の最終段階にまで行き着いてしまったのかもしれない。そして、もう一度野蛮に戻り、シジフォスのように、もう一度石を少しずつ押し上げることから始めなくてはならないのかもしれない。だが、その石は山の頂に持ち上げられるや、自らの重みで転がり落ち、そしてまたしても、永遠の働き者は手で石を山へ持ち上げる――なんと悲しい姿であることか。

今や私には、年代記そのものがこんな見方の蓋然性を証明しているように思える。われわれは古代アジアの民族の名前も王国の名前もほとんど知らない。しかし、幾つかの歴史の断片から、これらの民族が野蛮人ではなかったと考えることができる……王国は打ち滅ぼされ、民族は消滅したが、その屍灰の中から新しい種族が生まれた。彼らはほのかな明かりの中で育ち、揺らめく灯のもとで幼年期を過ごし、学び、そして栄光の時を迎えた。エジプトが光を放つまでに、幾つもの時代が永遠性の中に身を沈め、幾度となく昼の光が人びとを照らし、そして幾度となく夜の闇が魂を昏《くら》くしたことだろう。

エジプトの文明はギリシャの文明と一つになった。ローマ人はこの偉大な学校に学んだ。この輝かしい時代の後に何が続いたか。幾世紀にもわたる野蛮な時代である。

濃い闇はゆっくりと薄れ、ゆっくりと明るさを増した。そしてとうとう太陽が顔を覗かせ、善良でお人好しの博愛家たちは万事が進歩に次ぐ進歩を遂げ、目的の達成される日も遠いことではないと考え、喜ばしい期待に溢れて叫んだ――「岸だ!」。しかるに、空の縁は陰り、人類の運命は恐ろしい黒雲に覆われている！　おお、後に続く者たちよ！　お前たちにはどんな運命が待っているのだろう。

時折耐えがたい悲しみが胸を締め付け、時折跪《ひざまず》き、両の手を見えない何かに差し伸べる……が、応えはない！　私はうなだれる。

永遠の輪廻、永遠の繰り返し、そして昼と夜、夜と昼の永遠の交替。一滴の喜びの涙と悲しみの涙の海。わが友よ！　私は、君は、そして皆は何のために生きなければならないのか。われわれの父祖たちは何のために生きてきたのか。そして後に続くものたちは何のために生きるのか。

私の心は萎え衰え、そして悲しみに沈む。*3」

こんな苦悩に満ちた文章、涙に満ちた烈々たる文章が書かれたのは、九〇年代の末、あのニコライ・カラムジンによってである。

ロシア語の原稿への序文として、ルーシ〔ロシアの古称〕の友に宛てて書かれた小さな文章があったが、私はこれをドイツ語版では繰り返すまでもないと考えた。それは以下のようなものである。

（パリ、一八四九年三月一日）

## さらば！

われわれの別れはまだ長く続くことだろう。あるいは永遠に続くかもしれない。今、私は帰りたくない。今後のことは分からないが、帰るということがありうるだろうか。君たちは私の帰りを待っていた。そして今も待っている。私はなぜ帰ろうとしないかを説明しなくてはならない。私がなぜ帰らないか、何をしようとしているのか、そうしたことついて説明する責任を私が誰かに負うているとすれば、それは、勿論、君たちに対してだ。

抑えがたい嫌悪感となにごとかを予言する心の内なる強い声が、ロシアの国境を越えることを許さない。とりわけ、ヨーロッパでなされているあらゆることに苛立ち怯えた専制が、これまでに倍する苛酷さをもって知のあらゆる動きを抑圧し、ポーランド人の血のこびりついたその黒い鉄の手[*4]をもって、さなきだに数少ない者たちを細々と照らす最後の光を遮ることによって、解放されて自由になった人類から六千万もの民を荒々しく切り離している今は。そうだ、友よ。闇と専横の王国の国境を越えることは、私にはできない。そこでは人びとは言葉を失って立ちすくみ、音信のないままに斃《たお》れ、口に布を押し込まれて苦しんでいる。甲斐なき骨折りと掻き立てられた抵抗とによって弱体化し疲れ果てた権力が、ロシアの人間にも敬意に値する

**何ものか**を認めるようになるまで、私は待っていよう。

どうか誤解しないでほしい。私がここで見出したのは、喜びでも気晴らしでもない、休息でもない、ましてや一身の安全ですらない。今のヨーロッパに喜びや休息を——地震の最中に休息を、絶望的な闘いの最中に喜びを——見出すことができる者などいるだろうか。君たちは私の手紙の一行一行に悲哀を読んだ。ここで生きることは辛いことだ。愛には毒を含んだ悪意が混ざり、涙には苦味が混ざり、身を震わせるような不安が身体の隅々まで腐食する。これまでの欺瞞や期待の時は過ぎた。私は一握りの人びと、わずかな数の思想、そして運動を押しとどめることはできないという確信以外、この地に何一つとして信ずるものをもたない。私が見ているのは老いさらばえたヨーロッパの避けがたい死である。私は今あるものを何も惜しまない。そのいと高き教養も、そのもろもろの制度も……私はこの世界のもののうち、それによって迫害されているもの以外、何ものも愛さない。私はこの世界のうち、それによって処刑されるもの以外、何も敬わない。そして、……そして私は二重に苦しむために、己の悲しみとこの世界の悲しみとに苦しむために、ここに残る。そして、おそらく、私もまたこの世界がまっしぐらに突き進んでいる崩壊と破壊の最中で斃れることだろう。

一体なぜ、私はここに残るのか。

私が残るのは、**ここには**闘いがあるからだ。血と涙にもかかわらず、ここでは社会のもろもろの問題が解決されつつあるからだ。ここでの苦しみには刺すような痛みがある。しかし、**黙って耐えられているわけではない**。闘いは公然と行われ、逃げ隠れする者はいない。打ち負かされたものは哀しい。しかし彼らとて闘う前に打ち負かされたのではない。言葉を発する前に言葉を奪われたわけではない。抑圧は大きいが、しかし、抗議の声も大きい。闘士はしばしば手足を縛られガレー船に送られる。しかし、彼らは昂然と頭をもたげ、自由に語る。言葉が滅びないところでは、なすべきことも滅びない。この公然たる闘いのゆえに、この言論のゆえに、この公然性のゆえに、私はここに残る。こうしたことに私はすべてを捧げる。私の財産の一部たる君たちをも犠牲にする。おそらく、私も「迫害されても屈することのない」精力的な少数者の隊列の中で、命を捧げるだろう。

この言論のために、私はしばしば祖国の人びととの血の繫がりを断つことにした、あるいは、しばらく殺すことにした、と言ったほうがよいかもしれない。この人びとの中に、私は自分の心の明るい面にも暗い面にも、呼び交わすものをたくさん見出したし、彼らの歌や言葉は私の歌であり言葉でもある。そして私は今や別の人びとの中に身を置く。その生活のうち、私が深く共感を覚えるのは、プロレタリアの悲しい泣き歌だけだ、その友たちの絶望的な勇気だけだ。

このように決心することは私には高くついた……君たちは僕がどういう人間か知っている……だから信じてくれるだろう。私は内なる痛みを押し殺したのだ。私は闘いの中で数々の辛酸を舐めてきた。そして、憤慨した青年としてではなく、何をしようとしているか、どれほどのものを失うことになるかを熟慮した大人として決心したのだ……何ヶ月も私は考えに考えた、ためらいもした、そして最後に、

## 人間の尊厳のために
## 自由な言論のために

すべてを犠牲にすることにしたのだ。

結果がどう出るか、それは私のよく知るところではない。それは私の権能を超えている。それを知っているのは、われわれの言葉だけでなく行動をもその気ままなコンパスで制約しながら、そのことを意に介さない勝手気ままな専制だけだ。私にできること――それは服従しないことだった。私は服従したことはない。

信念に反することに屈服しなくても済むときに屈服するのは、不道徳である。消極的な従順など、いまではほとんどありえない。私は二つの革命に居合わせた。[*5] 私はあまりに自由な人間として生きてきてしまったので、いまさらもう一度自分を拘束させることはできない。民衆の高揚を体験し、自由な言葉に慣れてしまった私には、たとえ君たちと共に苦しむためとあっても、もう一度自分を縛り付けることはできない。共通の大義のために死なねばならぬというこ

とであれば、おそらく力も湧いてこよう。だが、われわれの共通の大義なるものは、いまやどこにあるのだろう。君たちの国には自由な人間が立っていられる地盤がないのだ。それでもなおかつ、君たちは僕に帰って来いと言えるのだろうか……闘いにならば、ともに行こう。だが、ゆえなき受難や甲斐なき沈黙や服従のためというのなら、これは御免蒙りたい。私から何を求めてもよい。しかし、二枚舌だけは求めないでほしい。私にもう一度忠良なる臣民となることを強要しないでほしい。私の内なる人間の自由を尊重してほしい。

個人の自由――最も大事なことはこれだ。この自由の上に、ただ**その上にのみ**、一国民の真の自由は成長することができる。人間は隣人や国民全体の中に劣らず、おのれ自身の中でも自分の自由を大切にし、敬わなくてはならない。もし君たちがこのことを理解してくれるなら、私が今ここに残ることが私の権利であり、義務でもあることに同意してくれるだろう。これはわが国で一人の人間にできる唯一の抗議だ。人は己の人間としての尊厳性のために、この犠牲を払わなくてはならない。君たちがもし私が帰国しないことを逃避と呼びながら、ただ君たちが私を愛しているがゆえにのみ、私を許してくれるというのなら、それは君たちがまだ完全に自由ではないということを意味している。

こうした考えにロマン的愛国心や市民的強迫の観点から異を唱えることができるということを、私はよく知っている。何もかも知っている。しかし、私にはこうした旧教徒的な異論を許すことはできない。私はこれらを身をもって体験し、そこから抜け出し、そして、まさにそうしたことに抗して闘っているのだ。これらのローマやキリスト教の思い出の温め返された痕跡こそが、何にもまして、自由についての真の観念――健全で明晰な成熟した観念が根付くことを妨げているのだ。幸いなことに、ヨーロッパでは慣習や長い歴史が、愚かな理論や愚かな法を部分的に補っている。ここに生活している人びとは二つの文明[*6]によって肥沃になった土壌の上に生きている。彼らの先祖たちがおよそ二千五百年にわたり歩んできた道は無駄ではなかった。多くの人間的なものが、外的な制度や公認の秩序とは無関係に作り出されてきたのだから。

ヨーロッパの歴史の最悪の時代においてすら、われわれは人格に対するある種の敬意に、独立性に対するある種の承認に――すなわち、才能ある者、天才のために留保されているある種の権利というものに出会う。当時のドイツの政府のあらゆる愚かしさにもかかわらず、スピノザは流刑されることはなかったし、レッシングが鞭打たれたり、兵卒に落とされたりすることもなかった。ただ単に物質的な力への敬意のみならず、道徳的な力に対するこの敬意、無意識のうちになされる人格のこの承認の中に、ヨーロッパの生活の偉大なる人間的諸原理の一つがあるのだ。

ヨーロッパではいまだかつて、国の外に住む者を犯罪者とは見なしたことはなかったし、アメリカに移住する者を裏切り者と見なしたことはなかった。

わが国ではそういうわけにはゆかない。わが国では、個人はいつでも抑圧され、飲み込まれ、表に出ようともしなかった。わが国では自由な言葉は傲慢と見なされ、自立性は謀反と見なされてきた。人間は国家の中では姿が消え、共同体の中では溶けてなくなった。ピョートル一世の改革はルーシの古びた地主支配をヨーロッパ流の官僚的秩序に取って代えた。スウェーデンやドイツの法体系から書き換えることのできるものはすべて、自治的で自由なオランダから共同体と専制の国に移し替えることのできるものはすべて、何もかも移し替えられた。しかし、書かれていないもの、権力を道徳的に抑制するもの、個人の諸権利、思想や真理の諸権利の本能的承認は伝えることはできなかったし、現に伝えられていない。わが国では奴隷制は教育と共に拡大した。国家は大きくなり改良されたが、個人は何も得なかった。逆に、国家が強くなればなるほど、個人はいよいよ弱くなった。わが国では、ヨーロッパの行政機構や裁判所や文武の諸制度の形は、ある種の奇怪な救いようのないデスポチズムにまで肥大してしまったのである。

もしロシアがこれほど広大でなかったなら、もし異国の権力機構がこれほどいい加減に模倣され、無秩序に運用されていなかったなら、おのれの尊厳性を幾分なりとも理解している人間は、ロシアには誰一人として生きていることはできなかっただろうと、誇張なく言うことができる。

いかなる抵抗にも出会うことのなかった権力の甘えは、歴史上にいかなる類例も見ないような放縦に、幾度となく達した。君たちは、おのが職業の詩人であった〔ロシアの〕皇帝パーヴェルについての話から、その程度を知っている。パーヴェルから気まぐれなもの、空想的なものを取り除いてしまったら、彼にはオリジナルなところは全くなく、彼を鼓舞してきた原則が単にすべての皇帝権力の原則であるのみならず、あらゆる県知事や警察署長や地主の原則と同じものだということを、君たちは知ることだろう。専制の酩酊はかの有名な十四等級からなるヒエラルヒーのすべての等級に浸潤している。権力のあらゆる行為、上の者と下の者とのあらゆる関係の中に仄見えるのは、厚顔な無恥や己の無責任さの臆面もない誇示であり、また、徴募が三度に及ぼうが、外国行きの旅券の法律がどんなものであろうが、あるいは工兵学校の矯正用の鞭がどのようなものであろうが、人間というものは何でも耐えることができるものだという侮辱的な意識である。このようにして小ロシア〔ウクライナのこと〕は十八世紀になって農奴制を受け入れ、全ルーシはついに人間を売ったり、転売してもよいということを信ずるようになり、いかなる法によりこうしたことがすべて行われているのかを、いまだかつて誰一人として尋ねようとしたことがなかった——売られる当の者たちすら。わが国では権力はトルコやペルシャよりもずっと自信があり自由である。これを押しとどめるものは何もないし、いまだかつてなかった。それはおのれの過去を投げ捨てた。それでいて、ヨーロッパのそれには関心を持たない。それはおのが民族の独自性をさげすみ、さりとて、全人類的文化の何たるかを弁えず、現在とは闘っている。少なくとも以前は、政府は隣人の目を意識し、彼らに学ぼうとしたものだが、今では政府は自分をすべての抑圧者が見習うべき手本となることを使命と見なしている。今や、政府はお説教を垂れているのだ。

君たちも私も共に、帝位が最も忌まわしく発達した姿を見た。われわれは恐怖政治の下で、秘密警察の黒い翼の下で、その爪牙の下で育ってきた。われわれは絶望的な抑圧の下で歪められはしたが、どうにかこうにか生き延びた。だが、それだけでいいのだろうか。自分の手と言葉を行動のために、手本を示すために解き放つ時ではないだろうか。民衆のまどろむ意識を目覚めさせる時ではないだろうか。叫び声や直截な言葉がほとんど聞こえない時に、ささやき声や遠まわしな仄めかしで、果たして目覚めさせることができるだろうか。公然たる率直な行動が必要なのだ。十二月十四日が若いルーシを震撼させたのは、それが聖イサク広場での出来事だったからだ。[*7] 今では広場はおろか、書物の中でも講壇でも、ロシアでは何もかも不可能だ。残されているのは、密かに自分の仕事をするか、あるいは遠くから自分の声を上げるか、でしかない。

私がここに残るのは、国境を越えて再び足枷をはめられるのが嫌だからというだけではない。仕事をするためでもあるのだ。手を拱《こまぬ》いて生きることはどこででもできる。ここで私には**われ**

われの仕事以外になすべきことはない。

二十年以上一つの思想を胸に抱き続け、それゆえに苦しみ、それによって生き、そのゆえに獄舎から流刑地へと引き回されはしたが、その思想によって人生最良の時と最も輝かしい出会いとを得た者は、この思想を放棄したりはしないし、これを外的必然性や緯度や経度という地理学的数値に委ねたりはしないだろう。全く逆に、私はここでより有益になれる。私は君たちの検閲を受けることのない言葉だ、君たちの自由な機関誌だ、たまたま引き受けた君たちの代表者だ。

こうしたことが新奇に見えるのはわれわれにとってだけだ。本質において、ここでは例がないわけではない。あらゆる国で、変革の初め、思想がまだ脆弱で物質的な力を抑えがたい時代、献身的で活動的な人びとは祖国を離れ、彼らの自由な言葉は遠隔の地から鳴り響いてきたものだ。そして、この「遠隔の地から」ということが言葉に力と権威を与えたのであった。というのは、人びとは言葉の背後に行為と犠牲とを見たからだ。これらの言葉の力は、高い塔から放たれた石に運動力が増すように、遠くから語られることによって、その力を増すのである。亡命は近づきつつある変革の最初の兆候である。

国の外にいるロシア人には、もう一つやることがある。ヨーロッパにルーシの本当の姿を知らしめる時が来たのである。ヨーロッパはわれわれのことを知らない。ヨーロッパが知っているのはわが国の政府、つまり、表玄関だけであり、それ以上のことは何も知らない。われわれのことを知らしめるのに、これ以上の好機はない。いまやヨーロッパは尊大に構え、蔑むような無知のマントに偉そうにくるまっているのが似つかわしくなりつつある。ヨーロッパは町人の専制とアルジェリアの傭兵を体験して以来、ドナウ川から大西洋にいたるまで戒厳令を敷いて以来、牢獄やガレー船が信念の故の追われた者たちでいっぱいになって以来、ロシアに対して das vornehme Ignorieren（傲慢な無知）のままでいることがふさわしくなくなったのである……ヨーロッパは、自ら敗者となった戦いの場で、[*8] その若々しい力を認めさせられた民のことをもっとよく知るべきである。ヨーロッパに向かって、この謎に満ちた力強い民のことを、六千万人からなる国家を密かに作り上げ、共同体原理を失うことなく強力に、そして驚異的に発達を遂げた民、そしてこの原理を国家の発展という最初の変革を経てなお持ち来った民のことを語ろうではないか。いかなる奇跡によってか、モンゴルの汗《ハン》やドイツ人の官僚の頸木を生き延び、兵営の規律という名目の下で振るわれる下士官の棍棒やタタールの屈辱的な鞭を耐えてなお、自己を保持する術を身につけていた民、農奴制の重圧のもとにあってなお、威厳に満ちた容貌と生き生きとした知力と豊かな天性の広量さを保ち続け、教養を身につけよというツァーリの命令に対して、百年後にプーシキンというとてつもない詩人の出現をもって応えたこの民のことを語ろうではないか。ヨーロッパ人は隣人のことを知るべきである。彼らはわれわれを恐れてばかりいるが、彼らは自分たちが何を恐れているのか、知る必要があるのだ。

これまでわれわれは許しがたいほどに控えめであった。そして、自分の苦しい無権利状態を意識するあまり、わが国の民衆の生活が示している希望と発展性に満ちたあらゆる善きものを忘れてきた。ヨーロッパに自分を示す日の来ることを待ち望んできたわれわれが、ついに得たのが一人のドイツ人であったとは、恥ずかしいことではないか。[*9]

私にそれが首尾よくできるかどうか。それは分からない、が、そう望みたいものだ。かくして、友よ、永の別れを……君たちの手を、君たちの力を貸してほしい。私にはその両方が必要だ。先のことは分からない。われわれは近年思いもよらぬことをあまりにたくさん体験してきたのだから。だが、おそらく、われわれが昔のように、モスクワで再び相まみえる日も**そう遠いことではない**だろう。その日には、「**ルーシと聖なる自由のために**」と叫び、心置きなく杯を干そうではないか。

こんな日は来ないだろうと信ずることを心は拒否しながらも、永の別れを思うと心は塞がれる。私が若き日の夢想に溢れてかくもしばしば行き来したあの通り、思い出の中にかくも深く溶け込んだあの家々、南イタリアにあってかくも懐かしく思い出したわがルーシの村や農民たち――こうしたものを二度と見ることがないなどということが、果たしてありうるだろうか。断じて、ありえない。――だが、もしも?――その時は、私に代わって乾杯の挨拶をしてくれるよう、子供たちに言い遺そう。そしてたとえ異郷に果てるとも、ルーシの民の未来への信念だけは持ち続けよう。そして、自ら選んだ遠い流刑の地から、彼らを祝福しよう。

# I　嵐の前（船上での会話）

神とは何か、人間とは、そして世界とは何か――
これらは大いなる秘密であろうか
否、
だが、人が皆この問いに耳を傾けることを好まないがゆえに、
これは秘密であり続けている。
ゲーテ

……確かにあなたのお考えの中には大胆さも力も真理も、そしてユーモアさえもたっぷりあります。それは認めます。しかし、それを受け入れることはできません。おそらく、これは身体の出来具合や神経系統の問題なのでしょう。あなたが血管の中の血を入れ替える術を学ばない限り、あなたに同調する者は現れないでしょう。

――そうかもしれません。しかしながら、貴方が生理学的原因を解明しようとしたり、身体に目を向けようとしたりしておいでになるところをみると、どうやら、私の見解は貴方の気に

入り始めているようですね。

――しかし、おそらくそれは自分の気持ちを宥《なだ》めたり、苦悩から逃れたり、ゲーテのようにオリンポスの神々の傲慢さをもって騒然たる世界を見下ろし、冷ややかに観察するためではないでしょう。鎮まろうとしながらその力を持たない、この沸き立つような混沌を見て楽しむためでもないでしょう。

――随分と厳しくおなりだが、しかし、それは私には関係ありませんね。私は生きることの意味を理解しようと努めてきましたが、だからといって、私はそうすることに何か目的を持っていたわけではありません。私はただ何かが知りたかったのです、私は少しでも遠くを見通したかっただけです。しかし、聞いたことも読んだことも、どれも私を満足させてはくれませんでしたし、何も説明してはくれませんでした。逆に、矛盾に行き着くか、あるいは愚にもつかない結論に行き着くだけでした。私が自分のために求めていたのは慰めではありませんでしたが、さりとて、絶望でもありませんでした。それは私が若かったからです。今ではあらゆる束の間の慰めも喜びのあらゆる瞬間も、すべて私には貴重です。そうしたものはいよいよ少なくなりつつありますからね。当時、私は真実のみを、身の丈にあった理解のみを求めてきました。しかし、それでどれほどのことが分かったか、どれほどのことを理解しえたか、私には分かりません。私の見方がとりわけ慰めになるようなものだったと言うつもりはありません。しかし、気持ちは楽になりました。現実が与えることのできないことを与えてくれないからといって、現実に腹を立てることをやめました。これが私の学んだことのすべてです。

——でも、わたしとしては腹を立てることも、苦しむこともやめようとは思いません。だって、これは人間の権利なのですから。だからわたしはこの権利を手放そうとは思わないのです。わたしの憤り——それはわたしの抗議です。わたしは和解したいとは思いません。

——和解しようにも相手がいないではありませんか。貴方は苦しむことをやめようとは思わないとおっしゃいます。それはつまり、真実を貴方ご自身の考えによって明らかにされるようなものとして受け入れることを、貴方が望んでいないということを意味しています。何も自分の考えたことで自分を苦しめることはありませんものね。貴方は初めから論理を拒否し、結末を採るか採らないかは、自分の勝手だと思っているのでしょう。ナポレオンを皇帝として生涯認めようとしないイギリス人がいましたが、だからといって、ナポレオンが二度も戴冠することを妨げることはできませんでした。世の中と断絶したままでいようというこのような頑固な願望は、単に辻褄が合わないというだけでなく、これ以上ないほどに空しいことでもあります。人間はとかく演技をして人目を惹きたがるものです。それも悲劇的な役をね。何といっても、悩むというのは格好いいし、上品でもありますから。それに、不幸を感じさせるものもありますしね。しかし、そればかりではありません。そこには空しさのほかに、これ以上にないほどの臆病さもあります。こんな言い方をしたからといって腹を立てないでいただきたいのですが、真実を知ることを恐れるあまり、多くの人は分析よりも苦悩を好むものです。苦悩には気を紛らせ、気をそらせ、そして人を慰めるものがあります、そう、そうなんです、苦悩は人を慰めるのですよ。大切なことは、何かに没頭している時のように、苦悩は人が自分を、現実を深く見つめることを妨げるということにあります。パスカルは、人びとがトランプをするのは自分が一人でいたくないからだと言いましたが[*1]、私たちはいつでもあれやこれやのトランプを探し、大事なことを忘れるためとあれば、負けることをすら厭いません。私たちの人生は絶えざる自己逃避です。まるで良心の呵責に追われ脅かされているみたいです。人は自分の足で立つようになるや、内奥から聞こえてくる声に耳を貸したくないばかりに、大声をあげはじめます。気が滅入ると気晴らしに逃げます。やることがないと没頭できるものを考え出します。孤独でいることがいやさに、人は仲間を作ったり、本を読んだり、人様のことに興味を持ったり、手っ取り早く結婚したりします。と、そこは入江です。家庭というものは諍《いさか》いがあってもなくても、物事を考えるには適しません。家庭人にとって、あれこれものを考えるというのは、何か良からぬことなのです。彼はそんな無駄なことをしているわけにはいかないのです。こうした生活に失敗したものは、この世のありとあらゆるものに酔い痴れることになります――酒、古銭の収集、カード、競馬、女、蓄財、慈善など。神秘主義にはまり込んでイエズス会に走り、とてつもない苦行を自分に課したりもします。こうした苦行といえど、彼にとっては自分の内部のまどろみを脅かす真実よりは、はるかに耐えやすく思えるのです。なまじ究めようとすれば、その対象の愚かしさが見えてくることが怖いといって究めることを厭い、わざとらしい多忙さと見せかけの不幸の中に逃げ込み、でっち上げた足枷でわざと歩きにくくしつつ、私たちは呆けたように日々の生活を送り、我に返る暇もないままに、愚かしいことや些細なことの中で息を詰まらせて死んでゆくのです。誠にもって奇妙なことですが、内的な本質的問題にかかわりないあらゆることでは、人びとは賢く大胆で明敏です。例えば、彼らは自分を自然の外にあるものと見なし、自然を虚心に研究します。そこには別の方法、別の対応の仕方があるのです。真理や探求をこんなふうに恐れるというのは、悲しむべきことではありませんか。多くの夢想が色褪せ、生きることが容易でなく、むしろ辛くなるとしても、それでもやはり、子供じみたことをしないほうがはるかに道徳的で、立派で、男らしいことでしょう。もし、人びとが自然を見るようにお互い同士を見つめあうならば、彼らは笑いながら自分たちの台座や象牙の椅子から降りてきて、人生をもっと単純に見ることになるでしょうに。そして、現実が自分たちの傲慢な命令や個人的な幻想の通りにならないからといって、いきり立つこともなくなるでしょうに。例えば、貴方は現実が貴方に与えてくれたものとは違うことを現実から期待していたので、貴方は現実が貴方に与えてくれたもので良しとする代わりに、それに憤慨するのです。憤慨するのも、おそらく、悪くはないでしょう。というのは、これは人を行動へ、運動へと押しやる強い力でもありますからね。しかし、これは最初の衝動に過ぎません。ただ憤慨するだけで、失敗を嘆いたり、争ったり悔やんだりして、一生を過ごすわけにもいかないでしょう。率直に言ってください、貴方の望んでいることが自分には真実だということを、貴方は何によって確信しようとしてきたのですか。

――わたしがそれらを考え出したのではありません。それらはわたしの心の中にごく自然に生まれたのです。後になってこうしたことをあれこれと考えれば考えるほど、わたしにはこれらが正しく理にかなっていることがはっきりとしてきました。これがわたしの論拠です。こうしたことは全然不自然でも気違いじみてもいません。置かれた状況と成長の程度に応じて違いはありますが、他の幾千もの人びとが、わたしたちの世代が皆、多かれ少なかれほとんど同じようなことで苦しんでいます。成長していればいるほど、その悩みも大きなものとなります。いたるところに悲しみがあるということ、これが現代のもっとも顕著な特質です。重苦しい倦怠が現代人の心にのしかかっています。道徳的な無力感が彼を苦しめます。いかなるものをも信じることができないという思いが、彼を年よりも老けさせています。わたしはあなたを例外と考えていますが、しかし、それにしても、あなたの無関心さはわたしには疑わしく思われます。それは冷え切った絶望に、希望だけでなく絶望をも失った人間の無関心に似ています。その落ち着きは不自然です。あなたが幾度となく繰り返しおっしゃってきたように、なすことすべてにおいて真実である自然は、悲しみや苦しみのこの現れ方においても真実でなくてはなりません。こうした現象がどこにもあるということが、これにある種の権利を与えています。あなたの観点からすれば、このことを論駁することはかなり難しいということを、お認めください。

——一体何に反論しろとおっしゃるのですか。私は貴方と同意できること以上のことを望むものではありません。貴方がおっしゃる苦しい状況は明らかですし、勿論、歴史的に弁明されるだけの権利を持っています。しかし、同時にここからの出口を探さねばならないということも、弁明以上に大きな権利を持っています。苦悩、痛み——これらは闘いへの呼び出しです。これは危険に目を向けさせようとする命の警告の叫びです。私たちの生きている世界は死滅しつつあります、つまり、現実の生活を生み出しているあの形式ですね。その古びた肉体には、もはやいかなる薬も効きません。次に来るべき人たちが息をしやすくなるように、これは葬り去らねばなりません。それなのに、人びとが望んでいるのはこれを何としても治癒し、死を先延ばしにすることです。貴方もきっと、瀕死の人のいる家に広がる胸苦しい想い、先の見えない気疲れのする気遣わしさを見たことがあるでしょう。絶望は願望によって倍加します。誰もが神経を張り詰め、健康なものまでもが病み、仕事が手につきません。病人の死は残された者の気持ちを楽にします。涙は流されます。しかし、最早待つ身の耐えがたさはありません。目の前に溢れているのは、あらゆる願望を断ち切った取り返しのつかない不幸ですが、生ある者は癒され、不幸と折り合い、そして新しい営みを始めます。われわれは辛い臨終の苦しみの大きな時代に生きているのです。私たちの憂愁はこのことによって十分に説明できます。加えて、先立つ数世紀が私たちの心の中に悲哀と病的な疲労感とを、とりわけ強く育《はぐく》みました。単純なもの、健康なもの、生気に満ちたものは、三世紀も前に早くも抑圧されていました。思想はその声をほとんどあげるにいたらず、それの置かれた有様は中世のユダヤ人のそれに似たものでした。必然的に狡猾で卑屈に辺りを憚っていたものです。このようなもろもろの影響の下でわれわれの知性は形成され、成長し、そしてこの不健康な環境の内部で大人になったのです。この知性はカトリックの神秘主義から、当然のことながら観念論へと移行し、あらゆる自然的なものへの恐れや欺かれた良心の呵責を持ち続け、ありえない至福を待ち望んできました。知性は現実と一致しないまま、ロマン的憂いの下にあり続けました。それは苦悩と断絶の中で己を育んできたのです。少年時代から脅かされてきた私たちが、どんな罪のない衝動をも拒否することをやめたのは、昔のことだったでしょうか。自分の心の中にロマン主義の料金表に書き込まれていない情熱的な迸《ほとばし》りを見出し、身震いするのをやめたのは、そんなに昔のことだったでしょうか。貴方はつい今しがた、ご自分を悩ましているもろもろの要求事は自然に大きくなってきたのだとおっしゃいました。それはその通りでもありますが、その通りでもありません。なにごとも自然です。瘰癧《るいれき》は悪しき食事から、悪しき気候からごく自然に生まれます。しかし、私たちはこれをやはりオルガニズムに異質な何かと見なしています。教育は私たちを、ハンニバルの父が息子を扱うように扱います。*2 教育は意識を持つようになる前に宣誓を求め、私たちを縛り付けて精神的な奴隷状態に置きます。そして、この状態をわれわれは間違った気遣いのゆえに、幼いころから植えつけられたものから逃れることの難しさ、つまるところ、怠惰のせいで問題の所在を詮索することの難しさのゆえに、致し方ないことと思い込んでいます。教育は私たちが物事の理非を弁えることができるようになる前に私たちを惑わし、子供にはありえないことを信じさせ、子供たちが自由に、そして対象とじかに向き合うことを妨げているのです。成長するにつれて、私たちは考えることでも、日常の生活でも、何もかも教えられた通りではないということを知ります。頼りにするようにと教えられたことが腐っていて脆いということ、毒だから用心するようにと言われていたことが身体に良いということを知るのです。権威や指図に慣らされ、愚か者扱いされて怯えた私たちは、長い年月をかけて自由になり、もがいたり間違いを犯したりしながら、誰もが自分の力で真実に辿り着くのです。知りたいという願望のあまり、私たちはドアに耳を押し付けたり、隙間から覗き込もうと懸命になります。私たちは心にもなく、本当のことを間違いとみなす振りをしたり、嘘を軽蔑することを無礼とみなす振りをしたりするようになります。そのようなことの後に、私たちが精神の生活とも日常の生活とも折り合いをつけることができず、必要以上に要求したり犠牲にしたり、簡単にできることを軽蔑しながら、簡単にはできないことが自分を侮辱しているといって憤慨する、といったことがあるのも驚くには当たりません。私たちは生のありのままの姿に向かっては腹を立てるのに、根も葉もないたわごとには服従するのです。私たちの文明とはおよそこうしたものです。それは道徳的反目の中で成長しました。それは学校や修道院から逃れはしたものの、生の中には入ってゆかず、ファウストのように、生に背を向け、これを検分し考察し、その挙句、愚かな大衆を離れて客間に、学問の世界に、そして書物の中に身を隠してしまったのです。文明はその全行程を両手に二つの旗印を掲げて歩んできました。一つの旗印には「心にロマン主義を」、もう一つには「知にイデアリズムを」と書かれていました。まさに、ここに私たちの生の混乱の大半の原因があるのです。私たちは単純なものを好みません。私たちは言い伝えに従い、自然を敬いません。そしてこれに命令を下し、まじないで病気を治そうとして、病人が治らないことに驚いています。物理学はその不羈の独立性のゆえに私たちを侮辱します。私たちは錬金術や魔術が欲しいのです。しかし生と自然は、人間が自分たちを手段として使いこなす術を習得する程度において人間に従いながらも、人間の思惑にはお構いなくわが道を行くというわけです。

——どうやらあなたはわたしのことをドイツの詩人とお考えのようですね。しかも前世紀の。彼らは自分たちが肉体を持ち、ものを食べることに腹を立て、天上の乙女を、「別の自然」を、「別の太陽」を探したものです。[*3] しかし、わたしが望んでいるのは魔術でも秘術でもありません。わたしはただ、あなたが今わたしよりも十倍も鋭く示してくれた、精神のあの状態から抜け出したいだけです。精神的な無力状態から、信念の惨めな不適応性から、混沌から抜け出したいだけです。その混沌の中で、わたしたちはついに誰が敵で誰が味方かを見極めることをやめてしまいました。わたしは、どちらを向いても拷問する者か拷問される者か、そのいずれかを見ることにうんざりしているのです。人びとに向かって、生きることがそんなに忌まわしいのは自分たちのせいだということを、事を分けて説明したり、彼らに、例えば、貧しい者から物を奪ってはいけないとか、飢えで死にそうな人の傍らでたらふく食べるのは良くないことだとか、夜陰に紛れて街道でこっそり人を殺すのも、白昼堂々と広場で太鼓を打ち鳴らして人を殺すのも、同じように悪いことだということ、言うこととやることが別なのは卑怯だとか、こうしたことを言い聞かせたりすることに、どんな魔法が必要だというのでしょう。ひと言でいえば、何もかも、ギリシャの七賢人[*4]の昔から繰り返し語られ、本にもなっているあの新しい真理なのです。しかし、思うに、当時でもそれらはすでに古かったのではありますまいか。道学者や坊主たちは説教台から道徳について、罪について大声で説教し、福音書を読み、ルソーを読み、そして誰一人として反論せず、しかし、誰一人として実行しようとしないのです。

——はっきり言って、このことで残念に思うことは何もありませんよ。これらの教義や説教は大部分が間違っており、実際に行うことが難しく、単純な日常生活に比べれば支離滅裂です。不幸なことは、思想がいつでもずっと先を行き、民衆は自分たちの教師のあとを遅れずに付いて行けないということにあります。現代を例にとってみましょう。幾人かの人びとは自分にも、他の人びとにもできないような革命について語りました。先を行く人びとは、「寝所を捨てて我に従え」と言うだけでよい、そうすればすべてが動き出すと考えました。彼らは、しかし、間違っていました。彼らが民衆を少ししか知らないのと同じように、民衆も彼らのことを少ししか知らず、信用してもいなかったからです。後に続くものがないことに気づかず、この種の人びとは号令をかけて前進しました。はっと気がつき、彼らは遅れて来る者たちに叫び、手を振り、呼ばわり、挙句の果てに、罵り始めました。しかし、時すでに遅く、その距離はあまりに離れ、声は届かず、おまけに彼らの言葉は大衆の語る言葉ではないのです。自分たちが今や老いさらばえ、老衰した、瀕死の世界に生きていることを認めるのは辛いことです。その世界には明らかに、それにふさわしい思想の高みに達するだけの力も品位も足りないのですから。私たちは古い世界を惜しんでいます。それは私たちが先祖伝来の家のように慣れ親しんでいるからです。私たちはこれを壊そうとしながら、実は護っている。自分の信念のほうを、最早存続しえない形式に合わせているのです。本当のことをほんの僅かなりとも口にすることが、もはやその世界にとっての死刑判決であることに気づかずにね。私たちが身につけているのは、私たちの寸法に合わせた衣服ではなく、先祖の寸法に合わせた衣服なのです。同じように、私たちの脳髄もずっと以前の環境の影響の下で形作られたのです。それは多くのことをもてあまし、多くのことを間違った角度から見ています。人びとは現在の状態に大変な苦労の果てに辿り着いたので、彼らにはその状態が、封建制という狂気と彼らを追い立てた愚かしい抑圧とを体験した後の、いかにも幸せな避難所と思えるのです。そのため、彼らはこの状態を変えることを恐れています。彼らはその形式の中で住み慣れ、すっかり鈍くなり、習慣に執着し、視界は狭まり……思想のスケールは小さくなり、意思は弱くなってしまった、というわけです。

——なんと見事な光景でしょう。いっそのこと、こう付け加えてはいかがですか、現代の秩序が身の丈にあった満ち足りた連中の傍らに、一方には、貧しく遅れた民衆がいて、粗野なままに取り残された彼らは、貧困との出口のない闘いの中で飢え、幾ら働いても飢えの満たされることのない労働に倦み疲れており、他方には、軽率にも先走りすぎ、新しい世界の道標を打ち込もうとしている測量士たるわたしたちがいるが、しかし、そのわたしたちにしたところで、この世界のひとかけらの礎石も決して見ることはないだろう、と。あらゆる願望、蕩尽された（そう、それはまさに蕩尽されたのです）あらゆる生のうち何かが残るとすれば、それは未来への信念でしょう。わたしたちが死んだ後の、ずっと先のいつの日にか、わたしたちが掃き清めた場所には家が建てられるでしょう、それは居心地のよい素敵な家となるでしょう——ただ、別の人びとにとってね。

——しかし、新しい世界が私たちの計画通りに建てられると考える根拠は、どこにもない……

……若者は不満げに頭を振り、しばらく海を見つめていた——べた凪《なぎ》が続いていた。頭の上には重苦しげな黒雲が僅かに流れていたが、それはあまりに低く垂れ込めていたので、汽船の煙は広がりながらそれに溶け込んでいた。海は黒ずみ、大気は淀んでいた。

しばらくの沈黙の後、彼は言った。

——あなたのやり方はまるで追い剥ぎです。あなたはわたしから何もかも剝ぎ取った上で、まだそれでも足りないと見えて、厳しい寒さからわたしを護ってくれる最後のぼろ服はおろか、髪の毛にまで手をかけようとなさる。あなたはわたしに多くのことを疑うことを余儀なくさせました。わたしには未来が残されていたのに、あなたはそれすらも奪おうとなさる。あなたはわたしの希望までも剝ぎ取ろうとなさる。あなたはマクベスのように、夢まで殺そうとなさる。*5

——私はむしろ肉腫を摘出する外科医に似ていると思っていましたよ。

——どういたしまして、そちらのほうがずっとましですよ。外科医ならば病んだ部分を切除しますが、これを健康な部分と取り替えるようなことはしませんからね。

——そして慢性的な病の重い枷から解放することによって、ついでに人も救おうというわけだ。

——あなたのおっしゃる解放なるものをわたしたちは知っていますよ。あなたは獄舎の扉を開け放ち、囚人に向かってお前はもう自由なのだと言い聞かせて、枷をはめたまま野原に解き放とうというのでしょう。あなたはバスチーユを破壊しながら、牢獄の代わりに何も建てず、空地のままにしておこうというのです。

——貴方のおっしゃる通りであれば結構なのだが、始末の悪いことに、瓦礫や塵芥が足元にまとわり付いて邪魔をする。

——何の邪魔をしているのですか？　実際の話、どこにわたしたちの使命があるのでしょう。どこにわたしたちの旗印があるのでしょう。わたしたちは何を信じ、何を疑っているのでしょう。

——私たちはすべてを信じているのに、自分のことは疑っているのです。貴方は旗印を探しておいでになりますが、私はそれを捨てる術を探しています。貴方は指し棒を欲しがっていますが、私には、一人前の人間が指し棒付きで読むなど、恥ずかしく思われます。貴方は先ほど、自分たちは新しい世界に道標を打ち込んでいるとおっしゃいましたが……

――そして、否定と分析の精神がこれを大地から引き抜こうとしています。あなたは世界をわたしとは比べ物にならないほど暗い目でご覧になっています。そして慰めるつもりでただ、現代の苦境をよりいっそう恐ろしげに描くばかりです。もし未来がわたしたちのものでないならば、わたしたちの文明はすべて偽りです。十五歳の少女の時の夢を、十年後に自らあざ笑うようなものです。自分たちの苦労は無意味で、骨折りは滑稽で、願望はドナウの農民の期待にすぎないことになります。[*6] しかし、どうやらあなたはわたしたちに文明を捨て、これを拒否し、未開に立ち戻れとおっしゃりたいようですね。

――いいえ、進歩を否定することは不可能です。知っていることを知らないふりをするなど、どうしてできましょうか。私たちの文明は現代の生活の最良の精華です。自分の進歩を誰が否定するでしょう。しかし、そのことと私たちの理想を実現するということには、どんな関係があるのでしょう。未来が私たちによって予め《あらかじ》考えられた筋書通りに上演されるという必然性は、どこにあるのでしょう。

――どうやら、わたしたちの思想は自分たちを実現不能な期待に、愚かしい願望に導いてしまったということのようですね。わたしたちは、こんな期待や願望をまるで自分たちの労苦の最後の果実のように抱いたまま、沈みかけた船の上で波に洗われているみたいだ。未来はわたしたちのものではない、現在にも為すべきことがない、救いはどこからも来ない、わたしたちはこの船と生死を共にしなくてはならない、ただ浸水するに任せて手を拱《こまぬ》いているばかり――それを潔しとしない者、もう少し勇敢な者は水に飛び込むもよし。

……世界は破滅に瀕している、
波に打ち壊された古い船は、
渦に飲み込まれそうだ――泳いで逃げよう[*7]

というわけですね。

――私はそれ以上のことを望んではいません。しかし、ただ、泳いで自分を救うのと身を投げるというのには違いがあります。貴方がこの詩で思い出させてくれた若者たちの運命は恐ろしいものです。彼らは信仰を持たないがゆえに二重に苦しむ殉教者たちです。彼らには、自ら死ぬことによって自分たちが生きてきた恐ろしい環境を指弾し、暴き、そして辱めることをもってよしとさせましょう。しかし、年老いて臨終の近くなったこの世界からは、死以外に他の出口はない、死以外に救いはないなどと、誰が貴方に言ったのでしょう。貴方は生きることを侮辱しています。貴方が属していない世界が、貴方にとって本当に無縁だと感じられるのでしたら、そんな世界は放っておきなさい。そんな世界を救おうなどとは思わないことです。むしろ崩壊の危機に瀕したこの世界からご自分をお救いなさい。自分を救うことによって、貴方は未来を救うことになるでしょう。貴方はこの世界と何を共にしているのですか。文明でしょうか。しかし、この文明は今や貴方に属していますが、この世界には属していないのではありませんか。確かに文明を生み出したのはこの世界です。あるいは、むしろ、文明はこの世界から生まれたと言ったほうがいいかもしれません。しかし、この世界は文明をどう理解するかについては、何の責任もありません。この世界の現実の姿――それが貴方には憎いのでしょう。確かに、こんな愚劣な世界を愛することは難しいですからね。しかし、貴方の苦しみのことなど、この世界のほうは気にかけてなんかいませんよ。貴方の喜びなど、この世界には縁のないことです。貴方は若い、が、この世界は年老いています。ご覧なさい、擦り切れた貴族のお仕着せを身にまとったこの世界のやつれ果てた有様を。とりわけ三十年この方、その顔は生気を失い、土気色に覆われてしまいました。これは facies hypocratica (死相) と言い、医者たちはそれを診て、死が早くも大鎌を持ってやって来たことを知るのです。世界は時折、もう一度命を掴み取ろう、もう一度命を取り戻そう、病から解放されて生を楽しもうと、力なくもがきますが、しかし、それも束の間のことで、またしても熱を帯びた重苦しいまどろみに沈んでゆくのです。枕元ではファランステール〔協同組合〕だとか、民主主義だとか、社会主義だとか論じられていますが、世界にはそれが聞こえても、何一つとして理解できません。こんな言葉を聞いて世界は頭を振って微笑むことがあります。これはかつて自分も信じていたことがありはしたもの、やがて分別がつくようになってからというもの、信じなくなってから久しい夢を幾つも思い出しているのです……だから彼は共産主義者やイエズス会士も、牧師やジャコバン派も、はたまた、ロスチャイルド兄弟も、飢えのために死にかけた人びとも、老人固有の無関心さをもって眺めているのです。彼は目の前を飛び過ぎてゆくものすべてを見ています――その手に数フランの金を――それを手に入れるとためとあれば、自分が死ぬのも人を殺すのも厭わない、その数フランの金を握り締めてね。老人には養老院で死ぬまで好きなように生きさせておけばよいのです。彼のために貴方がしてやれることは、何一つとしてありません。

――養老院が愉快なところではないということは言わずもがなとしても、老人を放置するのは簡単なことではありませんよ。そもそも、どこへ逃げ出したらいいのですか。この新しいペンシルヴァニアはどこに用意されているのでしょう。

――新しい煉瓦で古い建物を建てるためにですか。ウィリアム・ペン[*8]は新しい土地に古い世界を持ってゆきました。北アメリカは古いテキストの改訂版です。それ以上ではありません。しかし、**ローマの**キリスト教徒はローマ人であることをやめました。この内的な脱出こそが、より有益なのです。

――祖国や現代と自分を結び付けているへその緒を切り離し、自分のことだけに専念しようという考えは、昔からよく言われていることですが、まともに実現されたことはありません。こうした考えは、人びとが失敗に失敗を重ね、いかなる信念をも失った後に現れます。神秘主義者、フリーメーソン、哲学者、光明会士といった人びとは、こうした考えを拠り所としていました。彼らはみな内的に脱出するようにと教えましたが、出ていった者は誰一人としていませんでした。ルソーはどうだったでしょう。彼もまた世間との付き合いをやめようとしました。彼はそれとの縁を切ろうとしました。それを激しく愛しながらね。だって、彼には人の世がなくては生きてゆけなかったのですから。彼の弟子たちが彼の生き様を国民公会で続け、闘い、苦しみ、他人を処刑し、自分の首を断頭台に置きました。[*9] しかし、誰もフランスの外にも、沸き立つ活動の外にも出ていかなかったではありませんか。

——彼らの時代と私たちの時代とは全く似ていませんよ。彼らの前には無数の期待がありました。ルソーとその弟子たちは、自分たちの友愛の理想が実現しないのは、言葉に枷がはめられ、行動も自由ではないといった、物的な障害物があるからだ、と想像しました。そこで彼らは自分たちの理想を邪魔するあらゆるものに、断固として立ち向かいました。これは完全に首尾一貫したことです。これは恐るべき、巨大な課題でした。が、彼らは勝利しました。勝利した後に、彼らは、さて今こそ、と考えました。しかし、まさにその時に、彼らはギロチンにかけられたのです。しかし、これは彼らの身に起こりえた最良のことでした。というのも、彼らは信念を損なうことなく死んだからです。彼らは闘いと辛苦と熱狂の真っ只中で、激浪にさらわれたのです。波が静まりさえすれば自分たちの理想は実現されるだろう、自分たちがいなくとも実現されるだろうと、彼らは信じて疑いませんでした。とうとうその凪《なぎ》がやって来ました。彼ら熱狂者たちがみな、とうの昔に葬られていたとは、何という幸せでしょう。もし生きていたとすれば、彼らは自分たちの事業が一インチも進んでおらず、自分たちの理想はいまなお理想であり続けているということを、囚人を自由人にするにはバスチーユを破砕するだけでは足りなかったということを、見なくてはならなかったでしょうから。貴方は彼らと私たちを比較なさいますが、私たちが彼らの死後に起こった五十年間の出来事を知っているということを、貴方は忘れていらっしゃる。理論的知性の願望がすべて嘲笑され、歴史の悪魔的な原理が彼らの科学や思想や理論を笑いものにしてきた様を、私たちは見てきました。そしてこの原理が共和国からナポレオンを作り出し、一八三〇年の革命から証券取引所を作り出した顚末を、[*10]私たちがすっかり見てきたということを、貴方は忘れていらっしゃるのです。過去のこうしたことをすべて目撃した以上、私たちには先人と同じ希望を持つことは、最早できません。しかるに、革命の問題をより深く学びながら、私たちは今や彼らが求めたことよりもたくさんのことを、より広く求めています。当の彼らの要求はこれまで通り、相変わらず適用不能のままだというのに。一方において、貴方は思想の論理的な整合性とその成功を見ていますが、他方では、世界に対するそれらの完全なる無力をも見ています。耳も聞こえず口も利けないこの世界には、救済の思想をそれが自分に向かって語られているように理解することができないのです。それはこの思想の語られ方が下手だからか、あるいは、例えば教養階級の枠の外には一度として出たことのないローマの哲学のように、この思想が書物の上での理論的意義しか持っていないからです。

——では、あなたのご意見では、どちらが正しいのですか。歴史的に形成されはしながら、しかし意識的にきちんと展開され形作られた理論的な思想でしょうか、それとも、思想を峻拒しながらも、思想と同じように、過去の不可避的な帰結でもある現代世界の事実でしょうか。

——共に完全に正しいのです。このことの分かりにくさはあげて、生が純粋理性の弁証法に合致しない、それなりの発生学を持っていることに由来します。私は古代世界のことを話しましたが、例えばこんな例もあります。古代世界は、プラトンの共和国やアリストテレスの政治を実現する代わりに、ローマの共和制と彼らを征服した者たちの政治を実現しました。キケロやセネカのユートピアの代わりに、ランゴバルド伯爵領やゲルマン法を実現したのです。

——まさか、あなたはわたしたちの文明にもローマ文明と同様の崩壊を予言なさっているのではないでしょうね。嬉しい思想ですね、素晴らしい予測ですね。

——素晴らしくも、悪くもありません。この世のすべては移ろうという通俗的なまでに知られた思想に、貴方はなぜ驚くのですか。もっとも、人類が全く切れ目なく生き続けている限り、文明が滅びることはありませんよ。人間の記憶力はしっかりしていますからね。ローマ文明だって、私たちに対してまだ生命を失っていないじゃないですか。それは、私たちの文明と全く同じように、周囲の環境の枠を超えてはるか遠くにまで行き渡りました。まさにそのために、ローマ文明は一方ではかくも華麗に、そしてかくも豪華に花開きながら、他方では、事実として実現されることができなかったのです。それはその善きものをその時代の世界にもたらしました。私たちにも多くのものを今なおもたらしています。しかし、ローマの最も近い未来は人里離れた別の場所で育っていたのです。迫害されたキリスト教徒たちが隠れ住んだカタコンブや、未開のゲルマン人たちが歩き回っていた森の中でね。

――自然の中で起こることはなにごとも目的に適っているというのに、苦労の最高の果実にして時代の花冠たる文明は自然の中から目的もなく現れ、現実性を失い、ついには自分についての不完全な思い出だけを残して凋落してゆくというのでしょうか。他方で、人類は後退し、遠回りして、同じように八重咲きの、艶《つや》やかだが種のない花を咲かせて終わるために、長く辛い生をまたしても始めようとしている……あなたの歴史哲学には魂を苛立たせる何かがありまず。こうした苦労は何のためのものなのですか。これでは諸民族の生は空しい遊戯になってしまいます。砂や小石をさんざん捏ねて作り上げた挙句の果てに、またしてもすべてが崩れ落ち、人びとは廃墟の中から這い出して、再び土地を掃き清め、コケや板切れや倒れた柱頭を使ってあばら家を作り、幾世紀もかけてもうひと苦労した挙句に行き着く果ては、またしても崩壊、というわけです。シェークスピアが、歴史は愚か者によって語られた退屈なおとぎ話だと言っ[*11]たのも、ゆえなきことではありませんね。

——貴方はまた、なんという悲しい見方をなさるのでしょう。貴方はお互い同士出会うたびに陰鬱な memento mori（死を思い出せ）と挨拶を交わす以外に何も言えない修道士、あるいは、「人は死ぬために生まれる」ということを涙なくしては思い出せない、感傷的な人びとに似ています。結果だけを見て物事それ自体を見ないのは、この上なく大きな間違いです。この輝く華麗な花冠や、儚《はかな》く消えるこの甘美な匂いは、植物にとって何のためにあるというのでしょうか。しかし、自然はそれほど吝嗇ではありませんし、現に今ある儚いものをそれほど蔑んだりもしません。自然はあらゆる時点で成し遂げることのできるすべてを成し遂げます。芳香でも快楽でも思想でも、発展の限界に一気に触れるところまで、行き着くところまで行きます。そして、死にまで、あまりに詩的な幻想やその過度の想像をたしなめ抑制する死にまでも突き進みます。一体、花が朝咲くのに夕方になると萎《しお》れてしまうとか、自然がバラやユリに火打石の強さを与えていないといって、自然をなじる人がいるでしょうか。しかし、こうした貧弱で散文的な見方を、私たちは歴史の世界にも持ち込みたがっているのですよ。文明を実用的なものだけに限定したのは誰ですか。文明はどこに垣根を持っているのですか。文明は、思想や芸術と同じように、無限です。それは生の理想を素描します。それは自分の本来のあり様が礼賛されることを夢見ます。しかし、文明は自らの幻想や思想を履行することを、生に義務づけることはしません。ましてや、それが同じものの改訂版でしかないとすればなおさらです。生が愛しているのは新しい版なのです。ローマの文明は蛮族の秩序よりはるかに高尚で人間的でした。しかし、蛮族の無秩序の中に、ローマ文明の全くもたなかったあの側面が発達するための萌芽がありました。だから蛮族は Corpus juris civilis（市民法典）や、ローマの哲学者の賢い叡智がなかったにもかかわらず、勝利したのです。自然は到達されたことを喜び、さらに高いものを求めます。自然は現にあるものを貶《おとし》めようとはしません。それが力を持つ限り、新しいものが成人に達するまで、生きるに任せます。まさにそれゆえに、自然の所産を直線に延ばすことは難しいのです。自然は隊列を憎みます。それはあらゆる方面に向かって延び、決して一列縦隊となって前進することはありません。野蛮なゲルマン人は直情的であることで、potentialiter（潜在的に）教養あるローマ人より優れていたのです。

――わたしは、あなたが蛮族の侵入と民族の移動を待望しているのではないかと、思えてきました。

――憶測は嫌いです。未来は存在しません。それは何千という偶然的な条件や必然的な条件の総和と、それと、予期せぬ大団円や coup de théatre（芝居の山場）を付け加える人間の意志とが作り出すのです。歴史は気まぐれです。滅多に同じことを繰り返しません。それはあらゆる意外性を利用し、一時に千の門を叩きます……そのうちどれが開くか、それは誰にも分かりません。

——バルト海の門かもしれませんね。そうなれば、ロシアがヨーロッパに雪崩れ込むことになるでしょうね。

——そうかもしれません。

——どうやらわたしたちは長いこともったいぶった議論をしながら、またしてもリスの輪に、またしてもヴィーコ老人の corsi（上昇）と recorsi（衰退）の循環史観[*12]に辿り着いてしまいましたね。ひどい苦しみの末に生んだ子供をいつもサトゥルヌスに食べられてしまうレアに、またしても逆戻りです。こちらのレアはただひたすら正直で、新しく生まれた子を石に取り替えようともしません。もっとも、生まれた子供たちの中にはジュピターもマルスもいない以上、悩むまでもないのですが[*13]……それにしても、こうしたことはすべて何のためなのでしょう。あなたはこの問いに答えようとなさらず、これを避けておいでです。子供は父親に食べられるために生まれる価値があるのでしょうか。これでは、「トランプをやっても蠟燭代程度の儲け〔割に合わない〕」ということではありませんか。

——どうしてそれではいけないのですか。ましてやトランプに賭けているのは貴方ではないのですから。必ずしもすべてのゲームがどこまでも続けられるわけではないということが、貴方を当惑させていますが、しかし、どんなゲームでもとことん終わりまでやられたら、それは耐えがたいほどに退屈なものになってしまうでしょう。随分昔にゲーテは、美は移ろう、なぜなら移ろうものだけが美しくありうるからだ、と説いていますが、人はこんな言い方に腹を立てます。人は誰でも、自分の気に入ったものを保存しておくことを本能的に好みます。いったん生まれると、未来永劫に生きていたいと願います。恋をすると、初めて愛を告白した時と同じように、一生涯愛していたい、愛されていたいと願います。そして齢《よわい》五十になり、二十歳のころのあの瑞々しい感性や打てば響くような感覚がなくなっているのを見て、人生に腹を立てたりもします。しかし、このようにじっと変わらずにいるというのは、生の本来のあり方に反するものです。生は個人的なもの、私的なものは何一つ保存しておこうとはしません。それはいつでも全身全霊を今この瞬間に注ぎ込むのです。そして人びとに楽しむ力をできる限りたくさん分け与えようとしながらも、生命も楽しみも保証はせず、それが永続しないからといっても責任を負いません。命あるすべてのもののこの不断の運動、この遍在する変化の中で自然は命を新たにし、これらの運動と変化によって自然は永遠に若いのです。それゆえ、どの年にも春と夏が、冬と秋があり、嵐の日があれば晴れの日もあるのと同じように、歴史のどの瞬間もすべて充実し、それなりに完結しているのです。だからこそ、どの時代も新しく、新鮮で、それぞれの希望に満ち溢れ、自らの中にそれぞれの幸せと悲しみとを持っているのです。現在はその時代のものです。しかし人間はそれで満足せず、未来も自分たちのものであってほしいと願うものです。

——人は未来にも目指す船着場がないと辛いのですよ。人は気の滅入るような不安感をもって永遠に続く道を目の前にして、これほど骨を折ったのに、目的地は千年前、二千年前と同じように、まだ遠いことを知るなんて。

——歌い女のうたう歌にどんな目的があるのでしょう。それは声、胸の奥底から迸り出る声、音に出されれば一瞬にして消えてしまう声です。もし貴方がこれらの声を楽しむ以外に何かを求め、別の目的を待ち望んだとすれば、歌姫がうたい終わった時に、貴方は満たされない想いを抱くことになるでしょう。歌を聴く以外に何かを期待していたという記憶と後悔の念が残るからです……貴方を迷わせているのはカテゴリーで、これが生を正しく捕捉することを妨げているのです。順序立てて考えてご覧なさい。そもそも、この目的というのは計画なのですか、それとも、命令なのですか。これを作ったのは誰でしょう。誰かに向かって言われているのでしょうか。誰かに義務づけられているのでしょうか。仮にそうだとしたら、私たちは何者なのでしょう。人形ですか、人間ですか、本当に、道徳的に自由な存在なのでしょうか、それとも機械の歯車でしかないのでしょうか。私には、人生を、したがって歴史を、なにごとかを成し遂げるための手段と見なすより、達成された目的と見なすほうが、理解しやすく思われます。

——つまり、単純に言って、自然や歴史の目的はあなたであり、わたしでもあるということですね。

——それだけではありません。**プラス**存在するものすべての現在です。ここにはあらゆるものが含まれます。過去のすべての労苦の遺産も、これから生まれるすべてのものの萌芽も。芸術家のインスピレーションも、市民のエネルギーも、これから先のことも、何のためとも考えずに、おずおずと、しかしただひたすら想いを胸に秘め、今というこの時に一身を捧げ尽くそうとする恋人の待つ、どこか約束のあずまやにこっそり忍び込もうとしている若者の愉しみも……こうして月の光を浴びて泳ぐ魚の歓びも、太陽系全体の調和も……ひと言で言えば、その昔、領主がたくさんの称号の後につけたように、私も敢えて「その他多数」を付け加えることができます。

——あなたのお考えは自然については全くその通りなのですが、しかし、わたしにはあなたが、歴史にはその変転と混沌を貫き、これらを繋いで一つにまとめる一本の赤い糸が通っていることを忘れているように思われます。この糸こそが進歩にほかなりません。あるいは、ひょっとして、あなたは進歩をも認めようとなさらないのでしょうか。

——進歩というのは、途切れることなく続いてきた意識的発達に固有の特性です。これは人間が社会生活を通じて行ってきた活動の記憶であり、肉体の改良です。

——あなたはそこに目的を認めようとはなさらないのですか。

——全く逆です。私がそこに認めるのは結果です。もし進歩が目的ならば、私たちは誰のために働いているのでしょう。苦労して働いてきた者たちが近づいてゆくと、褒め言葉をかける代わりに後ずさりし、疲れ果て破滅を運命づけられた人びとの群れが自分に向かって、「死すべく運命づけられた者たちは汝を悦び迎える」[*14]と叫ぶと、彼らを慰めようとして、お前たちの死んだ後に地上は素晴らしい世界になるだろうと、苦い嘲笑を浴びせかけることしかしない、あのモロク神とは何者でしょうか。はたして、貴方は現代の人びとに、いつの日にか他の人びとが踊るテラスを支える女人像の柱の悲しい運命を振り当てようというのでしょうか……あるいは、神秘の金の羊毛を乗せ、「未来の進歩」とうやうやしく書かれた旗を掲げた平底船を膝まで泥に浸かって曳くあの不幸な人夫であれというのでしょうか。疲れ果てた者たちは道半ばで倒れ、新鮮な力に溢れた別の者たちが綱を引き継ぎますが、道は、貴方ご自身がおっしゃったように、歩き始めたときと同じくらいにたくさん残っています。なぜならば、進歩は果てしないからです。このことだけでも人びとを警戒させなければならなかったはずです。果てしもなく遠い目的、それはもはや目的ではなく、言うなれば、トリックなのですから。目的は近くにあって、少なくとも、働きにふさわしい報酬が、苦労に見合うだけ楽しみがなくてはなりません。どんな時代にも、どんな世代にも、どんな人生にも、それなりの充足がありましたし、現にあります。道々、新しい要求が生まれ、体験が重ねられ、新しい手段が開発され、ある才能が別の才能のお陰で改良され、そして最後に脳の物質そのものが改良される……何を笑っているのですか。そうですとも、大脳が改良されるのですよ……当然のことが突きつけられると貴方がた観念論者は驚くのですが、これはちょうどその昔、騎士たちが百姓もまた人権を要求することに驚いたのに似ています。ゲーテがイタリアを旅行したとき、彼は古代の牡牛の頭蓋骨を現代の牡牛のそれと比較し、現代の牡牛の骨のほうがより薄く、大脳半球を納める部分がより広くなっていること発見しました。古代の牡牛のほうが現代の牡牛よりも明らかに力は強かったのですが、その代わり、脳に関しては現代の牡牛のそれは、人間におとなしく従うように発達したというわけです。人間が牡牛よりも適応能力に欠けるなどと、どうして考えることができましょうか。この類的成長は、貴方のお考えになっている目的ではなく、世代が途切れることなく存在し続けたことから生まれた特性です。どの世代にとっても、目的はそれ自身です。自然は決して一つの世代を未来においてなにごとかを成し遂げるための手段としていないばかりか、未来についても全く顧慮していません。自然は今この時を愉しむためとあれば、クレオパトラのように、真珠をワインに落とすことをも辞しません。自然の心にはインドの舞姫やバッカスに仕える巫女に似たところがあるのです。

――そして哀れなことに、自然はおのれの使命を果たすことができない！……巫女は食餌療法の最中で、舞姫は喪に服している、というわけですからね！……現代にあっては実際のところ、彼女はむしろ悔い改めるマグダラのマリアといったところですね、あるいは、脳がいびつに出来上がってしまったのかもしれませんね。

――貴方はひやかして言ったつもりでしょうが、ご自分で考えている以上に実際的なことをおっしゃったのですよ。いびつな発育というものはなおざりにされた側面の avortement（発育不全）をもたらすものです。心理的にあまりにも発育した子供は、肉体的には発育が悪く虚弱です。何世紀にもわたり不自然な状態にあり続けた私たちは、観念論と人為的な生活の中で自分たちを育み、平衡感覚を失ってしまいました。私たちは自然から切り離された理論的な愉悦の中で偉大で強力でした、幸せですらありました。しかし、今やこんな時代は終わりました。そして、それは私たちにとって耐えがたいものとなりました。他方で、実際的な領域との乖離は恐ろしいほどのものになってしまいました。ここではどちらの側にも非はありません。自然は人間において動物の限界を乗り越えようと、すべての筋肉を引っ張りました。こうして人間はこの限界を乗り越え、自然な状態からほんの一歩抜け出したのでした。人間がそうできたのは、彼が自由だからです。私たちは意思について多くを論じ、これを大いに誇りにしていますが、同時に、自分たちの言を誰も引いてくれないこと、足を踏み外したら自分のやったことの結果を引き受けたりすることを腹立たしく思ってもいます。私は脳が観念論のためにいびつになってしまったという貴方の言葉を敢えて繰り返します。人びとはこのことに気がつきはじめ、今や別の方向に向かって進みつつあります。人びとは騎士道精神やカトリシズムやプロテスタンチズムといった、もろもろの歴史的な病を治癒されたように、観念論も治癒されることでしょう。

――しかし、病や逸脱による発展の過程など、まっとうなものではないということには同意してください。

――でも、道は予《あらかじ》め決められているわけではないでしょう……自然は自分の意図をほんの少し、もっとも一般的な規範としてチラリと見せるだけで、細部はすべて人びとの意思や環境や気候や何千もの偶然的出会いに任せてきました。結果を予め知ることのできない自然の力と意思の力との闘いと相互作用こそが、歴史のあらゆる時代に尽きせぬ興味を与えているのです。もし人類が何らかの結末に向かってまっしぐらに進むものだとすれば、歴史は存在せず、あるのはただ論理だけということになり、人類は動物のように本能的な status quo（現状）において出来上がったままに、一歩も前に進まないでしょう。しかし、幸いなことにこんなことはありえませんし、無用ですし、これでは現にあるものより退化することになってしまいます。動物のオルガニズムは自分の中に本能を少しずつ発達させますが、人間においてはこれがさらに発達をとげ、ついには理性を生み出します。その過程は緩慢で困難を極めますが、それというのも、理性は自然の中にも自然の外にも**ない**からです。これは獲得しなくてはならないものであり、現実と理性は時と場合に応じて適応しあわなくてはなりません。というのも、libretto（台本）はないからです。libretto があるとすれば、歴史は何の面白みも失い、無用で退屈で滑稽なものになってしまうでしょう。タキトゥスの嘆き[*15]もコロンブスの歓喜も冗談や茶番に変わってしまうでしょう。偉大な人物たちは、うまく演ずるか下手に演ずるかの差こそあれ、いずれにしろ予め知られた終幕に向かって進み、そこに行きつく劇の主人公たちと変わらぬ者になってしまうでしょう。しかし、歴史にあってはすべてが即興です。すべてが意思です。すべてが ex tempore（準備なし）です。前方に境界はありません。道筋もありません。あるのはもろもろの条件と聖なる不安と生の炎と、力を試せ、道のある限り望むだけ遠くに進めという、闘士への永遠の呼びかけだけです。道のないところにそれをはじめて切り開く者——それが天才というものです。

——運悪く、コロンブスがいないとしたら？

——コルテスが彼に代わってやるでしょう。天才的な本性をもった人は、それが必要とされる時には、ほとんどいつでも現れます。しかし本当は、彼らに必然性はありません。なぜならば、人びとがいずれは同じことをやり遂げるからです。ただし、彼らはより困難な別の道を辿ってそこへ行きつくことになるでしょうが。その意味で、天才は歴史の贅沢であり、詩情であり、その coup d'Etat（クーデター）であり、飛躍であり、歴史の創造的力の勝利なのです。

——何もかも結構なことですが、しかし、歴史がそれほど取りとめもなく気ままなものだとすれば、歴史は永遠に続くこともあれば、明日終わってしまうこともありうるように思えますね。

——全くその通りです。人類がいかに長生きできるようになっても、人びとが退屈して死ぬということはないでしょう。おそらく、人びとが人間の本性そのものの持つ何らかの限界に、人間である限り乗り越えることのできないような生理的条件に突き当たることがあるかもしれませんが、しかし、人間は本来的に、なすべきこと、専心すべきことに不足することはないでしょう。だって、私たちのやっていることの四分の三は、別の人たちがやってきたことの繰り返しに過ぎないのですから。このことから貴方は、歴史が何百万年でも続くことができると思われるでしょう。しかし他方で、私は歴史が明日にでも終わるかもしれないということに、異を唱えるつもりもありません。それどころか、大いにありうることです。エンケの彗星が何かの弾みで地球にぶつかるようなことがあれば[*16]、地表には上を下への地質学的大変動が生じて、何かのガスが発生して、ものの三十分もすれば息が詰まり、貴方にも歴史の終わりということになるでしょう。

——いやはや、なんという恐ろしいことを。あなたは子供を脅すようにわたしを脅します。しかし、わたしは決してそういうことは起こらないと、あなたに請け合います。快適な未来を夢見て三千年も発展してきた挙句、硫化水素のガスか何かで窒息してしまうなんて！　あなたには、これが馬鹿馬鹿しいことだとお考えにならないのですか。

——私は貴方がいまだに生というものの道筋に慣れていないことに驚いています。自然には、人間の心と同じように、無限にたくさんの力や可能性が眠っています。これらを目覚めさせるために必要な条件が整えばすぐに、それらは発展を始め、これ以上には行けないところまで発達するでしょう。それらは自ら世界に満ち溢れようと身構えています。しかし、こうした力や可能性は道半ばにして躓《つまず》き、別の方向に向かい、立ち止まり、そして破滅することもありうるのです。一人の人間の死は人類全体の破滅に劣らず不条理なことです。惑星の永遠性を誰が貴方に保証したのですか。ソクラテスの天才といえども毒人参に抗する術がなかったように、地球といえども、太陽系の何らかの大変動に抗することはできないのです。もっとも、おそらく地球にこの毒人参を与えるものはいないでしょうが……おそらく……このことが私の出発点だったのですが、本質において、自然にとってこんなことはどうでもいいことなのですよ。何が起こっても自然は困りません。自然をどうこうすることはできません。自然をどう変えようと、自然は相変わらず自然のままです。自然は人類を葬った後、またしてもこの上ないほどに大きな愛情をこめて、歪んだ羊歯《しだ》や五百メートルもあろうかという爬虫類からもう一度やり直すことでしょう。おそらく、新しい環境、新しい条件に適した何らかの改良を付け加えながらね。

——でも、これは人間にとっては決してどうでもいいことではないでしょう。マケドニアのアレクサンダーは、ハムレットの言っているように、自分が穴を塞ぐ粘土の役割を担わされていると知ったら、決して喜びはしないだろう[*17]と、わたしは思いますよ。

——マケドニアのアレクサンダーについては、貴方を安心させてあげましょう。彼は決してこのことを知ることはないでしょう。勿論、人間にとっては生きるか否かは、すべてどうでもいいことではありません。このことから明らかなことはただ一つ、生を、現在を大切にしなくてはいけない、ということです。自然がその言葉を尽くして絶えず生へ招き、あらゆるものの耳にその vivere memento（生を思い出せ）を囁き続けているのも、ゆえなきことではありません。

——詮無き苦労ですね。わたしたちは自分たちが漠然とした痛みや、心を責める腹立ちや、時を刻む時計の単調な音によって生きているということを思い出します……自分のまわりの世界全体は崩壊し、おそらく、自分もいずれどこかで圧し潰されるだろうということを知りながら、楽しみにふけったり、酒に酔ったりしているのは辛いことです。古い建物が傾きながらも崩れようとしないのを見ながら、老齢のために死んでゆくほうが、まだましかもしれません。わたしは歴史上、これほど気の滅入るような時代を知りません。これまでも闘いはありました、苦悩もありました。しかし、何か代わりになるものはありました。少なくとも、信念をもって死んでゆくことはできました。しかし、わたしたちには死ぬも生きるも目的がないなんて……生を最も享受すべき時だというのに。

——貴方は崩壊に瀕したローマのほうが生きやすかったとお考えですか。

——勿論です。その崩壊は自明のことでしたが、これに代わる世界が近づいているということも、これと同じくらい自明でしたから。

——誰にとって自明なのですか。ひょっとして、貴方はローマ人が自分たちの時代を、私たちがそれを見るのと同じような目で見ていたとお考えなのではありませんか。ギボンだって、古代ローマが強い心の持ち主にもたらす魅力から免れることはありませんでした。思い出してもご覧なさい、ローマの苦悶は一体何世紀続いたのでしょう。この時代にはさしたる事件もなく、さしたる英雄も輩出せず、うんざりするような単調な時間が流れていたせいで、私たちにはそれがどんな時代であったか見えません。まさにこのような言葉を失った灰色の時代こそ、その時代を生きる者たちにとっては恐ろしいのです。そんな時代にも一年には同じように三百六十五日がありましたし、そんな時代にも燃えるような心を持った人びとがいました。しかし、その彼らは崩れ落ち散乱する壁の前で、色を失い途方に暮れていたのです。当時、どれほどの悲しみの声が人間的な心の中から漏れ出したことでしょう。彼らのうめき声は今でも私たちの心に恐怖を呼び起こします。

——でも、彼らはキリスト教に改宗することができました。

——当時キリスト教徒の置かれた状況もまた極めて悲惨なものでした。彼らは四世紀の間、地下で息を潜めていました。勝利の見通しはなく、目の前に受難者がいました。

——しかし、彼らは熱狂的な信仰心に支えられていました。そして、この信仰の正しさは最終的には広く認められました。

——勝利したその翌日には早くも異端が現れ、異教の世界が彼らの友愛の神聖な静謐の中に押し入りました。するとキリスト教徒は涙ながらに迫害の時代を振り返り、殉教の歴史を読みながら、迫害の思い出を祝福したのでした。

——あなたはまるでわたしを、どんな時代も今と同じように忌まわしいものであったと言って、慰めようとなさっているみたいですね。

——いいえ、私はただ貴方に、私たちの時代だけが苦悩を独占しているわけではないということを思い起こしてほしいだけです。貴方は過去の嘆きを安く見積もっていらっしゃるのですよ。思想はこれまでも性急でした。思想は今すぐにでも実現されることを求めます。思想は待っているのがいやなのです。しかるに生は抽象的な理念には飽き足らず、急がず、ゆっくりと一歩一歩前進します、というのは、その歩みを修正することは簡単ではないからです。思索する者たちの悲劇的境遇はこうした事情に由来します……しかし、またしても本題を外れないように、改めてお尋ねさせてください、どうして貴方には、自分たちを取り囲んでいる世界がそれほど強固で永く続くと思えるのですか?……

最前から大粒の雨が激しく降りかかっていた。遠く微かに聞こえていた雷鳴が次第に近づき、稲妻の光もいよいよ明るさを増してきた。と、雨が滝のように降り出し、人びとは皆船室に逃げ戻った。汽船は軋り、揺れは耐えがたかった。最早、会話を続けることはできなかった。

ローマ、コルソ通り、一八四七年十二月三十一日

# II　嵐の後☆

☆　国立ロシア図書館〔旧レーニン図書館〕の手稿部門には、著者の存命中に刊行された『向こう岸から』のうち、「嵐の後」の章に該当する部分には含まれていない以下のようなコピーが保存されている。

## Dedication（献辞）

われわれは恐ろしくも忌まわしい六月の日々の苦しさを耐え抜いた。私はこれらの日々の後に胸の奥からほとばしり出た最初の慟哭を、君たちに捧げる。そう、これは慟哭だ。私は涙を恥じない！　君たちはラシェル[*1]の「マルセイエーズ」を憶えているだろうか。今こそこの歌を評価する時が来た。パリ中でこれが歌われた――盲《めしい》た物乞いもグリシも、浮浪児も兵士も。さるジャーナリストが言っていたが、「マルセイエーズ」は二月二十四日〔二月革命の始まった日〕の後、「Pater noster（我らが父）」となった。それは今やっと治まった。この歌声は戒厳令下には似つかわしくない。――二月二十四日の後、「マルセイエーズ」は歓びと勝利と力と威嚇の叫びであり、力と勝利の雄叫びであった……

ラシェルは「マルセイエーズ」を歌った……彼女の声は人を怯えさせた。大衆は身のすくむ思いを抱いて出て行った。憶えているだろうか。——これは婚礼の慶びの最中に鳴らされた埋葬の鐘の音だった。それは非難であり、恐ろしい予言であり、希望の最中の絶望の呻き声だった。ラシェルの「マルセイエーズ」は血と復讐の饗宴への誘いであった。花が振り撒かれところに、彼女はエニシダ〔針葉樹〕を投げ入れた。善良なフランス人たちは言った、「これは四八年の明るい「マルセイエーズ」ではない。暗い、テロルの時代の歌だ」と。だが、彼らは間違っていた。こんな歌は九三年にはなかった。こんな歌は、六月の日々の犯罪を前にしてのみ、二月二十四日の欺瞞のあとにのみ、歌い手の胸に生まれることができたのだ。

憶えているだろうか、痩せた、物思わしげなこの女性が、白いブラウスだけの簡素ないでたちで、片手で頭を支えるようにして登場した有様を。彼女はゆっくりと歩を進め、暗いまなざしのままに、小さな声で歌い始めた……その声の苦悩に満ちた悲しみには絶望の気配すらあった。彼女は闘いを呼びかけた……が、しかし、彼女は心もとなげであった——誰かがそれに応えるだろうか……それは懇願であり、良心の呵責である。と、突然、このか弱い胸から号泣が、憤怒と陶酔に満ちた叫びが迸り出た。彼女は刑吏の非情な心をもって付け加える。

「市民よ、武器をとれ、

不浄の血、われらの田畑に川と流れよ。」

自ら委ねた熱狂に自分で驚き、彼女はさらにか細く、不安げに第二連を歌い始める……そしてまたしても闘いと血潮への呼びかけ……女は一瞬天を仰ぐと跪き、血への呼びかけは祈りとなり、愛が勝利し、彼女は泣き、旗印を胸に抱き……「祖国への聖なる愛……」と歌う。だが、今や、彼女は恥ずかしいと思う。彼女は立ち上がるや、旗をかざし、「市民よ、武器をとれ」と叫びながら、表に駆け出す。群衆は彼女を二度と引き戻せなかった。

私が君たちに贈る文章は、私の「マルセイエーズ」だ。――さらばだ。この文章を友人たちに読んでほしい。どうか、幸せに。さらばだ。私は君たちを名指さないし、自分も名乗らない。――君たちの生きる国では泣くことは犯罪だ。そして、それに耳をかすことは罪悪だ。

パリ、一八四八年八月一日

## Pereat!（滅びよ!）

女は心を軽くしようとして泣く。だが、われわれは泣くことはできない。泣く代わりに私は書きたい。それも流血の出来事を叙述したり説明したりするためではなく、単にこれらについて思うさま語るために書きたい、言葉と涙と思想と憤りを、思うさま解き放つために書きたい。ここでどうして冷静に叙述したり、情報を集めたり、論評したりしていられようか。耳の奥にはまだ銃声や、人気《ひとけ》のない通りを疾駆する騎兵隊の馬蹄の音や、砲架の車輪の重く低く軋る音が**鳴り響いている**というのに。記憶の中で出来事の細部が明滅する。担架に横たわる負傷者が手で横腹を押さえている。その手を伝って幾筋もの血が滴り落ちている。死体を満載した何台もの乗合馬車、両手を縛られた囚人たち、バスチーユ広場の幾つもの大砲、サン・ドニ門やシャン・ゼリゼ通りの宿営、「Sentinelle – prenez garde à vous!（歩哨、注意！・）」という夜警の陰気な声。こんな光景をどうして落ち着いて叙述できようか。脳はあまりにも燃え立ち、鼻血はあまりにも煮えたぎっている。

手を拱《こまぬ》いて自分の部屋に閉じ籠ったまま、戸外に出ることもままならず、遠く近く、四方から聞こえてくる鉄砲や大砲の発射音、叫び声、太鼓の轟きなどを耳にしながら、すぐ傍らでは血が流されている、人が斬られたり突かれたりしている、人が死につつあるということを知る――こんな有様に人は死んでしまいかねない、気が違ってしまいかねない。しかし、私は死ななかった。だが、すっかり老け込んでしまった。六月の日々を経た今、私はまるで重い病を患った後のような気がする。

始まりは厳《おごそ》かだった。二十三日の四時頃、夕食の前に、私はセーヌ河の畔を市庁舎に向かって歩いていた。商店は閉じられ、国民軍の隊列が不吉な顔をして、様々な方向に向かって行進していた。空は黒雲に覆われ、小雨が降っていた。私はPont Neuf（ポン・ヌフ橋）のところで立ち止まった。強い稲光が黒雲を引き裂き、これに続いて雷鳴が次々と轟いた。その最中にも、サン・シュルピス寺院の鐘楼からは規則正しく長く続く警鐘が打ち鳴らされていた。これはまたしても裏切られたプロレタリアートが、仲間に武器を取れと呼びかけていたのだ。寺院や川岸のすべての建物が、黒雲の合間から射し込む幾筋もの陽光によって、異様に照らし出されていた。太鼓は様々な方角から鳴り響き、大砲がカルーゼル広場から引き出されようとしていた。

雷鳴と警鐘を耳にしながら、私はパリのパノラマに飽きることなく見入っていた。まるでこの町に別れを告げようとしているかのように。私はこの瞬間、パリを激しく愛した。それは偉大な町に捧げられた最後の敬意であった。六月の日々の後、私はこの町が嫌いになった。

セーヌの対岸のあらゆる小路や通りにはバリケードが築かれた。石を運ぶ者たちの昏い顔、彼らを手伝う女や子供たち——私はその光景を、今なお、ありありと思い浮かべる。出来上がったばかりと見えるバリケードの一つに、若い工科大学の学生がよじ登って旗を立て、もの悲しい低い声で「マルセイエーズ」を静かに歌い始める。作業をしていた者たちもみな歌い始める。バリケードの石積みから響き渡るこの偉大なコーラスには、胸を締め付けるものがあった……その間にも警鐘は打ち鳴らされていた。一方では、大砲が音高く橋を渡ってゆき、ブドー将軍は橋から双眼鏡で**敵陣**を覗いていた……

この時はまだ何もかも防ぐことはできた、まだ共和国を、全ヨーロッパの自由を救うこともできた、あの時はまだ和解することもできたのだ。しかし、愚かで拙劣な政府にはそうすることができず、議会はそれを望まず、反動派は復讐と血と二月二十四日の償いを求め、《ナショナル》紙の金庫は彼らにその執行者を与えてしまった。[*2]

さて、親愛なるラデツキ公よ、パスケーヴィチ・エリヴァンスキ伯爵閣下よ、あなた方は何と言うだろう。あなた方をもってしてもカヴェニャックの助っ人としては役に立たない。メッテルニッヒとその官房の第三課を全部合わせても、激高した小商店主の集団と比べれば、de bon enfants（おとなしい良い子）に過ぎない。

六月二十六日の夕刻、《ナショナル》がパリに勝利したあと、私たちは僅かな間隔をおいて規則正しく発射される一斉射撃の音を聞いていた……私たちは互いに目を見合わせた。どの顔からも血の気が失せていた……「銃殺しているのだ。」――私たちは口をそろえて言うと、顔を背けた。私は額を窓ガラスに押し付けた。このような瞬間のゆえに憎しみは十年に及び、復讐の念は生涯続く。**このような瞬間を許す者たちに災いあれ！**

四昼夜にわたる殺戮の後、戒厳令の静寂と平穏が訪れた。通りはまだ封鎖され、時たま、ほんの時たま、乗合馬車がどこからか姿を現し、横柄な国民軍の精鋭部隊は凶暴で愚鈍な敵意もあらわに、銃剣と銃床によって威嚇しつつ、自分たちの小店を護っていた。酒に酔って浮かれた遊撃隊の一群が、声を張り上げ《Mourir pour la patrie》（祖国のために死なん）[*3]を歌いながら並木大通りを下って行き、十六、七の少年たちは自分たちの手にこびりついた同胞の血を自慢しあっていた。彼らには売り場から走り出てきた町人の娘たちが花を投げかけて、勝利者を祝っていた。カヴェニャックはフランス人を何十人となく殺害した何とかいう悪党を半蓋馬車に乗せて、自ら連れ回っていた。ブルジョアジーが勝利したのである。サン・タントワーヌの外れの家々はまだ煙を吐き、砲弾に打ち抜かれた壁は崩れ落ち、剝き出しになった部屋の内部は無残な傷跡を曝《さら》し、壊れた家具は燻《くすぶ》り、砕かれた鏡の破片がきらきらと光っていた……家主たちは、住人たちはどこにいるのか。彼らのことは誰一人として顧みようとしなかった。ところどころに砂が撒かれてはいたが、しかし、それでも血は滲み出ていた……砲弾によって打ち崩されたパンテオンには近づくことは許されず、並木大通りにはテントが張られ、馬はシャン・ゼリゼの大切に保護されてきた樹木を齧《かじ》っていた。コンコルド広場のいたるところに、干草や重騎兵の甲冑や鞍が散乱していた。チュイルリーの庭園では兵士たちが柵の傍らでスープを煮ていた。このような有様を、パリは一八一四年にも見たことがなかった。*4

さらに数日が過ぎた。パリはいつもの姿を取り戻しはじめた。目的もなくぶらつく人たちの群れが再び並木大通りに現れ、着飾ったご婦人たちが四輪や二輪の幌付きの馬車に乗って、廃墟と化した家々や死闘の跡を**見物して**回っていた……頻繁に行き来するパトロール隊や囚人たちの一団だけが恐ろしい日々を思い起こさせたが、過去の出来事を明るみに出すにはそのような時だけで十分であった。バイロンに夜間の戦闘についての描写がある。血なまぐさい細部は闇に覆い隠されているが、戦闘が終わって時が経ち、空が白みはじめると、抜き身の刃や血に染まった衣服など、闘いの跡が見えてくる。[*5] 今やその薄明が人の心の中に始まり、恐ろしい荒廃の有様を照らし出したのだ。希望も信念もその半ばまで打ち砕かれ、否定と絶望の思いの数々が頭の中を彷徨い、そこに根を下ろそうとしていた。かくも多くのことを体験し、現代の懐疑主義の試練を経たわれわれの心に、根絶されるべきものがまだこれほどたくさん残っていたなど、想像することもできなかった。

このような衝撃を体験した以上、生身の人間が今まで通りでいることはできない。その心は、あるいは、これまで以上に宗教的になり、捨て鉢な頑固さをもっておのれの信仰にますます固執し、絶望そのものの中に慰めを見出し、そうすることによって人は雷に身を焼き、胸に死を抱きながらも、再び生気を取り戻すことになるか——それとも、勇敢にも心を強く持って最後の望みを返上し、今まで以上に素面《しらふ》となって、冷たい秋風が吹き払う最後の病葉《わくらば》を手放すことになるか。

どちらがよいか。それを言うことは難しい。

一方は、狂気の至福に行き着く。

もう一方は、知ることの不幸に行き着く。

どちらを選ぶか——それは自分で決めるほかはない。一方はすべてを奪うがゆえにこの上なく堅固だ。もう一方にはいかなる保証もない。その代わり、多くのものを与える。私は知ることを選ぶ。よしんば、それが私から最後の慰めを奪うことになるとしても、私に精神の乞食となってこの世を渡ろう。だが、子供じみた希望、幼児じみた願望だけは断じて持つまい。万事は公平なる理性の裁きに委ねよう。

人間の内部には常に革命の特別法廷がある、仮借なきフーキェ・タンヴィル[*6]がいる、そして、つまるところギロチンがある。時として、判事が眠り込み、ギロチンが錆びていることもある。そんな時には、偽りのもの、昔のもの、ロマン的なもの、弱いものが頭をもたげて居座る。だが、突然、何らかの激しい打撃が粗忽な法廷と眠りこけた刑吏を目覚めさせることもある。仮借なき制裁がこうして始まる。ほんの僅かな譲歩も憐憫の同情もすべて過去のものとなり、残るのは鎖だけ。選択の余地はない。処刑して前進するか、あるいは罪を許し、やりかけたことを途中でやめるか。

おのが心の論理の来歴を覚えていないものがいるだろうか、自分の心の中に最初の疑惑の思想、探求への最初の勇気が生まれたときのことを覚えていないものがいるだろうか、その後、この思いがいよいよ広がり、ついには心の最も神聖な資産にまで手を付けるにいたった様を、覚えていないものがいるだろうか。これこそがまさに理性の恐るべき法廷にほかならない。信念を罰するということは、思われているほどに簡単なことではない。幼いころから慣れ親しみ、楽しみとも慰めともしてきた思想と決別するというのは難しいことだ。これらを捨てることは忘恩と思われるのだ。確かにその通りだが、しかし特別法廷が開かれているその場には恩義という観念はないし、冒瀆という観念も無縁だ。そして、革命がサルトゥヌスのように自分の子供を喰らうとすれば、否定はネロのように過去を片付けるために己の母を殺すのだ。[*7] 人びとは自分の論理を恐れている。そして教会と国家、家庭と道徳、善と悪を軽率にも論理の裁きの場に呼び出しておきながら、古いものの破片や断片をほんの僅かなりとも救おうとする。キリスト教を拒否しながら、霊魂の不滅や観念論や摂理を後生大事に護る。共に歩んできた者たちも、そこで、ある者は右に、またある者は左へと別れることになる。一方は道の半ばで立ちすくみ、どれほど進んできたかを示す里程標のようなものになる。他方は過去の最後の荷物を投げ捨て、元気よく前進してゆく。古い世界から新しい世界に移っていこうという時には、いかなるものも身につけてゆくことはできないのだ。

理性は、国民公会と同様、情け容赦なく、公平無私で、厳格だ。それはいかなるものにもたじろがず、至高の存在といえども被告席に呼び出す。善良なる神学の王にとっての一月二十一日が訪れる。[*8] この審理は、ルイ十六世の審理と同様、ジロンド党員にとって試金石である。[*9] 弱い者、中途半端な者はすべて逃亡するか虚言を弄するか、投票しないか、あるいは信念のないままに投票する。他方、判決を下した者たちは、国王を処刑した以上、もはや処刑すべきものは何もない、共和国は一月二十二日に成立し、それですべて事成れり、と考える。まるで宗教を持たないためには無神論だけで十分だ、君主制をなくすためにはルイ十六世を殺すだけで一分だ、とでも言うかのようだ。テロルの現象学と論理学とは驚くほど類似している。恐怖政治が始まったのは、国王が処刑されたまさにその後のことだった。王に続いて、断頭台には革命の高潔な申し子たちが登場した。[*10]なかには才能ある者もいたが、口の達者な者や取るに足りない者もいた。彼らこそ哀れだが、救うことはできない。彼らの首は落とされ、それに続いてダントンの獅子頭が転がり、革命の寵児、カミーユ・デムーランの首も転がり落ちた。[*11]さあ、これで、少なくともこれで終わりではないか。いや、今度は清廉潔白なる刑吏の番だ。[*12]彼らはフランスに民主主義が可能であることを信じたという廉《かど》で、平等の名の下に処刑したという廉で、処刑されることになるだろう。そう、諸国民の友愛を夢見たアナカルシス・クローツのように、[*13]ナポレオン時代の始まる数日前に、ウィーン会議の数年前に処刑されることになるのだ。

宗教的なもの、政治的なものがすべて人間的で単純素朴なものに、批判と否定に曝されるものにならない限り、世界に自由はないだろう。成熟した論理は聖典と化したもろもろの真理を憎む。それはこれらから天使の位を剥奪し、これらを人間の位に就ける。神聖なる機密を明白な真理とする。それは何ものも神聖にして不可侵なものとは見なさない。そして、もし共和制が君主制と同様の諸権利をわがものとするなら、君主制を侮蔑したように、いや、それよりはるかに激しくこれを軽蔑する。君主制は意味を持たない、というのは、それは暴力によって維持されているからだ。しかし、「共和制」という名目には、心情により強く訴えかけるものがある。君主制はそれ自体宗教であるが、共和制には神秘的な言い訳はない、神聖な権利もない。それはわれわれと同じ地盤に立っている。王冠を憎むだけでは十分ではない。フリジア帽[*14]をも尊敬することをやめなくてはならない。大逆罪を罪と認めないだけでは十分ではない。salus populi（人民の福祉）をも罪と認めなくてはならない。共和制を、法体系を、代議制を、市民という観念や市民相互の関係、国家に対する関係についてのすべての観念を、裁きの場に呼び出すべき時が来たのだ。たくさんのことを処刑しなくてはならないだろう。身近なもの、貴重なものも犠牲にしなければならないだろう。憎いものを犠牲にするのは難しいことではない。だが、たとえ貴重なものといえども、それが真のものではないと確信したときには、これを捨てるということにこそ意味があるのだ。そして、これこそがわれわれが真になすべきことだ。われわれの使命は果実を集めることではなく、過去の刑吏となることであり、これを処刑し追及し、衣裳によって隠されたその正体を暴き、これを未来のために犠牲に供することだ。過去は事実として勝ち誇っている。これを思想の中で、確信の中で、人間の思想の名において抹殺しよう。誰とも妥協する必要はない。妥協の三色旗はあまりに汚れている。これにこびりついた六月の血は長く乾くことがないだろう。真に大切にするべきは誰か。崩壊に瀕した世界のすべての要素は、そのあらゆる些細な愚かしさ、そのあらゆる不快な狂気の中に現れている。君たちが敬っているのは何か。**人民の**政府か。君たちが惜しんでいるのは誰か。ひょっとしてそれはパリだろうか。

普通選挙の投票によって選ばれた人びと、フランス全土で選出された人びとは、三ヶ月間何もしなかったが、[15] 突然身の丈《たけ》いっぱいに立ち上がると、世界に向かって前代未聞の情景を現出して見せた。八百人がまるで一人の悪漢、一人の悪党のように振舞ったのである。血が川のように流されたが、彼らの口から愛と和解の言葉が聞かれることはなかった。心の寛い人間的なものは、すべて復讐と憤りの絶叫に覆われた。瀕死のアフルの声[16]といえども、たくさんの頭をもったこのカリグラ、はした金に換金されたこのブルボン[17]の心を動かすことはできなかった。彼らは武器を持たない者たちを銃殺した国民軍の精鋭部隊を胸に抱きしめ、セナールはカヴェニャックに感謝し、そのカヴェニャックは代議員たちのお墨付きを得て、悪行の限りを尽くした後に、しおらしく泣いてみせた。手強い少数派は身を隠し、**山岳党**[18]は、自分たちが銃殺されもせず、地下で抹殺させられることもなかったことに満足して、雲の陰に隠れて見えなくなった。彼らは市民から武器が取り上げられるのを、追放令が発せられるのを、人びとが、あろうことか、自分の同胞に銃を放たなかったというただそれだけの理由でも獄に送られるのを、黙って見ていた。

あの恐ろしい日々にあって、人殺しは義務として為された。プロレタリアートの血で手を汚すことのなかった人間は、町人たちにとって疑わしい者とされた……少なくとも多数派には悪党になる断固たる決意があった。しかるに、あの雄弁なる人民の友たちの何と惨めなことか、その心根の何と空しいことか！……一人の人間の男らしい号泣と憤激の声が聞こえてはきたが、それとても議院の外でのこと。ラムネー老人の陰鬱な呪いは、冷酷な人食い人種たちの頭に残るだろう。[*19] だが、それは「共和制」なる言葉を口にしながら、その持つ意味にたじろいだ小心者たちの額の上に、どこよりもはっきりと刻印されるだろう。

　パリ！　その名はどれほど長く諸国民の導きの星として輝いてきたことか。パリを愛さなかった者がいただろうか、パリに跪かなかった者がいただろうか。しかし、その時代は終わった。パリをして舞台を去るに任せよ。六月の日々に、パリは自ら終結できない偉大なる闘いを始めてしまった。パリは年老いてしまった。若々しい夢想はパリには最早似つかわしくない。パリが生気を取り戻すためには、聖バーソロミューの夜[*20]や九月の日々[*21]のような強烈な衝撃が必要だ。しかし、六月の恐怖がパリを蘇らせることはなかった。老いさらばえた吸血鬼はこれ以上の血を――有頂天になった町人たちによって六月二十七日に点《つ》けられた灯明皿の火[*22]が照らし出した、あの義人たちの血以上の血を、一体どこから得ようというのか。パリは兵隊ごっこを愛した。パリは幸運な一人の兵士[*23]を帝位に就けた。パリは勝利という名の悪行に拍手した。パリは彼の銅像を幾つも建てた。パリは十五年後にまたしてもこの小さな伍長の町人風の像を、今度は柱頭に据えた。[*24] パリは奴隷制を敷いたあの男の遺骸を、感謝の念をこめて改葬した。[*25] パリは今まで自由と平等からの救いの綱を、兵士たちの中に見つけることを期待した。パリはおのが同胞と分かち合いたくないばかりに、彼らを討つべく、獰猛なアフリカ人の野蛮な軍隊を呼び招き、人殺しを仕事とする冷酷な手を借りて彼らを切り殺した。パリには己の為したこと、己の過ちの責任をとらせなければならない……パリは裁判抜きに人を銃殺した……この血から何が出てくるか、それは分からない。しかし、何が出てくるにしろ、狂乱と復讐、不和と応報の真っ只中で、新しい人を抑圧し、彼が生きることを妨げ、未来が到来することを妨げている世界が滅びるだけで十分だ。これこそが素晴らしいことだ。それゆえにこそ、混沌と破壊よ、万歳！

Vive la mort!（死よ、万歳！）

そして、未来の打ち立てられんことを！

パリ、一八四八年七月二十四日

# Ⅲ　単一にして不可分なる共和国の第五十七年

これは社会主義ではない、共和制なのだ。
一八四八年九月二十二日　シャレーにおけるルドリュ・ロランの演説より

先ごろ五十七年葡萄月《ヴァンデミール》一日の祝賀会があった。[*1] シャン・ゼリゼのシャレーには民主的共和国の貴族たち、国民議会の赤い議員たちが勢揃いした。宴会の終わり近く、ルドリュ・ロランが立って見事な演説を行った。共和国への**赤い**バラと政府への痛い棘《とげ》がいっぱい詰まった彼の演説は大成功を収めた。そして、それはそう呼ぶに値するものだった。彼が演説を終えたとき、« Vive la République démocratique! »（民主的共和国万歳！）の声が満場に轟いた。全員が立ち上がると、帽子を脱ぎ、声を合わせて厳かに「マルセイエーズ」を歌い始めた。ルドリュ・ロランの言葉と聖なる解放歌の響きと、それにワインの勢いも加わって、誰の顔も一段と活気づいた。彼らの目は輝いていた。頭の中を駆け巡っていたあらゆることが、必ずしもすべて口に出して語られたわけではなかっただけになおのこと、その目は一層燃え上がっていた。シャン・ゼリゼの兵営の太鼓は、敵は近く、戒厳令と軍の独裁は依然として続いていることを思い起こさせた。*2

客人の大半は人生も盛りの人びとだったが、多かれ少なかれ、政治の舞台での腕試しをすでに終えた者たちばかりだった。彼らは声高に熱っぽく語り合っていた。フランス人が自国の国民性のよき原理を自分たちの内部でまだ押し潰していなかった時、あるいは、フランス全体を藻のように緑色で覆っている町人階級の矮小で汚らしい環境からすでに抜け出した時、彼らの性格の中には精気と剛毅と高潔さとがどれほど残っていることか！　彼らはなんという勇敢で決然たる顔つきをしているのだろう。言葉を行為によって確認しようという彼らの断固たる覚悟、今すぐにでも戦闘に赴き、弾丸に身を曝し、処刑し、処刑されることも辞さないという彼らの覚悟たるや！　私は長いこと彼らを眺めていた。が、私の心には次第に耐えがたい悲しみがこみあげてきて、それが私の想いの全体に重くのしかかってきた。私にはこれらの一握りの人びと――高潔で献身的で知的で才能ある人びと、新しい世代のほとんど最良の精華といってもよい人びとのことが、ひどく哀れに思えてきたのである……私が彼らのことを哀れに思えるようになったのは、彼らがきっと五十七年の霧月《ブリュメール》の一日、あるいは雪月《ニヴォーズ》の一日まで生き永らえることはないだろうとか、あるいは、一週間後には彼らはバリケードで死んだり、ガレー船に繋がれたり、追放されたり、断頭台の露と消えるかもしれないとか、あるいは新式に、カルーゼル広場の片隅か市外の砦に追い詰められ、両の手を縛られて銃殺されたりするかもしれないと想像したからだ、などと考えないでほしい。こうしたことはどれも悲しい、しかし、私が哀れと思ったのはこうしたことではない。私の悲しみにはもっと深いものがあったのだ。

私には彼らの大真面目な誤解が哀れだった。彼らの実現不可能なことへの善意溢れる信念が、ドン・キホーテの騎士道精神のようにいかにも純粋で、いかにも夢のような彼らの熱い願望が哀れだったのだ。私が彼らを哀れに思う気持ちは、自分の胸が恐ろしい病に冒されているなどと少しも思っていない人たちを、医者が哀れに思う気持ちに似ていた。こうした人びとはいかなる精神的な苦悩を引き受けることも厭わない。彼らは英雄的に闘うだろう。だが、生涯を賭けて事業に献身しながら、彼らが成功することはないだろう。彼らは血を、力を、命をも差し出すだろう。そして、年老いてから知るだろう、自分たちの労苦が無益であったことを、自分たちがなしてきたことは必要なことではなかったことを。そして、彼らは罪科のない人びとへの、苦々しい疑惑を抱いて死んでゆくことになるだろう。あるいは、もっと悪いことに、幼児に立ち返り、今と同じように、**自分たちの**共和国の樹立という壮大な変革を、日々待ち望むことになるのかもしれない、瀕死の者の断末魔の苦しみを産みの苦しみと思い込んで。共和国——それも**彼らが理解しているような共和国**は抽象的で実現不能な思想であり、理論的思索の果実であり、現存する国家秩序の礼賛であり、**今あるもの**の変形に過ぎない。彼らの共和国

——それは古い世界の最後の夢想であり、詩的譫言《うわごと》である。この譫言には予言もあるが、しかし、その予言は墓場の向こうの生、未来の時代の生に属している。まさにそれゆえに、古い世界に生死を賭して結び付いた彼ら、過去の人びとたる彼らには、その革命的精神にもかかわらず、このことが理解できないのだ。彼らはこの老いさらばえた世界がユリシーズのように若返ることができると想像し、**自分たちの**共和国のほんの一端が実現されるだけで、この古い世界を瞬く間に打ち壊してしまうことに気づかない。彼らには、自分たちの理想と現存する秩序との間にある矛盾以上に厳しい矛盾はないことが分からない。一方が生きるためには、他方は死ななくてはならないということが分からない。彼らはもろもろの古い形式の外に出ることができない。彼らはこれらを永遠に続く境界と思い込んでいる。それゆえに彼らの理想は未来という名と色合いを持つだけで、本質において過去の世界に属し、これから解き放たれることがない。

どうしてこうしたことが彼らには分からないのだろうか。

彼らの致命的な誤りは、隣人や自由への高潔な愛に熱中し、もどかしさと苛立たしさに我を忘れた彼らが、自分を解放する前に、人びとを解放してやろうと性急に突き進んだことにあった。彼らは自分たちの中に重い鉄製の鎖を断ち切る力を見出しはしたが、牢獄の壁がまだ残っていることには気づかなかった。彼らは壁を取り壊すことをせず、監獄の設計が自由な生活に適しているかのように、それに新しい役割を与えることを望んだのであった。

カトリック的封建制の古い世界は、その力の及ぶ限りあらゆるものに姿を変え、あらゆる方向に発展し、優美さと不快さとの最高の段階にまで上りつめ、そこに隠されていた真実も偽りも余すところなく曝け出した。そしてついにその世界は力尽きた。それはまだ永く立っていることはできるが、新しくなることはできない。今発展しつつある社会思想の実現は、とりもなおさず、古い世界からの脱出を意味している。脱出！——だが、そこで停止だ！　そもそも一体どこへ行こうというのか。その先の壁の向こうには何があるのか。恐怖に襲われる——何もない、茫々とした広漠たる空間——行く先を知らずしてどうして前に進めようか。何が得られるのか分からぬままに、どうして失うことができようか——コロンブスがそう考えたとしたら、彼は碇を上げはしなかっただろう。道の分からぬ大洋を——誰も行き来したことのない大洋を、存在自体が疑問視されているような国に向かって航海するなど、まさに狂気の沙汰だ。しかし、まさにこの狂気によって彼は新しい世界を発見したのだ。もとより、人びとの行き来が、ある出来合いの hotel garni（家具付きのアパート）から別のより良いアパートに引越しするようなものであったなら、事はもっと簡単だっただろうが、悲しむべきは、新しい住まいなど誰も用意してくれないということだ。未来は大洋よりはもっと悪い。そこには何もないからだ。それは環境と人間によって作られるようにしかならないからだ。

もし古い世界に満足しているのなら、それを護る努力をしたらよい。だがそれはとても虚弱で、二月二十四日のような衝撃に長く耐えることはできないだろう。もし、信念と現実との永遠の齟齬の中に生きることが耐えられないというなら、考えていることと行うことが異なった生き方をすることに耐えられないというなら、恐怖をものともせずに、中世の白亜のドームの下から飛び出て行くがよい。時として、無鉄砲のほうが思慮分別に勝ることがあるものだ。しかし、私はこれが容易なことではないということをよく知っている。生まれた日から慣れ親しみ、それとともに育って人となったあらゆることに別れを告げるなど、とんでもないことではないか。われわれが話題としている人びとは恐ろしい犠牲は厭わないが、しかし、新しい生活が彼らに求めているもろもろのことには準備ができていない。彼らには現代の文明や生活様式や、宗教や約束事となっている年来の道徳律を投げ捨てる用意はできているだろうか。彼らには大変な苦労の果てに獲得した果実——三世紀にわたりわれわれが誇りにしてきた、われわれにとっていとも高価な果実を失う覚悟はあるだろうか。自分たちの生活上の利便性や居心地のよさをすべて**失う**用意はあるだろうか。教養ある老衰よりも粗野な若年を、耕し尽くされた畑や綺麗に設《しつら》えられた公園よりも、耕されていない原野や切り開かれていない森のほうをよしとする覚悟はあるのだろうか。疑いもなく、われわれが死んだ後のはるか未来に建設されるであろう新しい家の起工式に参加したいばかりに、先祖代々伝えられてきた城砦を壊す覚悟はあるのだろうか。多くのものは、こんな問いに狂気じみているというだろう。だが、言葉こそ違え、この問いを発したのはキリストであった。

自由主義者は永いこと革命という言葉を冗談事として弄んできたが、その度が過ぎて、ついに二月二十四日にまで行き着いてしまった。民衆の暴風は彼らを鐘楼の天辺《てっぺん》まで吹き上げた。そして自分たちがどこへ向かっているのか、他の者たちをどこへ導こうとしているのかを、彼らに見させた。自分たちの目の前で口を開けた深淵を覗き込み、彼らは顔色を失った。彼らは自分たちが偏見と見なしていたことだけでなく、その他、永遠とも真実とも見なしていたものも、すべて落ちて行くのを見たのだ。その驚きのあまり、ある者は落ちかかる壁にしがみつき、またある者は悔い改めて道半ばに立ち止まり、道行くものたちに向かって、自分たちが望んでいたのはこんなことではなかったと言い募り始めた。共和国を宣言した者たちが自由の刑吏となったのは、まさにそのためだ。[*3] 二十年来われわれの耳にも鳴り響いていた名だたる自由主義者たちが、反動的な代議員や裏切り者や異端審問官となりおおせているのは、まさにそのためだ。彼らは自由を望み、文学的教養の範囲内では共和制すら望んだ。だが、穏健な範囲を出るや、彼らは保守主義者になってしまう。合理主義者が宗教の秘儀を説明するのを好むのも、神話の意味や意義を解き明かすことを好むのも、みなこれと同じことだ。彼らはこの結果どうなるか、考えたことはなかった。主への畏怖の念に始まる自分たちの探求がついには無神論に行き着くことを、教会の典礼への自分たちの批判が宗教の否定に導くことを、彼らは考えてもみなかったのだ。

王政復古以来、自由主義者たちはどこの国でも平等の名の下に、不幸な者の涙の名の下に、迫害された者の苦悩の名の下に、持たざる者の飢えの名の下に、民衆に向かって君主制的封建秩序の打倒を呼びかけてきた。彼らは実行不可能なことを要求しては大臣たちを追及し、失脚するのを喜んできた。彼らは封建制の支えが次から次へと倒れるのを見て喜んできた。そして大喜びの果てに、ついには自分たちの願望を乗り越えてしまった。彼らは崩れかけた壁の陰から現れたものを見て、はっと我に返った。それは本や議会のお喋りや博愛的な饒舌の中のプロレタリアートや労働者ではなく、日焼けした手に斧を持ち、腹をすかせ、破れたシャツを辛うじて身にまとった本物のプロレタリアートであり労働者であった。彼らがかくも多くを語り、そして同情してきた当の「分け前に与《あずか》ることのなかった不幸な兄弟」が、財産に対する**自分たちの**取り分はどこにあるか、**自分たちの**自由、**自分たちの**平等、**自分たちの**友愛はどこにあるか、とついに問うたのだ。自由主義者たちは労働者の不遜と忘恩に驚き、**文明と秩序**を救うと称して、パリの街区に突撃してこれらを占領し、これらを死体で覆い、**兄弟たち**から逃れて戒厳令の銃剣の陰に身を隠したのであった。

彼らは正しい。ただ、首尾一貫していない。彼らはなぜまず君主制を倒してしまったのだろう。君主制の原理を廃絶する以上、革命はひとり王朝を扉の外に押し出すだけでは済まされないことを、彼らはなぜ理解しなかったのだろう。ルイ・フィリップがサン・クルーに行き着く前に、早くも市庁舎にはすでに新しい政府ができ、[*4]事態が順調に進んでいたことを、彼らは子供のように喜んだ。しかし、変革のこの容易さは、逆にそれが本質的なものではないことを、彼らに示していたはずだ。自由主義者たちは満足していた。だが、民衆は満足していなかった。彼らは今や自分たちの声をあげた。彼らは自由主義者たちの言葉を、彼らの約束を繰り返した。しかるに、自由主義者たちは事態が冗談事ではなくなっていることに気づくや、ペテロのように、自分たちの言葉、自分たちの約束を三度否定し[*5]――殺戮に走った。これはちょうどルターやカルヴァンが**再洗礼派**を溺死させ、プロテスタントがヘーゲルを否定し、ヘーゲル主義者がフォイエルバッハを否定したのに似ている。**改革者**の立場というのは、概してこのようなものだ。彼らはもっぱら浮き橋を架けるだけで、これを渡って向こう岸に行くのは彼らに鼓舞された民衆だ。彼らには立憲制というどっちつかずの曖昧さがもっとも居心地よいのだ。そして、これら空疎な連中は口論と仲違いと非妥協的な対立のこの世界にあって、それを変えることなく、自由、平等、友愛という自分たちの pia desideria（敬虔な願望）を実現しようと望んでいたのである。

ヨーロッパの社会秩序のもろもろの形式、その文明、その善悪は他の本質に即して評定され、別の観念から発展させられ、別の要求に即して形成されてきた。ある程度までこれらの形式は、命あるすべてのものと同様、変わりうるのだが、命あるすべてのものと同様に、その変化はあくまでも**一定程度**の範囲内での話だ。オルガニズムは成長を遂げ、本来の目的を逸脱することもありうる。オルガニズムはこの逸脱がその独自性、その個別性といった、それの個性を成り立たせているものを否定しない限りにおいて、外からの影響に順応することができる。だが、オルガニズムがこれらを否定するような影響に遭遇するや、闘いが始まり、オルガニズムは勝利したり敗北したりするのだが、死という現象は、オルガニズムを構成する諸部分が別の目的を持つようになるということである。だが、それら諸部分は消えない。消えるのは個性の方であり、諸部分は全く別の関係、全く別の現象の中に入るのである。[*6]

フランスやその他のヨーロッパの列強の国家の形態は、その内的な概念からして、自由とも平等とも友愛とも相容れない。これらの観念のどれを実現しても、それは現代ヨーロッパの生活を否定し、それを殺すことになるだろう。どんな憲法も、どんな政府も、封建的なもの、君主制的なものをすべて徹頭徹尾破壊しない限り、封建的君主制の国家に真の自由も真の平等も与えることはできないのだ。われわれの文明、われわれのものの見方、われわれの風俗習慣を形作ってきたのは、ヨーロッパのキリスト教的で貴族的な生活であった。このような生活にはキリスト教的で貴族的な環境がなくてはならない。この環境は、カトリックのローマや背徳的なパリやドイツ哲学の中にあってもおのが本質を保持しつつ、時代精神や教養の程度にふさわしく発展することができた。だが、境を越えることなく、それ以上に進むことはできない。ヨーロッパの様々な部分で人びとはちょっぴり自由になれるし、ちょっぴり平等であることもできる。だが、**この**市民的形式が存在する限り、**この**文明が存在する限り、彼らはどこでも本当に自由にも、平等にもなれない。頭のいい保守主義者たちは皆このことを知っていた。だからこそ彼らは全力を挙げて古い機構を支えてきたのだ。諸君はメッテルニッヒやギゾーが自分たちを取り囲んでいる社会秩序の不当性に気がついていなかったとでも思っているのだろうか。彼らはこれらの不当性がオルガニズムの隅々にまであまりに深く編みこまれているために、これらに少しでも手を触れるや、建物全体が崩れてしまうことを知っていたのだ。このことが分かっていたからこそ、彼らは status quo（現状）の護り手になったのだ。それなのに自由主義者たちは民主主義の馬銜《はみ》を外しておきながら、そのくせ従来の秩序に戻りたいという。正しいのはどちらだろう。

本質において、当然のことながら、みな間違っている——ギゾーも、メッテルニッヒも、カヴェニャックも。彼らはみな架空の目的を実現しようとして本物の悪事を働いてしまった。彼らは死を押しとどめようとして迫害し、殺害し、血を流した。メッテルニッヒの知恵をもってしても、カヴェニャックの兵士をもってしても、共和主義者の無理解をもってしても、かくも誰の目にもはっきりと見えるようになった流れの勢いを、現実に押しとどめることは最早できない。彼らはその流れを弱めることもできず、ただ人びとの歩む道にガラスの破片を撒き散らすばかりだ。道行くものは難渋し、足を切りながらも、それでも押し通って行くだろう。社会〔主義〕的理想の力は偉大だ。とりわけ真の敵、現存する市民的秩序の**正当な**敵たるプロレタリアート、労働者がこの理想を理解するようになって以来、その力を増した。何といっても、この生活形態のあらゆる苦しさを彼らは一身に引き受けたのに、その果実はみな彼らの脇を通り過ぎていったのだから。われわれはまだ物事の古い秩序に未練を持っているが、われわれのほかに、この秩序に未練を抱いているものはいるだろうか。それはわれわれにとってのみ結構なものであった。われわれはこれによって育まれた、われわれはその寵児だ。われわれはこれに死期が迫っていることを知っている。そして、われわれはこれを失うことに涙を禁じえない。ところが、仕事に疲れ果て、飢えに弱り果て、無知ゆえに愚鈍に成り果てた大衆は、この秩序を埋葬したからといって何に涙することがあろうか。彼らはマルサスの言う生の饗宴に招かれてはいなかった。[*7] 彼らが**抑圧されていること**こそが、われわれの生活にとって不可欠の条件だったのだ。

われわれの教養、われわれの文学と学問における発達、美しいものへのわれわれの嗜好、われわれの道楽、こうしたものはみな**他の人びとによって**絶えず掃き清められ、**他の人びとによ**

**って**設えられているという環境があってはじめて可能である。われわれの心理的発達にとって不可欠な余暇、思想家が想いを凝らし、詩人が夢想し、エピキュリアンが享楽することを可能にするあの余暇、われわれの貴族的個性の華やかで気まぐれで詩的で高潔な発達を可能にするあの勤勉な無為がわれわれに提供されるためには、**誰かの**労働が必要なのだ。

何不自由ない生活が精神にどれほどの瑞々《みずみず》しさをもたらすかを、知らぬ者はいないだろう。ジルベール*8のような作家を生み出す貧困は例外だ。貧困は人間の心をひどく歪める。それは富裕にも劣らない。日々の物入りにばかり気を使っていては、伸びる力も伸びない。今日の市民的秩序の中で、果たして誰もが豊かな生活を送ることはできるだろうか。われわれの文明は少数者の文明だ。それは額に汗して働く者がたくさんいて、はじめて可能なのだ。私は道学者でも感傷家でもない。思うに、少数者が真に伸びやかなよい生活を送り、多数者がそれを黙って見ていたかぎりにおいて、過去におけるこの生活の形式は正当化される。私は一人のゲーテを創ることを可能ならしめるために、ドイツ人の二十もの世代が費やされたことを悲しむものではない。プスコフの年貢が一人のプーシキンを生み出すことを可能にしたことを、私は喜ぶ。自然というのは無慈悲なものだ。自然はある種の樹のように、母でもあり継母でもある。自然はその産物の三分の二が三分の一を養うために使われたからといって、このことを意に介したりはしない。三分の一が成長したのならそれでよいのだ。みんなが良く生きるというわけにいかないならば、僅かな者が良く生きればよい、誰かが広々と良く生きることができるというなら、他の者たちの犠牲において、その一人が良く生きればよい。こうした観点に立ってはじめて、貴族階級というものを理解できる。貴族階級とはそもそも多かれ少なかれ、教養ある人食い人種だ。奴隷を喰らう食人種、土地からひどい地代を取る地主、労働者を犠牲にして金を溜め込む工場主――これらはみな同じ人食いの変種に過ぎない。とはいえ、私はどんな野蛮な人食い人種といえども、これを弁護することにやぶさかではない。ある者が自分を料理の一品と見なし、ある者がそれを食したいというのなら、食うがよい。彼らは、一方は食人種となるだけの、もう一方は食料となるだけのいわれがあるのだ。

幾世代にもわたり人の命を喰らって発達した少数者が、どうして自分がかくも安楽に生活していられるのかにほとんど気づかず、他方、夜となく昼となく働く多数者が、労働の成果が他人のものになっていることに全く気づかず、いずれもこれを自然と見なしている間は、人食いの世界は維持されていることができた。人びとはしばしば偏見や習慣を真理と取り違える。そのような時、真理を彼らは不自然とは思わない。しかし、人びとが自分たちの真理が愚にもつかぬことだと理解すれば、万事休すである。愚かしいと見なしていることを人にやらせるには、力を用いるほかない。信仰なくして精進日を定めても意味はない。どんな口実によろうとも、それは無理というものだ。信者が肉料理を食べるのをたまらないと思うのと同じように、信仰のないものには精進料理を食べることは耐えがたいものだ。

労働者はもはや他人のために働くことを望んでいない。これで人食いは終わりだ。ここに貴族階級の限界がある。これまでなにごともなく済んできたのは、労働者たちが自分の力に値を付けることができず、農民が無教養のままに取り残されてきたからだ。彼らが互いに手を差し伸べあった時、諸君は自分たちの余暇や贅沢や文明に別れを告げることになるだろう。その時、少数者の明るい贅沢な生活を作り出すために、多数者を収奪することは終わるだろう。今や観念の中では、人間の人間による搾取はすでに終わっている。というのも、この関係が正しいなどと誰も考えていないからだ。

この世界が社会的革命にどうして逆らうことができようか。いかなる名目でそれは自己を主張しえようか。その宗教は弱体化し、君主的原理は権威を失った。それを支えているのは恐怖と暴力だ。民主的原理はこの世界を内部から蝕む癌だ。

息苦しさ、重苦しさ、疲労、厭世——こうした感覚がどこかへ脱出したいというヒステリックな試みと共に広がっている。世界中のすべての者にとって生きることが忌まわしい。これは大いなる前兆だ。

ドイツ人たちが生きてきた、学問と芸術の領域におけるこの静かで瞑想的な書斎の生活はどこにあるのか。パリを巻き込んだ賑やかで機知に溢れる祝祭、自由主義と仮装と歌の旋風などこに行ったか。これらはみな過去の思い出となってしまった。古い世界をその固有の原理で一新することによって救おうという、最後の努力は失敗に終わった。

疲弊した土地で何もかもが小さく萎えしぼんでいる。才能ある者はいない、創造的活動もない、思想の力もない。意思の力すらない。この世界にとって栄光の時代たるシラーやゲーテの時代は、ラファエロやボナロッティの時代、ヴォルテールやルソーの時代、ミラボーやダントンの時代のように、過去のものとなってしまった。輝かしい工業の時代は今や終わろうとしている。それはかつての貴族の輝かしい時代と同じように、命脈を断たれた。豊かになるものは誰もおらず、誰もが貧しくなっている。信用貸しもままならず、誰もがその日暮らしだ。生活の有様は日々醜く卑小になりつつある。誰もが小さな店の主人のように、身を縮め、恐る恐る生きている。プチブル根性が一般的になってしまった。誰もが浮草のような生活を送っている。万事がその場しのぎの腰掛で落ち着かない。これは古代ローマの悪徳すら行われなくなり、皇帝たちはうなだれ、軍団もおとなしくなってしまった三世紀、人びとの心を押し潰したあの辛い時代だ。憂愁が不安に駆られた精力的な者たちを苦しめた。そのあまり、彼らは金袋を広場に投げ捨て、親族にも、これまでの神々にも別れを告げ、テーベの荒野の彼方へと、群れを成して逃亡したのであった。こんな時代がわれわれにも始まりつつある。われわれの憂いはいよいよ深くなるばかりだ。

悔い改めよ、諸君、悔い改めるのだ！　君たちの世界に裁きの時が来たのだ。戒厳令や共和制や処刑や慈善[*9]によってすら、これを救うことはできない。おそらく、この世界をかくも熱烈かつ執拗に、そしてかくも絶望的な頑迷さをもって護ろうとしなかったならば、その運命はこれほど悲しむべきものにはならなかっただろう。フランスでは最早いかなる休戦も役に立たない。敵対する党派は話し合うことも理解しあうこともできない。彼らの間にあるのはまったく別の論理、別の理性だ。問題がこのようなものになりつつある以上、出口はなく、あるのは闘いのみだ。両者のうち生き残るべきはどちらか――君主制か社会主義か。

どちらにより多くのチャンスがあるか、考えてみよう。私は社会主義の側に賭けることを勧める。「想像するのは難しい！」――確かに、キリスト教がローマに勝利するなど、想像するのは難しかった。私はタキトゥスやプリニウスが友人たちと、この他愛のないナザレ人たちの宗派について、狂気じみた激しい言葉をもってユダヤからやって来たあのピエール・ルルーの徒や、ローマの終わりを宣べ伝えるために当のローマに現れたあの時代のプルードンについて、いかに賢そうに議論したかに、しばしば想いを馳せる。帝国はこれらの貧しい伝道者たちとは異なり、自信たっぷりに傲然と立っていた。だが、そうした姿勢も長くは続かなかった。

それとも諸君には、建設するためにやって来る新しいキリスト教徒、破壊するためにやって来る蛮族が見えないのだろうか。彼らに準備はできている。彼らは溶岩のように、地の下で、山の内部でゆっくりと蠢いている。その時が到来すれば、ヘルキュラネウムもポンペイも消えてなくなるだろう。善きことも悪しきことも、義《ただ》しき者も罪ある者も共に滅びるだろう。これは判決でも制裁でもない、天変地異であり地殻変動なのだ……古びて無力と化したものを終わらせ、新鮮で新しいもののために場を清めにやって来るこの溶岩、これらの蛮族、この新しい世界、これらのナザレ人は、諸君が考えているよりは近くに来ている。われわれが **au premier**（特上の部屋）で、

「ワッフルをシャンパンで流し込みながら」*10

社会主義を論じている間にも、彼らは飢えや寒さで死にかけ、われわれの頭上や足元で、屋根裏部屋や地下室で、不平を鳴らしているのではないか。私はこれが目新しいことではなく、以前にもこんなことがあったことを知っている、だが、これまで彼らはこうしたことが**極めて愚かしいことだと、**気づいてはいなかった。

——しかし、果たして未来の生活の形は進歩の代わりに蛮族の夜によって定まり、喪失によって贖《あがな》われなくてはならないのだろうか。私には分からない。しかし、教養ある少数の者たちがたとえこの崩壊を生き延びたとしても、新鮮な新しい観念によって鍛え直されない限り、彼らにとって生きることはもっと惨めなものになるだろうとは思う。多くの者たちはこのことに憤慨するが、私はこれを慰めと思う。私に言わせれば、これらの喪失の中にこそ、歴史のすべ

ての段階がそれなりの現実性を、それなりの個性を持っており、そのすべての段階が達成された目的であり、決して手段ではないということの証拠があるのだ。それゆえにこそ、どの段階にも特にそれに属し、それと共に滅びる固有の幸せ、固有の善があるのだ。諸君はどう思うだろう、ローマの貴族たちはキリスト教に改宗した後、生き方の上で多くのものを得たであろうか。あるいは、革命前の貴族たちは、われわれが今生きているより、よく生きていたのではないだろうか。

――すべてその通りではある。しかし、急激で力任せの変革という考えには、多くの者にとって受け入れがたい何かがある。人びとは変化が不可避だということが分かっていても、できることならゆっくりと起こってほしいと願うものだ。彼らは言う、自然だって自分の形が整い豊かになり繁栄するに従って、その変動の中で丸ごと死滅した住人たちの骨に満ちた地殻が証明している、あの恐るべき破局に変化のあり方を訴えることはしなくなった。ましてや、自然が意識にまで到達したこの発展段階にあっては、順序立った穏健な変容こそが、それにふさわしい変化のあり方なのではないのか、と。

――自然は選ばれた数少ない幾人かの頭脳によって意識に到達した。他の者たちはまだその過程にある。それゆえに、彼らは Naturgewalt（自然力）や本能、無意識の渇望や情念に従順なのだ。諸君にとって自明で理性的な思想でも、それが他の者の思想となるためには、真理であるだけでは足りない。そのために必要なのは、この他の者の脳髄が諸君のそれと同じくらいに発達し、昔ながらの観念から自由になっているということだ。社会の仕組みがゆっくりとしか変化しないからといって、飢えと貧困を我慢せよと、諸君は労働者をどうやって説得しようというのか。所有者や高利貸しや商店主たちに向かって、自分たちの独占的な権益を握り締めた手を開くように、どうやって納得させようというのか。このような自己犠牲を想像することは難しい。為しえたことなら、すでに為されているはずだ。中産階級の発達や立憲的な秩序は、封建的君主制的世界と社会的共和制的世界とを結び付ける中間的な形式にほかならない。過去の権力を継承しようと願っているくせに、厚顔にも過去に向かって非難を浴びせるという、この中途半端な解放を体現しているのがブルジョアジーだ。彼らは自分のために努力してきたそしてそれは正しかった。人間というものは自分のために行うときにのみ、真面目になれるものはのだ。だが、ブルジョアジーは自分たちを畸形的な連結環と見なすことはできなかった。彼らは自分を目的と見なした。しかし、彼らの道徳的原理が過去のそれより卑小で貧弱であるのに、繁栄だけはいよいよ急だ。だから、ブルジョアジーの世界がかくも急速に衰退し、再生のためのより多くの可能性を最早持たなくなっているというのも、なんら驚くには当たらない。最後に、この緩慢な変革なるものがいかにして可能か、考えてほしい。最初の革命に倣って、所有を細分化することだろうか。だが、このことの帰結はこの世のすべてにとって良からぬものとなるだろう。小所有者ほど悪しきブルジョアにはいないからだ。苦しみに多いが、しかし自信に満ちたプロレタリアートの心に現に秘められている力が、すべて干上がってしまうだろう。確かに彼らが飢えて死ぬようなことはなくなるかもしれない。だが、彼らはちっぽけな耕地、あるいは、兵営のような作業場に小さな部屋を手に入れ、それで自足してしまうだろう。平和的で秩序立った変革なるものの将来はこのようなものだ。だとすれば、歴史の本流は別の河床を見つけることだろう。ライン河と同じように、それが砂利や粘土の中で消えてしまうことはないだろう。人類が泥だらけの狭い田舎道を歩むことはない。人類に必要なのは広い道だ。この道を掃き清めるためとあれば、人類はなにものも惜しまないだろう。

自然の中では保守主義は革命的要素に劣らず強力だ。自然は古いものにも無用になったものにも、それが可能である限り、生きることを許す。しかし、自然は地球を整理するためとあれば、マンモスもマストドンも惜しまない。彼らを絶滅させた大変動は、**彼らを滅ぼすこと**を目的としていたのではない。もし、彼らが何らかの方法で自分たちを救うことができたとするならば、彼らは生き残り、その後、自分たちにとっては馴染みとは言えない環境の中で、安らかに穏やかに退化していったことだろう。マンモスの骨や皮膚がシベリアの氷の中で見つかるのは、おそらく、マンモスが地質時代の地殻変動を生き残ったからだろう。これは封建的世界のコムネヌス朝でありパラエオログス朝だ。[*11] 自然は歴史と同じように、こうしたことに異を唱えない。自然をわれわれは感情をもった人間のように考え、これに自分たちの気持ちを付与するが、われわれは自分たちの言葉が隠喩的であることを忘れ、表現の仕方をことそのものと思い違えている。われわれは愚かしさに気づくことなく、自分たちの家計のやり繰りの仕方を宇宙全体の経済にも当てはめようとする。だが、その宇宙全体の経済にとっては、世代や国民はおろか、まるまる幾つもの惑星すらも、その普遍的発展に比べればいかなる重要性も持ってはいない。主観的で個人的なことばかり愛するわれわれと異なり、自然にとって個別的なものの死滅は、それの発生と同じように、必然性と生の戯れの執行に過ぎない。自然は個別的なものを憐れまない。というのは、なにものも、それがいかなるものに姿を変えようとも、自然の広大な抱擁から消えてなくなることはできないからだ。

一八四八年十月一日、シャン・ゼリゼ

# Ⅳ　VIXERUNT！（彼らは生き残った！）

死をもて死を滅ぼせり
復活祭の日曜の朝課

一八四八年十一月二十日のパリはひどい天気だった。[*1] この年はじめての、時ならぬ雪と霙《みぞれ》の混じった激しい風が、早くも冬の訪れを思わせていた。ここでは人びとは冬を社会の不幸のように待ち受ける。貧乏人は暖房のない屋根裏部屋で、温かい衣服も十分な食料もないままに、凍える準備をしている。薄霜や薄氷、そして湿気のこの二ヶ月でたくさんの人が死ぬ。熱病が働く者たちを疲弊させ、その力を奪うのだ。

この日は全く日が射さず、湿った雪が霧を含んだ大気の中で溶けながらも、絶えず降り続いていた。風は帽子を吹き飛ばし、コンコルド広場を囲む丈の高いポールに取り付けられた何百という三色旗を、無慈悲にはためかせていた。広場には軍隊と民警がぎっしりと並んでいた。チュイルリー公園の門の傍らには、十字架を戴いたテントのようなものが設営されていた。公園からオベリスクまで、兵士によって封鎖された広場には人気《ひとけ》がなかった。正規軍、遊撃隊、軽騎兵隊、竜騎兵隊、砲兵隊が広場に通じる道という道をすべて埋め尽くしていた。事情を知らぬものにはここで何が行われようとしているのか、想像もつかなかった……またしても王の処刑が行われるのではないか、あるいは、祖国が危機に瀕していると公告されるのではないか……いや、これは国王にとっての一月二十一日ではなく、民衆にとっての、革命にとっての一月二十一日だった。それは二月二十四日の葬儀だったのである。

朝八時過ぎに、年輩の人びとからなる不揃いの小さな集団が橋を渡りはじめた。彼らは外套の襟を立て、少しでも濡れていないところを歩こうと、覚束ない足取りで探しながら、悲しげな様子でのろのろと進んだ。彼らを二人の男が先導した。一方の男はアフリカ風のカバン〔フードのついた厚地の外套〕で身を包み、中世の傭兵隊長さながらの厳《いか》つい怖そうな顔つきを僅かに見せていたが、その痩せぎすの病的な顔には、猛禽の特徴を和らげるようないかなる人間的なものも混じってはいなかった。彼のひょろりとした容姿からは災厄と不幸の匂いが漂っていた。[*2] もう一人の、灰色がかった縮れっ毛の男のほうは太っていて盛装していた。彼はフロックコートだけを着ていたが、この手の男にはよくある、人を小ばかにしたような投げやりな様子で歩を進めていた。昔は美形であった彼の顔には、今では地位と名誉に満足しきった男の、自意識たっぷりの好色な表情だけが残っていた。[*3]

彼らを迎えたのは歓迎の挨拶ではなく、儀仗兵が捧げる銃のガチャガチャという音だけであった。この時、反対側のマドレーヌ寺院の方から別の小さな集団が進んできた。これは冠《ミトラ》に祭服《リーザ》という中世風の衣裳を身にまとった、さらに奇妙な一団であった。香炉に囲まれ数珠と祈禱書を手にした彼らは、死滅し忘れ去られて久しい封建時代の亡霊のように見えた。

こんな二組の連中は何のためにやって来たのか。

一方は銃声の下で起草され、戒厳令の下で審議された**人民の意志**たる法典を、数十万の銃剣の警護の下で――**自由と平等と友愛**の名において宣言するためにやって来たのだ。そしてもう一方は、哲学と革命の成果を**父と子と聖霊の名において**祝福するためにやって来たのだった。

民衆は誰一人としてこんなパロディに一瞥すらくれようとしなかった。彼らは自分たちのために斃《たお》れたすべての兄弟を葬った共同墓地、七月の記念柱[*4]の周りを、陰鬱な面持ちで群れなして巡っていたのだ。軍と武装したブルジョアの隊列の縁を飾っていたのは、商店主、行商人、番頭、近隣の家々の門番、宿屋の奉公人、それに我らが同類たる外国の旅行者たちであった。しかしその観客も、聞き分けることのできない読経や、赤いのや黒いのや、毛皮の付いたのや付いていないのが入り混じる判事の仮装舞踏会もどきの衣裳や、目に飛び込む雪や、廃兵院前の広場から発射される祝砲によっておどろおどろしさが一段と増した軍の戦闘隊形に、驚きの目を見張った。兵士と銃声は否応なく六月の日々のことを想起させ、胸を締め付けた。まるでみなそれぞれに罪の意識を持っているかのように、誰の顔にも当惑の色があった。ある者たちは罪を犯しつつあるという意識のゆえに、またある者たちはそれを許しこれに加担しているという意識のゆえに。ほんの小さな物音やざわめきを聞きつけては、その後には空気を切る弾丸の音や、蜂起の喚声や、規則正しい警鐘の音などが聞こえてくるのではないかと、幾千もの頭が音のする方を振り向くのであった。吹雪は続いていた。骨の髄まで濡れきった兵士たちの間からは不平の声があがった。とうとう太鼓が打ち鳴らされ、群集は緊張を解き、そして偉大なる「マルセイエーズ」に取って代わった«Mourir pour la patrie»（祖国のために死なん）を貧弱な声で歌いながら、隊列行進が果てしもなく続いた。

この時、われわれには既におなじみの例の若者が、[*5] 群集を掻き分けて中年の男のところに辿り着くと、こんな嬉しいことはないといった調子で彼に声をかけた。

――これは、これは。あなたがここにおいでとは知りませんでした。

――やあ、今日は――こちらは彼に向かって両手を親しげに差し出して答えた――大分前に来たのですか。

――数日前です。

――どちらから？

――イタリアからです。

——で、どうです、あちらの具合は。

——言わぬが花です。……ひどいものです。

——はてさて、親愛なる空想家にして理想主義者君——私には分かっていましたよ、貴方が二月の誘惑に抗しきれず、そのことによってたくさんの苦悩を引き受けることになるだろうということをね。苦悩というものはとかく人に無いものねだりさせるものですから……貴方はいつでも西欧の停滞に、その惰眠に不平を鳴らしていらしたが、今やそうした側面から西欧を責めることはできないように思われますが。

——笑ってはいけません。どんな懐疑が心の中にあるにしろ、笑ってはならない場合というのがあるものです。涙も足りないくらいの時だというのに、はたして、ひやかしているような場合でしょうか。正直のところ、わたしには振り返ることが恐ろしい、思い出すのが恐ろしいのです。あなたとお別れしてからまだ一年と経ってはいませんが、まるで百年が過ぎてしまったような気がします。最良の冀《ねが》いや大切に思う期待が実現されつつあるものと考え、それらが実現される可能性を考えていましたのに、それがこんなにも深く、こんなにも低く堕ちてしまうなんて。そしてすべてを失ってしまうなんて。それも戦闘の中で、敵との闘いの中でならいざ知らず、自分の無力と無能のゆえに失ってしまうなんて、おぞましいことです。わたしには正統主義者と顔を合わせるのが恥ずかしい、というのは、彼らは面と向かって笑い、そして、わたしは彼らが正しいと感じているからです。何という学校でしょう、あらゆる才能を開花させるどころか、みな駄目にしてしまうなんて。わたしはあなたとこういう形でお目にかかれて、本当に嬉しい。あなたにどうしても会いたいという念願が、とうとう叶えられたのですから。わたしは勝手にあなたと論争して和解し、そしてあなたを念頭に置いて馬鹿馬鹿しく長い手紙を書き上げたものですが、今となっては、これを破り捨ててしまって、本当によかったと思っています。その手紙は厚かましい期待に満ち溢れていましたからね。わたしはこれらの期待によってあなたをひとつやっつけてやろうと思っていたのですよ。でも、今ではわたしは、この世界は滅亡しつつある、出口はない、ここには崩壊と荒廃が運命づけられているのだということを、あなたに最終的に納得させてほしいと願っています。今ではあなたがわたしを悲しませることはないでしょう。そもそも、わたしもあなたにお目にかかれば気持ちが楽になるだろうと思っていたわけではありませんから。あなたのお言葉を聞くと、わたしはいつでも気が重くなります。決して楽になることはありません。しかし、わたしが望んでいることは、むしろこうしたことです……わたしを得心させてください。そうしたら、わたしは明日にはマルセーユに行き、そこから一番の船でアメリカかエジプトに向かいます。ただ、ヨーロッパから離れたいのです。わたしは疲れました。わたしはここにいるとひどく疲れるのです。胸や脳が病んでしまったように感じます。このままでは気が狂ってしまうでしょう。

――理想主義ほど始末の悪い神経病は滅多にありませんね。お別れして以来いろいろな出来事があったというのに、貴方はあの時のままです。貴方は相変わらず、理解するよりは苦悩することのほうを望んでおいでになる。理想主義者というのは、大きな腕白小僧、大きな弱虫小僧ですね。たしか、以前にもこんなことを言ってお詫びしたことがありましたが――こうした言葉が個人的な勇気の有無のことを言っているのではないことは、お分かりいただけると思います。こうした勇気なら有り余るほどにお持ちですから。理想主義者というのは真実の前で臆病です。貴方がたは真実から目を背《そむ》け、自分たちの理論にそぐわない事実を恐れています。貴方がたはご自分たちによって拓かれた道以外の方法で、世界を救うことはできないと思っている。貴方がたは世界が自分たちの献身に感謝して、自分たちの笛に合わせて踊ってくれることを望んでいます。そして、世界には世界なりの調子や拍子があることに気づくやいなや、貴方がたは腹を立て、絶望し、世界自身の踊りを見ようという好奇心をすら、持たなくなってしまうのです。

――臆病者とも愚か者とも、どうとでもお呼びください。しかし、実際の話、わたしはこんな髑髏の舞を見ようなどという好奇心を持っていません。わたしは恐ろしい見世物に対するローマ人のような好みを持ち合わせていないのです。おそらくそれは、わたしが洗練された殺しの技術などというものに、いかなる嗜好も持っていないからでしょう。

――好奇心の価値のあるなしは見世物の内容によって測られます。コロセウムの観衆は死刑の判決とその執行を、暇つぶしに見に来たという怠惰な群集から成っており、今日は自分の心の隙間を何かで埋めようとしてここにやって来たかと思うと、明日には昨日の英雄のうちの誰かが縊《くび》られるのを、同じような熱心さで見に来るでしょう。より尊敬に値する別の好奇心もあります。それはより健全な地盤に根ざしていて、知ろうとか学ぼうという意欲に通じます。世界の未知の領域のことがどうしても気になりだし、伝染病の特質を知ろうとして、自分もそれに感染してしまうということにもなります。

――つまり、有益ということを念頭に置いた好奇心ですね。しかし、最早手当ての時は過ぎたということを知りながら、死にゆく人を見守ることにどんな有益なことがあるのでしょう。これは好奇心の詩情でしかないでしょう。

――貴方が詩的と呼ばれる好奇心なるものは、私に言わせれば、至極人間的です。――私はヴェスヴィアスの大噴火[*6]を、身にせまる危険をも顧みず、最後まで見届けようと舟に残ったプリニウスを尊敬します。遠くに離れているほうが賢く、いずれにしろ、より安心ではありましたが。

――おっしゃりたいことは分かりますが、あなたの比喩は全く適切ではありません。ポンペイが滅亡したとき、人にはなす術はありませんでした。見ているか、あるいは脇に離れているか、そのいずれを選ぶかは人様々でした。わたしが立ち去りたいと言うのは、身の危険を感ずるからではありません。最早とどまってはいられないからです。危険に身を曝すというのは、遠目に見えるよりは、ずっと簡単です。しかし、滅亡を手を束ねて見ていること、何の甲斐もないということを知ること、できることなら助けたいと願いながらも、手を伸べて行く先を指し示したり、未来を説き聞かせる術をもたないことを理解すること、こうしたことは人間の力に余ることとです。誰も彼もが一種の狂乱状態にあることに驚いた人びとが、自分たちもまた慌《あわ》てふためき、駆けずり回り、互いを傷つけ合っている様を、まるまる一つの文明が、世界が、混沌と破壊を呼び起こしながら崩壊しつつある様を、なす術もなく見ていなくてはならないということ――これもまた人間の力を超えたことです。ヴェスヴィアスのことはどうにもなりません。しかし、歴史の世界は人間のいる場所です。そこでは人は観客であるだけでなく、役者でもあります。そこでは言葉を発することができます。そして、もし参加できないというのであれば、人はいなくなることによって抗議の意思を示さなくてはなりません。

――人間の居場所は歴史の中にある――これは言うまでもありませんが、そのように言うことによって、人間は自然の中では客人だと考えがちです。歴史と自然の間にはまるで石の壁があるかのようにね。しかし、私の思うに、歴史も自然も人間のいるべき場所です。ただ、そのどちらにおいても、人間は全能の主人ではありません。自然が自分に従順でないことに侮辱されたように感じないのは、自然がそれ自身の法則に従っているからです。私たちは自然がわれわれから独立した独自の現実性を持っているということを信じているからです。それなのに、歴史の現実性の方は、とりわけ現代の歴史の現実性は信じようとしません。人間は歴史の中では意のままに振舞うことができるように思っています。こうしたことはすべて二元論の悲しむべき痕跡で、この二元論のせいで私たちの目には長いこと物事がだぶって見え、私たちは二つの光学上の錯覚の間を揺れ動いてきたのです。二元論は今では昔ほどあからさまな力を振るってはいませんが、それでも今なお私たちの心の奥底に、気づかれないような形で残っています。習慣的に繰り返されることからして当然と思い込まれている私たちの言辞や先入観念が、真実を見る妨げとなっているのです。もし仮に私たちが、歴史と自然は全く別物だと五歳のころから教えられていなかったとしたら、自然の発達は知らず知らずのうちに人類の発達に移行しているということを、これが一つの物語の二つの章であり、両端では極めて遠いが中間ではひどく近い一つの過程の二つの段階であることを、私たちは容易に理解していたことでしょう。そしてその時、歴史の中で成就されることはどんなものであれ、すべてその一部は、生理という不分明な渇望の支配下にあることに驚くことはなかったでしょう。勿論、歴史的発展の諸法則は論理の諸法則に反するものではありません。しかし、それらはその展開の過程において、思想の行程と合致するものではありません。というのは、自然の中ではいかなるものといえども、純粋理性が三分する〔正反合という〕抽象的な規範に合致することはないからです。このことを知っていたら、人はこれらの生理学的影響の研究と発見を目指していたことでしょう。しかし、私たちはこうしたことをやっているでしょうか。社会生活の生理学たる、真に客観的な科学としての歴史を、真面目に研究してきたものは誰かいるでしょうか。保守主義者も、急進主義者も、哲学者も、歴史家も、誰一人としていません。

――しかしながらたくさんのことがなされてきましたよ。それというのも、おそらく、蜂にとって蜜を作るのが自然のことであるように、わたしたちにとっても歴史を創るのが自然のことだからでしょう。これはあれこれ思いめぐらした結果ではなく、人間精神の内なる欲求だからなのです。

――貴方がおっしゃりたいのは本能ということでしょう。その通りです。それが大衆を導いてきましたし、今なお、導いています。しかし、私たちはそうした状態にはありません。私たちは本能がもつ原始の確かさを失ってしまいました。私たちはあまりに内省的であるために、歴史が未来を切り拓くためのあるがままの渇望を、自分たちの内部で消してしまったのです。私たちは概して、肉体的能力も精神的能力も、等しく失ってしまった都市の住人です。農夫や船乗りは事前に天候を知りますが、私たちはそれが分かりません。本能のうち、私たちに残されているのは、ただ行動したいという不穏な願望だけです。これはこれで結構なことです。が、意識的な行為、すなわち願望をすっかり満たすような行為は、まだ存在できていません。私たちの行為はなにごとも場当たり的なのです。私たちは皆、自分たちの思想も願望も、自分たちを取り囲む環境の中に押し込めておこうとしているのです。そして絶えず失敗に終わるこれらの試みが、私たちにとって教育の役割を果たしているのです。貴方は自分たちにとって貴重で自明の思想を民衆が実行しないといって腹を立てています。自分たちが折角武器を与えているのに、彼らはそれを使って自らを救うことができず、相変わらず苦しんでいる、といって怒っています。しかし、なぜ貴方はご自分の思想を民衆が実行しなければならないとお考えになるのですか。貴方が考えついた手段は必ず役に立つと、貴方は確信しているのですか。民衆は必ずそれを理解すると、貴方は確信しているのですか。ほかに手立てはない、より以上の目的はないと、貴方は確信しているのですか。貴方は民衆の考えていることを推測できるとおっしゃいます。たしかにそうかもしれませんが、しかし、それはむしろ思い込みではありませんか。だって、貴方と大衆は異なった二つの文化に属しているのですよ。貴方がたの間には、今では簡単に横断できる大洋よりも、もっと大きな時代的な隔たりがあるのです。大衆は得体の知れない渇望に満ちています。激しい爆発力に満ちています。彼らは自分たちが考えていることを空想と区別しませんでした。彼らにあって思想は、私たちの場合と違って、理論のままにとどまることがありません。それはすぐに行動に移されます。思想を彼らに教え込むことは困難です。彼らにとって思想は冗談事ではないからです。大衆が時として最も大胆な思想家をも追い越し、彼らをその意に反して巻き込んだり、昨日まで崇めてきた彼らを道の半ばで置き去りにしたかと思うと、当然従わなくてはならないはずの思想家たちについていこうとしないのは、そのためです。彼らは子供や女性に似て、気まぐれで、移り気で、定見などないのです。それなのに私たちは、人類のこの自律的生理学を学び、それと折り合い、そしてその歩みと法則を理解する代わりに、まるで民衆あるいは自然が何かに責任を負っているかのように、また、曖昧な目的や無責任な行動にわけもなく駆り立てられる彼らの生活が私たちの気に入っているかどうかを、まるで彼らが気にしているとでもいうように、批判したり、教え諭したり、腹を立てたりしているのです。これまでこの神官さながらの教導的な態度にはそれなりの意味がありましたが、しかし、今ではそれは滑稽なものになりつつあります。そして、私たちは今や絶望した者といった陳腐な役どころを演じさせられているのです。貴方はヨーロッパで行われていることを腹立たしく思っておいでです。凶暴な、そして愚かしくも勝ち誇るこの反動が貴方を憤慨させています。そのことでは私も同じです。しかし、ロマン主義に忠実な貴方は腹を立て、真実を見たくないばかりに逃げ出そうとしていらっしゃる。今や私たちのこの人為的で虚構的な生活から逃げ出すべき時だということには同意いたします。しかし、だからといってアメリカに逃げていってどうなるというのですか。貴方はそこに何を見出すのでしょう。北の合衆国

――それは封建的キリスト教的テキストの小綺麗な最終版、それも粗雑な英語の翻訳版にすぎません。一年前なら、貴方の脱出も特に驚くべきものではなかったでしょう。あのころの状況は捗々《はかばか》しくなく、沈滞していましたからね。しかし、ヨーロッパ中が沸き立ち、動き出しつつある変革の真っ盛りに、今や、古くなった壁は崩れ落ち、偶像は次から次へと倒れ、ウィーンではバリケードの作り方まで学ばれたというこの時になって出て行こうとは……*7

――しかし、パリではこれらを砲弾によって壊すことも学ばれましたね。それに、偶像が倒れつつあるといっても、こちらは明日には復活するのでしょうが、しかし、その偶像と一緒に、幾世紀もかけて育てられ、やっと実りかけたヨーロッパの最良の果実もまた、永遠に落ちようとしているのですよ。わたしには裁きの場が見えます、処刑も死も見えます。しかし、復活や赦しは見えません。世界のこの部分はその存在を終えました。その力は尽き果てました。この時代を生きる人びとはその使命の果てにまで行き着いてしまったのです。彼らは愚かになり、落伍しつつあります。歴史はどうやら別の河床を見つけたようです。わたしはそちらに行こうとしているのです。あなたは昨年わたしに何か同じようなことを証明なさろうとしましたよね。覚えておいでですか、ジェノアからチヴィタ〔・ヴェキア〕へ行く船の上でのことを。

――覚えていますとも。でもあれは**嵐の前**のことでした。貴方はあの時私に反論なさいましたが、今では同意をはるかに通り越してしまいました。貴方は現実や思想によって貴方のおっしゃる新しい見解に行き着いたのではありませんでした。貴方の意見が、落ち着いた性格の代わりに、いきり立ったような性格を持っているのはそのためです。貴方はこうした見解に par depit（腹立ち紛れに）、いっときの絶望の果てに行き着いたのです。そして、貴方はこの絶望によって、無邪気にも、そして心ならずも、これまでの期待を覆い隠してしまったのです。もし貴方のこの見解が拗《す》ねた恋人の気まぐれでなく、事態をあるがままに冷静に知った結果であるならば、貴方は別の言い方をなさったことでしょうし、また、別の見方をなさったことでしょう。目の前で成就しつつある悲劇的な運命を前に、いかに憤り、恐怖の念に溢れようとも、貴方は個人的な rancune（恨み）を捨て、自分一個のことは忘れていたはずです。しかし、理想主義者というのは降参することを潔《いさぎよ》しとはしません。彼らはまるで頑固なまでに自己に固執し、自分の個性を、自分の褒賞を片時も忘れることなく、無一物に耐える修道士のようです。貴方はここに残ることについて、何を恐れているのですか。果たして貴方は、どんな悲劇を見ても、神経が参ってしまうことを恐れて、第五幕の始まったところで劇場を出てしまわれるのでしょうか。オイディプスの運命は貴方が座席を立ったからといって変わるものではありません。彼はやはり破滅するのです。芝居は最後まで見たほうがいいですよ。ハムレットの不幸に気の滅入った観客が、時として、活力と希望に満ちた若いフォーティンブラスに出会うことだってあるのですから。*8 死の光景だって厳《おごそ》かで、そこには偉大な教訓が隠されているものです……ヨーロッパに掛かった黒雲は、いかなる者にも自由に息をすることを赦さないほどに激しく広がり、稲妻に次ぐ稲妻、落雷に次ぐ落雷、大地も揺れ動いています。それなのに貴方は、ラデツキがミラノを、カヴェニャックがパリを占領したからといって逃げ出したいとおっしゃる。[*9] これこそまさに歴史の客観性を認めないことを意味しています。私は謙虚ということを憎みます。しかし、この場合、謙虚は理解を意味しています。それは歴史に従い、歴史を認めるということです。それに、歴史は期待していたよりはずっとよく進行していますよ。貴方は一体何に腹を立てているのですか。私たちは緩慢な老衰という、不健康で気の滅入るような環境の中で萎《な》え凋《しぼ》んでゆくことを覚悟していました。しかるに、ヨーロッパには衰弱の代わりに疫病が蔓延し始めました。ヨーロッパは倒壊し廃墟と化し、溶解し、我を忘れ、そのあまり、闘いの中でいずれの側も朦朧《もうろう》となって、もはや敵も味方も見分けがつかなくなっています。悲劇の第五幕は二月二十四日に始まりました。陰鬱な気持ちになったり、恐れおののいたりするのも当然です。真面目な人間なら誰でも、こんな事件が続けば、冗談など言ってはいられない気分になるものです。しかし、こんな気分は貴方の見解からしても、絶望には程遠いことです。貴方は自分が絶望しているのは革命家だからだと想像しているようですが、それは間違っています。貴方が絶望しているのは、貴方が保守主義者だからですよ。

――大いに感謝申し上げます。あなたのご意見では、わたしがラデツキやヴィンジシグレーツと同類だということになりますね。

——いいえ、貴方のほうがずっと悪質です。ラデッキはどんな保守主義者だとおっしゃるのですか。彼は何もかも壊しました。彼はすんでのところでミラノの大聖堂を火薬で爆破するところでした。果たして貴方は、野蛮なクロアチア人たちがオーストリアの都市を襲ってこれを占拠し、徹底的に破壊しつくしても、これを保守主義だと真面目に呼ばれるおつもりですか。彼らも、彼らの将軍たちも、自分たちが何をしているのか知りません。ただ自分たちが**護ってはいない**、ということだけは知っています。貴方はなにごとも旗印で判断なさいます。これは皇帝に与《くみ》している、だから保守主義者だ、これは共和制に与している、だから革命家だ、というわけです。しかし、今では君主的原理と保守主義は仲間同士で喧嘩しています。もっとも有害な保守主義は共和制の側からのもので、貴方が宣伝しているやつですよ。

——しかし、わたしが何を護ろうとしているとおっしゃるのですか、どこにあなたはわたしの**革命的**保守主義を認めようというのか、おっしゃってくださいよ。

——ひょっとして、貴方は今日宣言されようとしている憲法が愚かしい代物《しろもの》であることに、腹立たしい思いを抱いていませんか。

——勿論です。

——貴方はドイツの運動がフランクフルトの漏斗《ろうと》を通じて雲散霧消してしまったとか、[*10] カルロ・アルベルトがイタリアの独立を擁護しなかったのはけしからんとか、[11]ピオ九世は案に相違して愚物だった[12]とかいって、腹を立てていらっしゃいますね。

——だからどうだというのですか。わたしは弁解するつもりはありませんよ。

——まさにそのことが保守主義なのです。貴方の願望が実現されたとすれば、その結果、古い世界は目出度く正当化されたことになります。何もかも正当化されます、革命以外はね。

——どうやら、オーストリアがロンバルディアに勝利したことを喜ばなくてはならないようですね。

——どうして喜ばなくてはならないのですか。喜ぶことありませんが、さりとて驚くこともありません。ロンバルディアはミラノのデモンストレーションによっても、カルロ・アルベルトの助力によっても、解放されることはできませんでしたよ。

——この問題について sub specie aeternitatis（永遠の相の下で）議論をするのも結構ですが……しかし、わたしには人間とその弁証法を識別することができます。略奪された都市や、陵辱された女や、白い制服を着た野蛮な兵士[13]などを前にすれば、ご自分の理論を忘れることになるだろうと、わたしは断言しますよ。

——貴方はお答えになる代わりに、同情を買おうとしていますね。これはいつでもうまくいくものです。情けは、道徳的な破綻者以外、誰にでもありますからね。ミラノの運命にはランバル公爵夫人[*14]のそれと同じように、人の心を揺さぶるものがあります。人間なら同情するのが当然です。貴方は沈みつつある船を岸から見ている以上の楽しみはない、などといったルクレチウスを信用なさっていませんが、しかし、これは詩人に対する中傷です。自然の力によってたまたま破滅させられた犠牲者は、われわれの心の琴線に触れるものがあるのです。私はミラノでラデツキに会ったことはありませんが、アレクサンドリアでは疫病に出くわしました。私はこれらの致命的な災厄が、人間にとっていかに屈辱的で侮辱的であるかを知っています。しかし、さりとて、泣いてばかりいるのも惨めで情けないことです。心には憤りと並んで、これに抗して断固闘おう、その原因を究め、闘う手段を探し出そうというやみがたい願望も生まれるものです。こうした問題は感傷では解決できません。医者たちは重症の患者について、悲嘆にくれる親族たちと同じようには考えません。彼らだって、心の中では親族たちと一緒になって涙を流しもするでしょうが、しかし、病気と闘うのに必要なのは、事態を見極めることであって、涙を流すことではありません。つまるところ、医者が患者にいかに好意をもっていたとしても、医者は取り乱してはなりません。死が近づいており、これを避けることはできないことを知っていたとしても、うろたえてはいけないのです。しかし、貴方が悲しんでいるのが、こうした激しい変動や混乱に巻き込まれて死んだ人びとのこと**だけ**だというのならば、貴方は間違っていません。冷酷になるためには訓練が必要ですからね。司令官や大臣や判事、そして刑吏は、身近な者にいささかの同情の念も持ちません。彼らはその生涯を通じてあらゆる人間的なものに共感することを、自らに禁じてきたのです。もし、彼らにそれができなければ、彼らは道の半ばで立ち止まったことでしょう。貴方が嘆き悲しむのは全く正しいことです。私は貴方を慰める術をもちません。ただ、その慰めは量的なだけでしょうけれど。思い出してください、パレルモの蜂起[*15]からウィーンの占領にいたるまでに起こったあらゆることが、ヨーロッパにとって、例えばエイラウで死んだ人びとの三分の一にも当たらなかったということを。[*16]われわれのもろもろの観念はいまだに傷《いた》んでいますから、人びとを、もし彼らが何らかの信念を抱き、好きこのんで戦闘に赴いたのではなく、「徴兵」と呼ばれる**市民の災厄**によって戦闘に駆り立てられ、部隊の一員として死んだような場合には、その死者の数を数える術をもっていません。バリケードの陰で死んだ者たちは、少なくとも、自分たちが死んでゆく理由を知っていました。しかし、どうでしょう、二人の皇帝が川の上での会見をどんなやり取りから始めたか、[*17]それを耳にすることができた者たちがいたとすれば、彼らは自分たちの勇敢さに顔を赤らめたことでしょう。「なぜわれわれは戦っているのでしょう。――とナポレオンは尋ねたものです――単なる誤解ですよ」「そうですな、理由はありませんな」とアレクサンドルは答え、二人は接吻したのでした。驚くべき勇猛さをもって何万もの兵士が夥《おびただ》しい数の敵を殲滅し、自分たちも骨を曝したのは、**誤解**からだったのです。いずれにしろ、とにもかくにも、多くの人びとが死んだのです。繰り返し申しますが、彼らに気の毒でした。本当に気の毒でした。しかし、私には貴方が悲しんでいたのは人びとのことだけでなく、何か別のことを悼《いた》んでいるように思われるのですが。

――大変たくさんのことを悼んでいます。わたしは二月二十四日の革命を、壮大な始まり方をしながら控えめに終わってしまった革命として悼んでいます。共和制は可能でした。わたしはそれを目の当たりにしました、その空気を吸いました。共和制は夢ではありませんでした。それは本当にあったことです。それが一体どうなってしまったのでしょう。わたしは共和制を悲しく思います、翌日に敗北するために目覚めたイタリアを悲しむように、三十人の地主の足元に倒れるために背丈いっぱいに立ち上がったドイツを悲しむように。わたしは人類がまるまる一世代後退してしまったことを、運動がまたしても衰退し、停滞させられてしまったことを悲しく思います。

――運動それ自体について言えば、これを抑えるわけにはゆきません。現代のモットーはいつの時代にもまして、super in motu（永遠の運動）なのですから。私が貴方を保守主義と言って非難したとき、私が正しかったということはお分かりでしょう。貴方の保守主義は矛盾に陥っています。一年前に貴方は私に向かって、フランスの教養階層の道徳的退廃についてお話しになりましたが、今度は突然、彼らがひと晩で共和主義者になってしまったとおっしゃる。それというのも、民衆が頑固な老人[*18]をつまみ出し、ちっぽけな外交官たちに囲まれたしたたかなクウェーカー教徒[*19]の座っていた椅子に、ちっぽけなジャーナリストたちに囲まれた取り柄のない神権的慈善家[*20]を座らせたからだというのですから。

――今になって見通すことは簡単です。

――当時だって難しくはありませんでしたよ。二月二十六日が二十四日の性格をすべて決めていました[*21]。保守主義者以外のものはみな、この共和制が言葉の遊びだということを知っていました。ブランキだってプルードンだって、ラスパイユだってピエール・ルルーだって、みな分かっていましたよ。ここには預言者の才能など必要ありません。必要なのは虚心に学ぶ訓練であり、観察する習慣です。私が自然科学の素養を身につけ、その目を鍛えておくように言っているのはそのためです。自然科学者というのは然るべきときが来るまで、自己流の見解を差し挟まないことに慣れています。ただ跡づけ、そして、じっと待つのです。彼はどんな兆候も、どんな変化も見逃しません。彼は自分の好悪の感情をこめることなく、ただひたすら真実を探求します。最初の革命のもっとも洞察力に富んだジャーナリストが獣医であったことを、心に留めてください[*22]。それに、二月二十七日に今では誰もが知っていてこれを訂正することもできないようなことを、自分の雑誌に印刷したのは化学者でしたよ[*23]。もっとも、この雑誌はカルチェ・ラタンで学生によって燃やされてしまいましたけれどね。二月二十四日の政治的突発事件から、動揺以外の何かを期待することは許しがたいことでした。この動揺はこの日から始まりました。そして、これはその偉大なる帰結です。動揺を否定することはできません。それはフランスと全ヨーロッパを激動に次ぐ激動へと引き込んでいます。貴方が望んでいたこと、期待していたこと、それはこうしたことだったのでしょうか。いいえ、貴方が待ち望んでいたのは、ラマルチーヌ流の聖膏を塗りたてられ、ルドリュ・ロランの診断書*24によってくるまれた、瘰癧《るいれき》のできた小さな足で立つ、**分別ある**共和制が打ち立てられることだったのです。これがもし成功していたとしたら、それは全世界的な不幸だったことでしょう。そんな共和制は歴史の歯車をすべて止めてしまう、もっとも重い制動機となっていたことでしょう。古い君主制の原理に基づいていた臨時政府の共和制は、どんな君主制よりも有害なものとなっていたことでしょう。というのは、それが不合理な強制としてではなく、自由な合意として現れたからです、歴史的な不幸としてではなく、何か合理的で公正なものとして、愚かな多数決と共に、偽りの旗印を掲げて現れたからです。「共和制」という言葉は、いかなる玉座も最早持っていない道徳的な力を持っていました。その名によって人びとを瞞着しつつ、共和制は倒れつつある国家体制を助ける支柱を立てようとしたのです。運動を救ったのは反動でした。反動はマスクを脱ぎ捨て、そうすることによって革命を救ったのです。ラマルチーヌのアヘン剤に酔って長年過ごしてきたはずの連中が、三ヶ月にわたる戒厳令で素面《しらふ》に戻りました。*25今や彼らは**この**共和制という観念のせいで憤激を鎮めたことが何を意味するかを知っています。僅かな人びとによって理解されていた物事が、今やあらゆる人びとによって理解されるようになったのです。なされたことに責めを負うべきはカヴェニャックではないということを、今では誰もが知っています。刑の執行人の罪を問うことは愚かしい、彼は罪があるというよりはむしろ薄汚いだけだ――こうしたことを、みな知っています。至聖所の宝座と同じように、古い秩序を覆い隠してきた最後の偶像の足を、反動が切り縮めたのです。民衆は最早共和制を信じていません。彼らは立派に振舞っています。今や、いかなるものであれ、唯一の救済的な教会なるものを信ずることをやめる時なのです。共和制という宗教にも〔一七〕九三年にはまだ居場所がありました。あの頃、この宗教は壮麗で偉大でした。政治的変革の長い時代の掉尾を飾る一連の巨人たちは、それが生み出したのですから。しかるに、六月事件の後に姿を現したのは形式だけの共和制でした。今や**友愛と平等**が assise（重罪裁判所）とよばれるこれらの詭計と両立しないことを、そして、自由が軍事裁判委員会という名のもとでのこれらの殺戮と両立しえないことも、人びとは理解するようになりました。異議の申し立てを許すことなく、人びとの運命を目隠しして決定する陪審員なるまやかしにも、今では誰も信を置いていません。ただ所有を護るだけの市民的組織、社会を救済する措置と称して人びとを追放し、理由も聞かず、命令一下、すぐにでも銃の引き金を引こうと身構える常備の軍隊を、それがわずか百人であっても、保持することを辞さないこのような組織を、誰も信じてにいません。ここに反動の効用があるのです。疑惑が疑惑を呼んで頭がいっぱいになると、人びとは考え込むようになるというわけです。しかし、ここにまで到り着くのは簡単なことではありませんでした。特に、フランス人にはね。彼らは機知に富んでいる割には、新しいことを理解することにかけては極めて鈍感ですから。同じことがドイツにも言えます。ベルリンでもウィーンでも初めのうちはうまく行きましたが、どちらでも三十五年もの間密かに思い焦がれてきた国会や憲章を、やっと手に入れて喜んだのも束の間のことで、今では反動を体験し、このような議会や国会なるものの何たるかを身をもって知ることにより、彼らは憲章に、それが与えられたものか、自ら勝ち取ったものかの別なく、満足していません。それらはドイツ人にとって、人が子供のころに夢見ていた玩具《おもちゃ》のようなものになってしまったのです。ヨーロッパは反動のお陰で、代議制なるものが社会的要求や精力的な活動への覚悟を、口先だけの果てしもない議論にすり替えてしまう手段であることに、気づいたのです。貴方はこのことを喜ぶ代わりに、憤慨しています。反動家から成る愚かしい権力を付与された国民議会が、臆病風に吹かれて愚かなことを票決してしまったことを、貴方は憤慨しておいでです。しかし、私に言わせればこれは、立法のためのこんな全地公会も、司祭長まがいの代議士たちも、全く無用であることを、そして、知的な憲法を投票によって決めることなどできないということを、余すところなくはっきりと証明しているのです。老いさらばえた世界には最早未来のことを指図したり、何らかの遺言状を口述するいとまなどほとんどないというのに、来るべき世代のために法典を作るなど、滑稽ではありませんか。貴方がこうした失敗に拍手喝采なさらないのは、貴方が反動家だからですよ。貴方は意識するしないにかかわらず、この世界に属しているからですよ。去年貴方はこのような世界に腹を立て憤慨しながらも、この世界から出て行こうとはなさらなかった。この世界は二月二十四日に貴方を欺いたのですよ。貴方はこの世界が煽動や改革など手近な手段で救うことができる、古いものを残したままでも新しくすることができると、確信していました。貴方はそれが手直しできると信じていたし、いまだに信じている。街頭に蜂起が起こり、フランス人たちがルドリュ・ロランを大統領に据えれば、貴方はまたしても大喜びするのでしょう。若いうちならまだそれも許されます。しかし、こんなことを永く続けることを、私はお薦めしません。貴方は馬鹿にされますよ。貴方は感受性に富んだ生き生きとした性格をお持ちです。最後の障壁を乗り越え、靴から最後の塵を払い落としなさい。そうすれば、小さな革命、小さな変化、小さな共和制では不十分だということがわかるでしょうよ。これらの力の及ぶ範囲は限られたもので、関心を持つまでもありません。こんなことに惑わされてはいけません。それらはみな保守主義に汚染されているのです。勿論、私はこれらを評価するにやぶさかではありません。それらにも良い面があるのですから。例えば、ピオ九世の時のローマは、酔っ払いの悪人、グリゴリウス十六世の時に比べれば格段に住みやすくなりました。たしかに、二月二十六日の共和制も新しい理念に幾つかの点で君主制よりは好都合な形式を与えています。しかし、こうした緩和剤はどれも有益でありますが、同様に、有害でもあります。それらの薬剤は痛みを一時的に和らげることによって病を忘れさせはするけれど、後になってこうした改善の跡を見て、それらがどれほどの顰《しか》め面《つら》や不満顔でなされているか、あらゆる譲歩がどれほど恩着せがましくなされているか、どれほどいやいやながら侮辱的になされているかを知れば、そんな措置に高い評価を与えたいとは思いませんね。私には宗教の差を見分けることができないのと同じように、奴隷制の違いを見分けることもできません。私のセンスは鈍ってしまったのでしょう、どの奴隷制がより悪く、どの奴隷制がよりよいのか、どの宗教が救済により近く、どの宗教がより遠いのか、**汚れなき**共和制と**汚れなき**君主制、ラデツキの革命的保守主義とカヴェニャックの保守的革命主義では、どちらがより抑圧的であるのか、クウェーカーとイエズス会とではどちらがより俗悪か、鞭打ちの刑とクラポディーヌ[*26]とではどちらがおぞましいか、そうしたことの細かな差異が、私には分かりません。いずれも奴隷制であることには変わりがなく、ただ一方は自由という名にくるまれた狡猾な、したがって危険な奴隷制であるのに対して、もう一方はむき出しで動物的で、したがって誰の目にも明らかな奴隷制です。幸いなことに、両方とも相手の中に親族としての特徴を見分けることができず、いつでもいざ戦わんと身構えています。やつらにはいがみ合ったり、仲直りをしたり、咬み合ったりしながら墓場に向かってゆくに任せておけばよいのです。虚偽かあるいは抑圧か、両者のうちのどちらが勝利しようとも、いずれにしろ、この勝利はわれわれにとっての勝利ではありません。もっとも、彼らにとっての勝利でもありませんがね。勝利者たちにできることは、精々一日かそこら、機嫌よく酒盛りをすることくらいのものですから。

――そしてわたしたちはこれまで通り、観客、永遠の観客、その判決が執行されることのない惨めな陪審員、証言を必要とされない立会人であり続けるというわけですね。あなたには驚かされます。羨んでいいのかどうなのか、わたしには分かりません。極めて活動的な知性をお持ちでいながら、それほどまでに――何といったらよいか――それほどまでに節度をお持ちとは。

――どうすべきだとおっしゃるのですか。私は自分に強制したくありません。誠実と独立――これが私のモットーです。私はどちらの旗の下にも立ちたいとは思いません。いずれの側も立派に立ってはいますが、その道は墓場に通じています。私の助けなど無用です。こんな状況は以前にもありました。キリスト教徒は帝位を狙う者たちをめぐるローマの闘いに、どんなかかわり方をすることができましたか。彼らは臆病者と呼ばれましたが、微笑みながら自分たちのなすべきことをなしていました。祈り、伝教していたのです。

――伝教していた――というのは、彼らが信仰によって強かったからです。唯一の教義を持っていたからです。わたしたちには福音があるでしょうか、わたしたちには呼びかけるべき新しい生活があるでしょうか、世界に向かって語ることを使命とされた佳き便りがあるのでしょうか。

——死の便りを伝えればよいのです。人びとに古い世界の胸の新しい傷を一つひとつ示しなさい、破壊の成功を一つひとつ示しなさい。この世界の新たな企てがどれも古めかしく、その願望が卑小であることを示しなさい、この世界が最早もとの身体に戻ることはないことを、それは最早支えるものも己への信念も持たぬことを、それを現に愛しているものは最早誰もいないことを、それを支えているのは誤解でしかないということを示しなさい。いかなる勝利もすべてそれにとっては痛手であることを示しなさい。**死**こそが、近づきつつある贖罪の佳き便りであることを伝えなさい。

——それより、祈ったほうがよくはありませんか……双方から犠牲者が出てバタバタと倒れているこの時に、誰に向かって説教しろというのですか。パリのある高位の聖職者は、戦闘の最中には、誰も聞くべき耳を持っていないということを知りませんでした。[*27] もうしばらく待ってみましょう。死について説教しようというなら、闘いが終わってからにしましょうよ。戦死者たちが列をなして横たわっている広い墓地でなら、誰も邪魔だてはしないでしょうからね。死だって、死への賛辞に耳を傾けるには、死者以上の者はいないですから。物事が今のように進んでゆくとしたら、打ち立てられるべき未来までもが、古びて命を終えた世界と共に滅びてしまうという、世にも不思議な光景を呈するようになるでしょうね。月足らずに生まれた民主制は、瀕死の君主制の冷たい痩せこけた乳房を掻きむしりながら、死んでしまうでしょう。

——滅びるような未来は未来ではありません。民主主義というのは主として現在のものです。それは過去において肥大した位階秩序や社会的不正との闘いであり、それらの否定です。古びた形式を焼く浄化の火は、焼かれるべきものがなくなれば、当然消えます。民主主義には何も創り出すことはできません。そうしたことは民主主義のなすべきことではありません。それは最後の敵が死んだ後は無意味なものになるでしょう。民主主義者というのは（クロムウェルの言葉を借りれば）ただ**何を望んでいないか知っているだけで、自分たちが何を望んでいるかは知らない**のです。

——わたしたちが何を望んでいないかを知っているという背後には、何を望んでいるかが予知されています。これまであまりに頻繁に繰り返されてきたので、今さら引き合いに出すのも恥ずかしいのですが、破壊はすべて一種の創造だという思想は、こうした認識に基づいているのです。人間はただ破壊するだけで満足することはできません。それは人間の創造的本性に反しています。死を説くためには再生への信念が必要です。キリスト教徒たちには古代世界の終焉を告知することは簡単でした。というのも、彼らにあっては、葬式はすなわち洗礼式だったからです。

――私たちには予感だけでなく、それ以上の何かもあります。しかし、ただ私たちはキリスト教徒ほど簡単に満足しているわけにはいきません。彼らには依拠すべきものが一つだけありました。それは信仰です。彼らは当然のことながら、教会は勝利するだろう、世界は洗礼を受け入れるだろうという揺るぎなき信念の中で、大きな安心感に包まれていました。洗礼を受けた子供が必ずしも教父母たちの望むように大きくなるわけではないという考えは、彼らの頭には少しも浮かびませんでした。キリスト教は敬虔なる願望であり続けています。死の前夜にある今なお、キリスト教は紀元一世紀のころと同様、天国や極楽によって自分を慰めているのです。天国なくしてはキリスト教は成り立ちません。しかし、新しい生という思想を打ち立てることは、今日では比較にならないくらい難しい業です。私たちには天国がないし、「神の郷《さと》」なるものがないからです。私たち人間の**郷**――それは現にあるものすべてを支えているこの地盤たる地上で実現されなくてはならないのです。そこでは悪魔の誘惑も、神の佑助も、墓の向こうの生もあてにすることはできません。しかるに、民主主義はそれほど先に進んでいるわけではありません。それ自体まだキリスト教的な岸に立っているのです。そこにあるのは無数の禁欲的ロマン主義と自由主義的理想主義です。そこには恐るべき破壊力があります。しかし、いったん創造にとりかかろうとすると、それは生徒の実験、政治的習作に堕してしまいます。

勿論、破壊は創造です。それは場所を掃き清めます。そしてそのことは既に創造です。それはさまざまな偽りをまるごと排除します。そのことは既に真実です。しかし、真の創造は民主主義にはありません。だからそれは未来ではないのです。未来は政治の外にあります、未来はあらゆる政治的社会的志向の混沌の上を漂い、それらの志向で過ぎ去ったもののための経帷子《きょうかたびら》と、新たに生まれてくるもののための襁褓《むつき》を織り出す、新しい布地の糸を紡ぎ出すのです。社会主義こそがローマ帝国におけるナザレ人の教えに当たります。

——あなたがキリスト教について今おっしゃったことのひそみに倣い、その比較を続けてゆけば、社会主義の未来も羨むには足りないですね。それは永遠の願望であり続けるでしょうよ。

——そして、その途上、歴史の輝かしい時代が自らの祝福の下に花開くことでしょう。福音は実現されませんでしたが、そもそも、その必要はなかったのです。実際に、実現したのは中世であり、文芸復興の世紀であり、革命の世紀でした。しかし、キリスト教はこうした出来事のすべてに浸透し、あらゆることに関与し、それらに行く手を指し示し、その門出を祝福しました。社会主義もまた同じように、抽象的な教義が現にあるもろもろの事実と思いもかけない形で結合することによって、現実のものとなってゆくのです。現に実現されるのは思想の中でも土壌に根を持った側面だけですが、その場合、土壌は思想の受身的な担い手であるにとどまらず、樹液を与え、その成分をもたらすものでもあるのです。ユートピアと保守主義の闘いの中から生まれ出る新しいものには、いずれかの側が期待していたようには実現されません。それは思い出と期待、現存するものと確立されつつあるもの、伝えられてきたものと創られつつあるもの、信仰と知識とが綯《な》い交《ま》ぜにされ、全く別のものに作り変えられて現れます。すでに生き終えたローマの人たちと、これから生きようとするゲルマン人とが、いずれにとっても外来の一つの教会によって結び合わされたように。理想にしろ、理論体系にしろ、それらがわれわれの頭の中にあるような形で実現されることは、決してないのです。

――それならどのようにして、そして何のために理論や体系は頭に浮かぶのでしょうか。これは一種のアイロニーですね。

――貴方はどうしてすべてが過不足なく、人間の頭の中にきっちりと収まっていることを望むのですか。万事をどうしても必要なもの、不可避的に有用なもの、必然的に応用可能なものに切り縮めてしまうというのは、散文的な話ではありませんか。年老いたリア王を思い出してください。娘の一人が彼のお付きの者の人数を減らし、必要なものはこれで十分足りていると納得させようとした時、彼は彼女に言ったものです。「必要なことのためにはおそらくこれで十分かもしれぬが、人間というものは、彼にとって必要なものだけに切り縮めてしまえば獣になってしまうということが、お前には分からないのか」[*28]。人間の空想や思想は考えられているよりはずっと自由です。周囲の状況から一定程度自立した詩やリリシズムや思索のまるまる幾つもの世界が、誰の心の奥底にも眠っているものです。刺激を与えるとそれらは目を覚ましま す。そしてそれらはそれなりのヴィジョンや解決策や理論をもって活動を始めるのです。思想は事実という与件に依拠しつつ、それらに普遍的な規範を与えようとして、偶然的で一時的な規定から論理的領域に隠れようとするものです。しかし、その領域から実践の領域までは、非常に遠いのです。

――あなたのお言葉をうかがいながら、今わたしはあなたがどうしてそんなにたくさんの冷静沈着な公正さを持ち合わせておいでなのか、考えていましたが、その原因がわかりました。あなたは流れの中に投げ出されていないのです。あなたはこの渦巻に巻き込まれていないのですよ。家庭のことは家族の一員より局外者のほうがいつでもよく処理できる、と言いますからね。バルベス〔フランスの社会主義者〕やマッツィーニ〔イタリアの独立運動家〕のような多くの人たちが、その人生のすべてを賭けて運動してきたのは、魂の内奥にこうした活動を求める声が聞こえてきて、これを押しとどめるすべをもたなかったからですが、あなたにはこの声に呼び交わすものを持つことができなかった、というのは、この声は抑圧を目の当たりにして胸ふさがれ、暴圧を目の当たりにして震える、辱《はずかし》められた心の奥深いところから湧き上がってくるものだからです。もしこうした声が知性や意識の中だけでなく、血や神経の中にもあるならば、あなたもこの声に従うことによって権力と実際に衝突し、獄舎に繋がれたり、追われる身となって流浪したりして、生涯の一部を過ごすことになったはずです。そして、ある日突然あなたの前には、あなたが半生をかけて待ち望んだ日の朝焼けが始まるのです。その時あなたも、マッツィーニのように、ミラノの広場で盛大な拍手に迎えられ、白い制服や黄色い口ひげを怖れることなく、イタリア語で独立と友愛の言葉を公然と語ることでしょう。もしあなたが十年に及ぶ幽閉の後、バルベスのように、あなたに向かって刑吏の一人が死刑判決を読み上げ、別の刑吏がこれを減刑してあなたに終身刑を言い渡したあの町の広場に、狂喜する群集に担がれて行ったらどうでしょう。*29そうなればあなたはご自分の思想が実現されたのを見て、《Vive la République!》（共和国万歳！）と叫んで受難者を迎える、二十万人もの群集の声を聞くことになるでしょう。しかし、それに続いて、あなたはミラノにラデツキを、パリにカヴェニャックを見て、またしても流浪者か囚人と化さざるをえないことになるでしょうけれどね。そればかりか、想像してみてください、あなたは最早こうしたことすべてを物質的な粗暴な力のせいにして慰めることができないのです。いや、それどころか、逆にあなたは、民衆が自分自身を裏切っているのを、見ることになるのです、大衆が自分たちを殺《あや》めるナイフを誰の手に委ねるかを選択しているのを見ることになるのですよ。そうなればもうあなたは思想がいかほど不可欠なものなりやとか、意志の限界は那辺にありや、などと呑気《のんき》に冷静に議論などしてはいられないはずです。いや、むしろ、あなたはこうした人間の群れを呪い、愛は憎しみに変わっていったか、あるいは、もっと悪いことに、軽蔑に変わっていたはずです。あなたはおそらく無神論をそのまま抱きながら、修道院に赴いていたはずです。

——もしそうだとすれば、それは私が弱い人間であることを証明し、人間誰しも弱いということ、そして思想が世界にとって不可欠でないばかりか、人間にとってすら不可欠ではないということを確認することになるでしょう。しかし、失礼ですが、私には貴方がわれわれの対話を個性の問題にしてしまうことを許すことは絶対にできません。一つのことを申し上げたい。確かに私は傍観者です。ただ、これは私の役割でもなければ、私の本性でもありません。これは私の置かれた境遇です。私はこの境遇を理解しています。それは私の幸運です。私のことはいつか別の機会にお話ししましょう。しかし、今は本題から離れたくはありません。——貴方は私が民衆を呪うことになるだろうとおっしゃいます。そうかもしれません。しかし、それは愚かしいことでもあるでしょう。民衆といい、大衆といい、これは自然的な力であり、オーケアニデス〔水神オケアンの娘たち。海や川の精〕です。彼らの道は自然の道であり、それの最も身近な相続者たる彼らは、昏《くら》い本能や無意識的情念に導かれ、これまでに達成されたことを、それがいかに愚かしいことであろうと、頑なに保持し続けるのです。しかし、いったん運動の中に投げ入れられると、彼らは手の付けられないほどに熱狂し、途上にあるものを、いかにそれが良いものであろうとそうでなかろうと、すべて踏み潰します。彼らは有名なインドの偶像神のように突き進み、出会う者はすべてその車輪の下に身を投げ出します。最初に踏み潰されるのはいつでも偶像の最も忠実な崇拝者たちです。民衆を告発するなど、愚かしいことです。彼らは間違ってはいません。というのは、彼らはいつでも自分たちの昔ながらの生き方に従っているだけだからです。善にも悪にも、彼らに責任はありません。彼らは凶作や不作、樫や麦の穂のように、一つの事実なのです。責任はむしろ少数者にあります。彼らもまた無実とはいえ、やはり時代の自覚的な思想を体現しているのですから。法的観点など裁判所の外では役に立ちません、というのは、そもそも裁きというものがこの世界では無意味なものだからです。理解して告発するということは、理解せずに処刑するのとほとんど同じように愚かしいことです。歴史的発展の全体、これまでの時代の文明のすべてが少数者のためのものだった、彼らの知性は他の者たちの血と脳の犠牲において発達してきた、彼らはそのために粗野で無教養で、苦しい労働に押しひしがれてきた民衆を置き去りにして先に進んでしまった——そうしたことで果たして少数者は有罪でしょうか。ここには罪はありません。あるのは歴史の悲劇的で宿命的な側面です。金持ちは金持ちに生まれついたことに責任はありません、貧しいものは貧困に責任がありません。彼らはいずれも不公平と宿命とによって侮辱されているのです。苦難に喘《あえ》ぎ、飢えに痩せ細り、迫害され侮辱された民衆に向かって、われわれの不正な蓄えや特権や学識を許してくれ、なぜならば、われわれにはそのことで罪はないのだから、なぜならば、われわれは無意識的な罪業を意識的に正そうと努力してきたのだから、などと求める権利をわれわれが幾分なりと持っているとしても、私たちがダンテを読み、ベートーヴェンを聴くために、カスパル・ハウザー[*30]の状態にとどまってきてくれた民衆を、どの面下げて呪ったり軽蔑したりすることができるでしょう。理解する能力を独占的に享受するわれわれを民衆が理解していないからと言って、彼らを軽蔑するというのは、恥ずかしく、忌わしく、惨い所業です。これまでのことを思い出してください。教養を身につけた少数者は、貴族という身分や文学や芸術や政治の世界などで、その特権的な境遇を長いこと楽しんだ挙句、とうとう良心に痛みを覚え、忘れられていた兄弟たちのことを思い出したのでした。そして、社会制度の不公平という思想、平等についての思想が、電気の火花のように、前の世紀の最良の知性を刺激したのです。人びとは不公平ということを書物の上で理論的に理解し、それを書物の上で正そうとしました。少数者のこの遅まきながらの悔悟は、リベラリズムと名づけられました。彼らは良心的にも、千年にもわたり貶《おとし》められてきた民衆の労苦に報いようとして、人民主権なるものを宣言し、農夫の誰もがみな政治的人間となり、自由とも奴隷的とも言えるような曖昧な法規の複雑な問題を理解し、自分の仕事、すなわち一片のパンを放り出し、新しいキンキナトゥース〔前六世紀のローマの護民官〕として、社会問題に専心するように求めたのです。日々の糧について、リベラリズムは真面目に考えませんでした。こうした下世話な要求に応えるには、それはあまりにロマン的なのです。リベラリズムには民衆の何たるかを研究するよりは、勝手に考え出すほうが簡単でした。リベラリズムは、他のものが民衆を憎しみから罵るのに劣らず、愛するがゆえに彼らを罵りました。リベラルたちは自己流の民衆像を a priori（勝手に）創作し、その姿をものの本で読んだ記憶に従って想像し、古代ローマ風のマントを着せてみたり、牧人の身なりをさせたりしました。彼らは現実の民衆についてはあまり考えたことがないのです。彼らが自分たちのすぐ傍らで生活し、働き、苦しんでいるというのに。もし彼らについて知っている者が誰かいたとすれば、それは民衆の敵たる坊主と王統派です。民衆の境遇は何一つ変わることがないままに捨て置かれながら、そのくせ、想像上の民衆は新しい政治的宗教の偶像とされてしまいました。皇帝の額に塗られた聖膏が、今度は、皺が刻まれ苦い汗にまみれた日焼けした額に塗られたというわけです。リベラリズムは民衆の手や知性を解放することなく彼らを王座に据え、彼らに向かって最敬礼をしながら、その実、自分たちの権限は手放そうとはしませんでした。民衆はその代表者の一人、サンチョ・パンサのように振舞いました。彼らは見せかけの王座を断りました、あるいはこれに座ろうとはしなかったと言ったほうがいいかもしれない。[*31] われわれはいずれの側にも偽りがあることを理解し始めました。これはつまるところ、われわれが大道に出つつあるということを意味しています。この道をみんなに示しましょう。しかるに、一体どうして後ろを振り向いて、罵ろうとするのですか。私は民衆を咎めないだけでなく、リベラルたちも咎めません。彼らは多くの場合、民衆を自己流に愛してきたのです。彼らは自分の理念のためにたくさんのことを犠牲にしてきました。これはいつでも尊敬に値します。しかし、彼らは間違った道に立っていました。彼らはひと昔前の博物学者になぞらえることができます。彼らは自然の研究を押し花集や博物館で終始しました。彼らが命について知っていたのはすべて屍や化石といった命の痕跡でした。実際の自然や生命を捕らえようと、リュックを背負って山に入ったり、航海したりしようと思いついた者たちにこそ、栄光も栄誉もあります。しかし、彼らの栄光や成功によって、どうして彼らの先人たちの苦労を無にすることがありましょうか。リベラルたちはあくまでも大きな都市の小さなサークルの住人なのです。新聞や書物やクラブの人びとなのですよ。彼らは民衆の何たるかを知りませんでした。そこで彼らは民衆を歴史資料や文献によってあれこれ思い巡らせて研究しましたが、決して村や市場には出かけませんでした。多かれ少なかれ、私たちは皆こうした誤りを犯しているのです。誤解や欺かれた願望や忌々《いまいま》しさ、そして最後には絶望は、すべてこうしたことに由来しているのです。貴方がフランスの内情に通じていたなら、民衆がボナパルトに投票したいと思っているからといって驚くことはなかったでしょう。貴方はフランスの民衆が自由とか共和国といった観念などこれっぽっちも持っていなかったことが分かったことでしょう。彼らが持っているのは底なしの民族の誇りだけです。彼らはボナパルトは愛していますが、ブルボン家には我慢がならないのです。ブルボン家は彼らに賦役労働やバスチーユや貴族を思い起こさせますが、ボナパルトたちは古老の物語であり、ベランジェの唄であり、勝利です。そしてつまるところ、自分たちと同じ農民であった隣人が将軍とも司令官ともなり、頸にレジオン・ド・ヌール勲章を下げて帰ってきたという思い出です……そして隣人の息子が**甥っ子**に一票を投じようと馳せ参じているというわけです。[32]

――勿論その通りです。ただ、腑に落ちないことがあります。彼らがよい記憶力を持っているというなら、どうして彼らはナポレオンのデスポチズムを忘れたのでしょう。彼の徴兵制や知事たちの暴政を、どうして忘れたのでしょう。

――それは極めて簡単です。民衆にとってデスポチズムは帝国の特徴ではないからです。彼らにとって今日まで、政府はすべてデスポチズムでした。彼らは、例えば、《レフォルム》を満足させ、《ナショナル》を利するために宣言された共和制の何たるかを、四十五サンチームの税[33]や追放や貧しい労働者にはパリへの旅券が発給されないということによって知ったのです。概して民衆というのは悪しき言語学者ですから、「共和制」という言葉を聞いても彼らは喜びません。彼らにとってこんな言葉を聞いても気持ちが休まらないのです。逆に、「帝国」とか「ナポレオン」という言葉を聞くと、彼らは夢中になって、それ以上前に進もうとはしないのです。

――万事こうした観点から見るとなると、わたしまでもが、腹を立てたり何かをしたりするのをやめたくなるばかりか、何かをしようという気持ちを持つことすら、やめようという気になってしまいそうです。

――前にも言ったと思いますが、理解するということはすでに行為することであり、実行することです。周囲の状況を理解すれば最早行動したいという願望もなくなるとお考えになるということは、貴方がなしたいと望んでいるのは、そもそも無用なことなのだということを意味しています。そんな時には別の仕事をお探しなさい。外的な仕事ではなく、内的な仕事を見つけなさい。なすべきことがあるのに何もしない人というのは奇妙なものですが、なすべきことがないのに何かやろうとしている人もまた、奇妙ではありませんか。仕事というのは子猫を遊ばせるために糸玉を作るのとは違います。仕事をするには願望だけでなく、それへの要請もなくてはなりません。

――わたしはこれまで、考えることはいつでもできる、ということを疑ったことはありません。恣意的な思考停止と強いられた無為と混同したこともありません。しかし、わたしにはあなたが行き着くであろう嬉しい結論は、はじめから分かっていました。それは知によって心情を、批評によって人類愛を抑制しつつ、無為についてあれこれ論じ続けるということです。

――私たちを取り囲む世界に活動的に関与するためには、繰り返し申しますが、願望や人類愛だけでは十分ではありません。こうしたことはみな、何か曖昧でぼんやりした概念です。人類を愛するとはどういうことですか。そもそも人類とは何ですか。これはみな哲学の竈《かまど》で温め返された昔ながらのキリスト教的徳目のように、私には思われます。人びとは同胞を愛します。これは分かります。しかし、エスキモーやホッテントットからダライ・ラマや法王にいたる、猿であることをやめたあらゆるものを包括する愛とは何ですか。私には理解しかねます……何か、あまりにとりとめがないのです。仮にこれが自然や惑星や宇宙を愛するあの愛であるとすれば、私はこの愛が特に活動を喚起するようなものだとは思いません。あるいは本能や、自分たちが生きている環境についての理解が、貴方を活動に導くとでもいうのでしょうか。貴方の本能は失われています。とすれば、ご自分の抽象的な知識もなくしなさい。自らを無にして真理の前にお立ちなさい。そしてこれを捕捉するのです。そうすれば貴方にはどんな活動が必要で、どんな活動が不要か分かるでしょう。今ある秩序の中で政治的な活動を欲しておいでならば、マラストにでも、オディロン・バロにでもおなりなさい、なすべき活動が見つかるでしょう。[*34] しかし、貴方はそれを望んでいない。貴方はきちんとした見識を持つ人間はすべからく、あらゆる政治的問題に対しては完全に第三者的であるべきだ、大統領が必要か否かなどという問題を真面目に考えることはできない、と感じておいでになる。議会は人びとを裁判抜きで流刑に処することができるか否か、あるいはいっそのこと、カヴェニャックに投票すべきか、それともルイ・ナポレオンに投票すべきか――どちらがましか、ひと月でも一年でもお考えなさい、貴方には決められないでしょう。というのも、子供が言うように、「どっちもいや」だからです。自分を重んずる人間になすべく残されていることのすべては、全然投票しないことです。à l'ordre du jour（議事日程にのって）別の問題をご覧なさい。万事同じことです。「これらの問題は神に委ねられている」、それらの肩には死が乗っている、というわけです。瀕死の人の枕辺に呼ばれた司祭は何をするでしょうか。彼は治療しません。彼は瀕死の人の譫言《うわごと》に反論しません。彼は逝《ゆ》く人に臨終の祈禱をするだけです。臨終のお祈りをしなさい、死刑の宣告をするのです。その執行は何日後ではなく、何時間後に迫っています。いったん判決を下された者は誰一人として処刑を免れないということを、とことん確信しなさい。ペテルブルグの**専制**も町人の共和制の**自由**も、どれもこれも憐れんではなりません。オーストリア帝国の崩壊に拍手しながら、中途半端な共和制の運命に蒼ざめる、軽薄で皮相的な人びとに向かって、そんな共和制の崩壊はオーストリアの崩壊と同じように、諸国民と思想の解放への偉大な一歩であることを教えたほうがよい。どんな例外も、どんな情け容赦も不要であること、寛大になるべき時代はまだ到来していないこと、こうしたことを得心させたらよい。リベラルな反動家の言葉を借りて、「恩赦はまだ先のことだ」と言いなさい。人類への愛の代わりに、道に転がり前進を妨げているあらゆるものへの**憎しみ**を要求しなさい。フランスの法令集とロシアの法典、カヴェニャックとラデツキが連帯保証の関係にあることが万人に分かるように、進歩と自由のすべての敵たちを、**連中が**足枷をはめられた囚人たちを括った同じ縄でひと括りにして、町から町へと引き回しなさい。これは偉大な教訓となることでしょう。人の心を震撼させた恐ろしい出来事を体験してなお、素面《しらふ》に戻ることのできない者は、リベラリズムの「騎士トッゲンブルグ」〔シラーの同名のバラッドの主人公〕ともいうべきラファイエットのように、一生素面に戻ることなく死ぬのでしょう。テロルが人びとを処刑した今、われわれの身の処し方は楽になりました。私たちには、制度を処刑し、信仰を破壊し、古いものへの期待を打ち砕き、偏見を打ち壊し、これまでの聖物に遠慮会釈なく手をかけることが求められています。微笑みと挨拶は生まれてきつつあるものだけに、暁だけに送りましょう。そして、その到来の時を早めることができないまでも、少なくとも、私たちはそれが近いことを、まだ見る目を持たない者たちに示すことはできるでしょう。

——毎晩行きずりの人たちに望遠鏡を差し出し、遠くの星を見るように勧める、ヴァンドーム広場のあの年老いた乞食のようにですね。

——うまい比喩ですね。その通り。誰も彼もがどんどんその時に近づいているということを、報復の奔流の波が生まれ高まりつつあることを、近くを歩いている人たちに示すのです。と同時に、水平線のずっと遠くに、ノアの箱舟の白い帆を示すことも忘れずに。これが貴方のなすべきことです。何もかも沈み、不要になったものが塩水の中ですべて溶けてなくなり、その水が引き、箱舟だけが無事に生き残る――そんな時こそ、人びとは別の仕事を持つことになるでしょう。なすべきことはたくさんあるでしょう。しかし、それは今ではない！

パリ、一八四八年十二月一日

# V　CONSOLATIO（なぐさめ）

人は自由たるべく生まれついていない
ゲーテ（『タッソー』）

パリ郊外のうちで私の最も気に入っているのはモンモランシーだ。そこには特に人の目を引くようなものは何一つとしてない。サン・クルーのように特別に保護された公園があるわけでもなければ、トリアノンのように樹木で囲まれたご婦人専用の休息所があるわけでもない。だが、そこには離れがたいものがある。モンモランシーの自然は極めて素朴だ。それは特に人目を引いて驚かせるようなところはないが、どことなく可愛らしく、人を信頼しきったようなところが、魅力的な女の顔に似ている。その仕草が全くさりげないだけ、魅力は一層増す。この種の自然、この種の顔には、普通、琴線にふれて人の心を癒すようなところがあるものだが、この安らぎ、ラザロへのこの水の一滴*1が、慄《おのの》き、切り刻まれ、動揺常なき現代人の心には、何にもましてありがたいのだ。私は幾度となくモンモランシーに安らぎを見出してきた。このことで私はこの地に感謝しなければならない。そこには大きな林がある。かなり高いところに立地しているために、パリ近郊ではほかにない静けさがある。どういうわけか、私にはいつでもこの林がロシアの森を思い出させる。考えごとをしながら歩いていると、穀物の乾燥小屋から立ち昇る煙のにおいがしてくる——と、そこに突然村が姿を現す。その向こう側には地主の屋敷があるに違いない。そちらに向かう道は広くなっている。これは森を切り開いてできた道だ——だが、すぐに我に返り、私は気落ちしてしまう、数分後に開けた場所に出てみれば、そこはもうズヴェニゴロドではなく、パリなのだ。小さな窓が見える。だがそれは百姓屋あるいは司祭の家のそれではない。そこからジャン・ジャックが悲しげな目でじっと外を見ていた窓だ……

あるとき、旅行者とおぼしき人たちが、林を抜けてこの小さな家に向かって歩いていた。婦人は年のころ二十五歳くらいで、黒い衣服に身を固めていた。男の方は中年ではあったが、年の割には白髪が目立った。彼らの表情は真剣だったが、穏やかではあった。顔つきにこうした穏やかさをもたらすのは、物事に集中することに長く慣れた生活と、思索と出来事に満ちた人生だけである。これは自然の静けさではなく、嵐の後の、闘いと勝利の後の静けさである。

——ほら、これがルソーの家ですよ。——三つほどの窓を設《しつら》えた小さな造りの家を示して男が言った。

彼らは立ち止まった。一つの窓はこころもち開きかげんで、カーテンが風に揺れていた。

——カーテンがこうして揺れているのを見ていると——と婦人は言った——何となく怖くなりますわね。今にも気難しげに苛立った老人があの陰から顔をのぞかせて、お前たちはどうしてそこにいるのかと、わたしたちに問いかけてくるような気がしますもの。緑に囲まれた平和そのものの小さな家を見て、一体誰が、この家が偉大な人間にとってのプロメテウスの岩だったなどと考えるでしょう。彼の罪といえば、それは彼が人びとをあまりに愛しすぎたということ、彼らの善を実際以上に信じすぎてしまった、ということにありました。同時代の人たちは、秘密にしていた自分たちだけの良心の呵責を彼が口に出して言ってしまったことで、彼を許すことができず、わざとらしい軽蔑の笑いでその腹いせをしました。彼は侮辱を感じました。彼らは博愛と自由の詩人を狂人扱いしました。彼らは彼が正気だと認めることを恐れたのです。もしこれを認めれば、自分たちの愚かしさを認めることになってしまうからです。彼は彼らのことを思って泣きました。助けたい、愛したい、愛されたい、解放したいという献身と激しい願望の生涯の報いとして彼が見出したのは、束の間の好意と不断の冷遇、不遜な狭量、迫害、誹謗中傷でした。生来疑り深く傷つきやすい彼はこうした些事を超越できず、誰からも見捨てられ、病気と貧困の裡《うち》に消えてゆきました。共感と愛情を求めてやまないあらゆる思いに応えて彼に与えられたのは、テレーズただ一人でした。彼とっては、温かな心配りのすべてが、彼女の一身に凝集していました。テレーズは時間の読み方も知らない無学の女で、偏見の塊でした。そしてルソーの一生を狭隘な猜疑心や俗物的陰口の中に押し込め、ついには、彼に最後まで残った友人たちとも喧嘩別れさせてしまったのでした。この窓の敷居に肘《ひじ》をつき、小鳥に餌をやりながら、連中が自分にどんな意地悪を仕掛けてくるのだろうと考え、彼はどれほど辛い時を過ごしたことでしょう。憐れな老人に残されたのは、自然だけでした。そして彼は自然を愛《め》でながら、人生に疲れ、涙を溜めて重くなった目を閉じたのでした。彼は自ら安らぎの時を早めたとも言われています……その昔はソクラテスが認識の罪のゆえに、天才の罪業のゆえに、死をもって自らを裁いたものでしたが。まわりの出来事を何でも真面目に見ていると、生きているのがいやになります。この世のすべては忌々《いまいま》しく、おまけに愚かしいのですから。人びとは一時の休みもなくあくせく働きながら、やっていることといえば、みな馬鹿馬鹿しいことばかり。なかにはこうした人びとを教え諭したり、押しとどめたり、救おうとする者もいますが、彼らは磔《はりつけ》にされたり、迫害されたりします。なにごとについても理解しようという手間暇をかけようとせず、一種の錯乱状態の中で行われるのです。波は目的も持たず、必要もないのに高まり押し寄せ、そして逆巻きます。あるところでは岩に激しく打ち当たって砕け、また別のところでは岸を削ります……わたしたちは逃げ場を持たぬままに、逆巻く波の真っ只中で立ちすくんでいるのです。――ドクトル、わたしは知っていますわ、あなたは現実をこのようには見ていらっしゃらないことを。あなたが現実に腹を立てることはありません。だって、あなたがここに求めているのは生理学的関心だけなのですから。あなたは現実から多くを求めておいでになりません。あなたは大変なオプチミストですわ。わたしだって時にはあなたに賛成したいと思うことがありますけれど、あなたはわたしをあなた一流の弁証法で煙に巻いてしまわれます。でもいったん心情がかかわりを持ち始め、万事が解決済みで収まりかえった一般的領域を出て、生々しい現実の問題に触れ、生身の人びとの顔を見るようになれば、心穏やかにはしていられないでしょう。一時的に押さえ込まれていた憤懣が再び溢れ返るのです。そしてある一つのことが腹立たしく思えてきます。つまり、彼らの怠惰な無関心や向上心のなさのゆえに、彼らを憎み軽蔑するだけの十分な力が自分にはない、ということです……あの連中と手を切ることができるならば！　彼らにはポリプのような群生状態の中で、好き勝手にやらせておけばいいのですわ。習慣や仕来りに縛られ、何をなすべきで何をなすべきでないか、教えられた通りに後生大事に護りながら、昨日と同じ生き方をさせておけばいいのですよ……そうして、一足ごとに自分たちの大切な道徳律や、自分たちの教理問答書に背いていればいいのですわ。

——私には貴女が正しいようには思えません。人びとに対する貴女の信頼や、彼らの道徳的価値に関する貴女の理想的観念に、果たして、彼らは責任を負っているでしょうか。

——わたしにはあなたのおっしゃっていることが分かりませんわ。だって、わたしは今全く逆のことを申しましたのよ。人びとについては、彼らは預言者に殉教の花冠を与え、彼が死んだ後になって益《えき》もない後悔をしたりする以外に、いかなることもなさないとか、また、彼らは自分たちの良心になりかわって、自分たちのなしたことに**名前を与えてくれる者**、つまり、彼らの罪を自ら引き受けることによって、彼らの意識を目覚めさせようとする者、そのような者に向かって獣のように襲いかかることも辞さないなどと言われていますが、こうした言い方が民衆への信頼の行きつくところだとは思えませんわ。

——そう、でも貴女はご自分の憤りがどこから出ているのか、忘れてはいませんか。貴女は人びとが行わなかったたくさんのことで、彼らのことを怒っているのです。というのは、貴女はご自分が身につけた、あるいは、ご自分が身につけるように教育されたこれらの麗しい特質を、彼らだって身につけることができるはずだと、お考えになっているからです。が、彼らの大部分はそこまで成長を遂げてはいないのです。私が腹を立てないのは、彼らが行っていること以外のいかなることも、彼らから期待していないからです。私は、彼らが与えることのできること以外を、彼らから求める謂《いわ》れも、権利も認めません。彼らが与えてくれるのは、与えることのできることです。それ以上のことを求めて非難するのは、間違いであり、無理というものです。人びとは狂人や完全な痴人に対してだけは、正しく判断することができます。少なくとも、彼らの出来の良くない脳のゆえに非難しないし、彼らの生まれつきの欠陥は許すのに、他の人たちについては厳しい道徳的な要求をなさる。私たちはどうして道で出会う人のすべてから模範的な献身や非凡な意見を期待するのでしょう。私には分かりません。おそらく、万事を理想化したり、上から裁いたりする習慣によるのでしょう。これは人生を空文によって、情念を法典によって、個性を類概念によって判断するのと似ています。私は別の見方をしています。私は医者の目で、つまり、判事の目とは全く逆の目で見るのに慣れています。医者は自然の中に、事実と現象の世界に生きています。彼は教えません、学ぶのです。彼は復讐をするのではなく、苦痛を和らげようと努めます。苦しみや欠陥を見ると、その原因や関係を探します。彼はその同じ事実の世界に薬を探します。薬がなければ彼は悲しげに肩をすくめ、自分の無知を残念に思いこそすれ、処罰や罰金のことなど考えたり非難したりはしません。判事の目はもっと単純です。彼には目を特に必要としていません。テミス〔ギリシャ神話の正義の女神〕が目隠しをされて描かれているのは理由のないことではありません。彼女は現実を見なければ見ないほど、正しく裁くことができるのです。ところが私たち医者は、逆に、指や耳にも目があればいいのにと思っています。私はオプチミストでもペシミストでもありません。私は出来合いのテーマや思いつきの理想など持たずに、ただひたすら見ます、そして判決を急ぎません。私は、失礼ながら、貴女よりは謙虚なだけです。

——あなたのおっしゃることを理解できたかどうかはわかりませんが、わたしにはルソーの同時代の人たちが細々《こまごま》とした幾つもの迫害によって彼を苦しめ、彼の生活を毒し、彼を中傷したことを、あなたは全く当然のこととお考えになっているように思えますわ。あなたは彼らの罪を許していらっしゃいますが、これはとても寛大なことですわね。でも、それがどれほど正しく、道徳的なことか、わたしには分かりませんが。

——罪を許すためには、まず非難しなくてはなりません。しかし、私はそれをしていません。しかし、貴女の表現をそのまま使わせていただけば、確かに、私は彼らが行った悪は許します。これはちょうど、先日貴女のお嬢さんに風邪を引かせた、あの寒い天候を許すようなものです。誰の意思にも、誰の意識にもよらない出来事に腹を立てることができるでしょうか。それらの出来事がわれわれにとって、時として重い意味を持つことがあります。しかし、これを非難しても始まりません。ただ、物事を混乱させるだけです。私たちが二人でお嬢さんを看病していたことがありましたね、熱がひどく、私までもが驚いたほどでしたが、私はお嬢さんと貴女を見ていて、とても辛い思いをしていました。貴女はあの時、とても苦しんでおいででした。しかし、悪しき血の組成を呪ったり、有機化学の法則を憎んだりする代わりに、私はあの時、別のことを考えていました。それはつまり、理解し、感じ、愛し、執着するという可能性が、必然的に、不幸と苦悩と苦難と道徳的侮辱《はぐく》という、全く逆の可能性をもたらすのはどうしてか、ということです。内面的に優しく育まれていればいるほど、そんな人にとって偶然の気まぐれな戯れは、それがもたらす打撃にいかなる責任も問えないだけに、より一層苛酷で破滅的なものになってしまうものなのです。

——わたしだって別に病気を非難したわけではありませんわ。あなたの比喩は必ずしもあたっていません。だって、自然は意識というものを全然もっていませんもの。

——私は半ばしか意識を持たない大衆にも、腹を立てることはできないと思います。光の予感と闇への慣れの間で闘いが行われている、彼らの状態に身を置いてご覧なさい。貴女は、温室の中で大切に育てられ、これ以上ないほどに手入れされ、とりわけ見事に咲いた花を基準にして、野の花がそれほど綺麗でないといって怒っているのです。それは不公平であるばかりか、極めて酷でもありますよ。果たして貴女は、大多数の人びとにいささかなりともよりはっきりした意識があるならば、彼らが今生きている状態にそのまま生きていることができるとお考えでしょうか。彼らは人を傷つけているだけでなく、自分をも傷つけているのです。まさにそれゆえに、彼らは許されているのです。彼らは習慣の虜《とりこ》です。彼らは井戸の傍らにありながら、父親から聞いていなかったというだけで、そこに水があるかもしれないと思ってもみずに、渇いて死ぬのです。人びとというのはいつでもそうしたものでした。もう、驚いたり、憤慨したりするのをやめる時です。アダムの時代以来やってきたことではありませんか。これは詩人たちをして、自分たちが肉体を持っていて飢えを感ずることを憤慨させた、あのロマン主義と同じです。好きなだけ怒っていればいいでしょう。しかし、所詮世界を何かの計画に即して変えることなどできはしないのです。世界には自分の歩む道があります。世界に別の道を歩ませることは誰にもできません。この道を知ることです。そして道学者流の観点を捨てることです。そうすれば貴女は力を手に入れることでしょう。物事を道徳的に評価して人びとを咎めることは、物事を理解するための最初の段階に属します。モンティヨン賞[*2]を大盤振舞いしたり、自分を基準として人を裁くということは、自尊心をくすぐるものではありますが、所詮無意味なことです。こうした見方を自然にまで持ち込み、様々な動物を良い動物と悪い動物とに区別した人たちがいます。例えば、兎が身に危険を感ずると逃げ出すのを見て、兎は臆病だとか、兎よりも二十倍も大きなライオンは人間を見ても逃げず、時には人を食べてしまうことを見て、ライオンは勇敢だと考えるようになりました。腹いっぱいのライオンに食欲がないのを見ると、これをライオンの心の大きさを示すものと見なします。兎が臆病なのと同じくらい、ライオンは寛大でロバは馬鹿だというわけです。しかし、もうイソップの寓話の見方にとどまっているわけには行きません。自然界も人間界も、もっと単純に、もっと平易に、もっと明快に見なくてはいけません。貴女はルソーの苦悩のことをおっしゃいます。彼が不幸であったということ、これは確かです。しかし、とてつもない発達を遂げた人には、いろいろな苦悩がつきものであることも確かです。天才は自分に集中し、自分自身や学問や芸術に満足しているときには、時として悩まずにいることができますが、実際の生活となるとそういうわけにはいきませんならね。問題は至極単純ですよ。こうした才能を持った人びとが普通の人たちと交わるようになると、均衡が崩れるのです。彼らの取り囲む環境は彼らには狭すぎ、我慢できなくなります。別の背丈や別の肩幅に合わせて作られた、こうしたサイズに欠かせない関係は、彼らを締め付けることになります。誰をも悩ます些細なことでも、普通の人なら適当に解釈してそれに順応できるものを、強い人間の胸の中では耐えがたい痛みにまで膨らみ、激しい抵抗、あからさまな敵意、闘争への大胆な呼びかけを呼び起こすのです。そこから不可避的に、時代を同じくする人びととの衝突が起こります。大衆は自分たちが大切にしているものが侮蔑されているのを見て、天才に向かって石や汚物を投げつけるのです。そしてそれは、天才が正しいということを理解するまで続くのです。大衆を超えているのは天才の罪でしょうか。天才を理解できないのは大衆の罪でしょうか。

――あなたは人びとの、しかも、大多数の人びとのこの有様を、当たり前で自然のこととお考えなのですか。あなたによれば、この道徳的堕落、この愚かしさこそ、あるべき姿だということになります。冗談ではありませんわ。

――他のあり方ができますか。だって、彼らにそう振舞えと、誰も強制しているわけではないのですよ。これは彼らの無邪気な意志なのです。言葉の上でならいざ知らず、日常生活の中でのこととなると、なかなか嘘をつくことはできないものですよ。彼らの素朴さを示す絶好の事例があります。彼らは何か間違っていたということを理解するや、すぐに心底から後悔することを厭いません。彼らはキリストを磔にした後で、はっと我に返り、自分たちがひどいことをしてしまったことに気づきました。そして十字架の前に跪いたのでした。si toutefois（しかしながら）、貴女がおっしゃっているのが原罪のことでないとすれば、貴女のおっしゃる道徳的堕落というのは何のことか、私には分かりません。一体どこから堕ちなくてはならなかったのですか。過去を振り返れば振り返るほど、そこで出会うのはたくさんの野蛮、誤解、あるいは、消滅した幾つもの文明、中国の風習など、われわれには何の関係もない発展です。社会は長い時間をかけて脳髄を育てます。これは簡単な仕事ではありません。困難な仕事です。それなのに、このことを認める代わりに、人びとはストア派の禁欲主義者たちが考えついた賢者の理想に似ていない、キリスト教徒によって考え出された聖人の理想に似ていない、といって腹を立てられているのです。土地を耕し住み馴らすために、まるまる幾つもの世代が野末に骨を晒してきました。幾つもの時代が戦いの裡に過ぎてきました。血が川のように流され、幾つもの世代が苦しみや不毛の努力、重い労働の中で死んできました……そしてやっとのことで貧相な生活や何程かの安穏を作り出し、社会の発展の大道を理解し、大衆をその運命の成就に向かって導く五、六人の賢者たちを生み出したのでした。もろもろの民族が陰鬱な環境にもかかわらず、今日の道徳的状態に、自己否定的な忍耐に、静かな生活に到達したということにに、驚かなくてはなりません。今や人びとは悪を為すことが少なくなったということに、むしろ驚くべきであって、誰もがアリスティデス[*3]や柱頭のシメオン[*4]にならないからといって、彼らを責めるべきではないのです。

――ドクトル、あなたは、人間誰しも悪人になるように運命づけられているということを、わたしに認めさせようとおっしゃるのですか。

――いいえ、人はいかなるものになるようにも、運命づけられてはいないのですよ。

――では、人は何のために生きているのでしょう。

――別に。ただ、生まれてきたから生きてゆくという、ただそれだけのことですよ。万物はなぜ生きているか――思うに、これは究極の問いです。生きるということは目的であり手段であり、原因であり結果です。それは平衡を求めながらすぐにそれを失ってしまう、活動的で緊張に満ちた、物質の永遠に続く不安です。不断の運動であり、ultima ratio（最後通牒）です。それから先に行き場はありません。これまで誰もが登ったり降ったりしながら、雲の中や地底に謎の答えを探してきました。しかし何も見つけることができませんでした。それというのも、主要なもの、本質的なものはみな、ここ、地表にあるからです。生は目的を遂げるのではありません。可能なことを実現し、実現したことをすべて保持し続けようとするのです。それはいつでも先へ進もうと身構えています。さらに、できることならより一層十分に生きよう、より一層たくさん生きようとするのです。他の目的はありません。私たちは目的というものをしばしば、自分たちが習い覚えた同じ成長の首尾一貫した段階のことと見なしています。私たちは子供の目的は大人になることだと考えています。なぜならば、子供は大人になるものだからです。しかし、子供の目的はむしろ遊ぶこと、楽しむこと、子供であることなのです。もし究極を見るとすれば、生きとし生けるものの目的——それは死です。

——ドクトル、あなたはもう一つの目的を忘れておいでですわ。それは人びとによって発展させられ、しかし、人びとの命を越えて生き、種の間で受け継がれ、時代から時代へと成長してゆくものです。そして、人類と緊密に結びついた人間のこの命の中にこそ、人が目指して進む変わらぬ願望が示されているのです。人はこの願望に向かって高まり、いつの日にか、人はそれらを実現するでしょう。

——私は貴女と全く同じ意見です。私は先ほど、脳の出来はよくなるものだと申しました。いろいろな理念の総和、それらの総体は意識的な生活の中で大きくなり、種の間で受け継がれるものです。しかし、貴女の最後のお言葉に関しては、おそれながら、疑問を呈させていただきます。願望もその正当性も、いずれも実現を保証されていません。あらゆる時代、あらゆる民族が常に抱いてきたもっとも普遍的で、もっとも変わることなき願望を例にとってみましょう。つまり、幸せな生活への願望、感情を持ったあらゆるものの中に深く根付いた、自分の身を護りたいという単純な本能の延長上にある願望、痛みの原因となるあらゆるものを避けたいという生まれながらの願望、満足を得たいという願望、より良いもの、より悪くないものが欲しいという素朴な願いなどがありますが、しかるに、人びとは何千年となく頑張りながら、動物的な満足すら達成できないでいます。早い話が、どんな動物よりも、どんな生き物よりもロシアの奴隷たちのほうが多くの苦しみを味わい、アイルランドの人たちの方が多く飢えで死んでいるではありませんか。こうしたことを見れば、ましてや少数の者たちの曖昧な別の願望が果たして簡単に実現しうるものかどうか、最早言わずもがなというものでしょう。

——言わせていただければ、自由や独立への願望は飢餓にも匹敵します。これはそれほどまでに強い、疑う余地のないものですわ。

——歴史はそんなことを示してはいません。確かに、とりわけ幸せな環境の中で育った社会のある種の階層は、自由へのある種の密かな想いを抱いています。しかし、奴隷状態が数千年にわたり続き、最後に行き着いたのが現代の市民的制度であることを考えれば、この想いもさほど強いものではないということでしょう。私たちは勿論、不自由を重圧と感じている例外的に発達した人たちのことを言っているわけではありません。このようなことに苦悩する人たちに絶えず démenti（異議）を申し立てる多数者のことを言っているのです。このことがルソーを苛立たせ、「人間は自由たるべく生まれているのに、いたるところで鎖に繋がれている」[*5]という例の有名な non-sens（戯言《ざれごと》）を言わせたのです。

——あなたは自由な人間の胸のうちから迸《ほとばし》り出たこの憤怒の叫びを、いつでも皮肉っぽくおっしゃいますのね。

——私はここに歴史の暴力と、事実の軽視とを見るのです。このことが私には我慢がならないのです。この身勝手さが私には侮辱的に思われるのです。しかも、問題の難しさの核心を予め解決してしまうという方法は、極めて有害でもあります。例えば、「魚は飛ぶために生まれているのに、永遠に泳いでいる」と、頭を振りながら言う人に向かって、貴女なら何とおっしゃいますか。

——わたしならその人に、あなたはどうして魚が飛ぶために生まれているとお考えになるのか、尋ねますわ。

——貴女も随分厳しくなりましたね。でも、**魚類**の友には答えが用意されています。第一に、彼は言うでしょう、魚の骨格は先端が足あるいは翼に進化する方向を示している、とね。そして彼は貴女に、足や翼の骨格に進化することを示唆しているにもかかわらず、全く無用となってしまった小さな骨をお見せするでしょう。そして最後に、彼は飛魚を引き合いに出して、**魚類**は単に飛びたがっているだけでなく、時には飛べるのだということを、この魚は現に示していると言うでしょう。こんな風に答えた上で、今度は彼が貴女に向かって尋ねる番です。彼は尋ねるでしょう、貴女がルソーに向かって、人間が絶えず鎖に繋がれているということを根拠に、人間は自由でなくてはならないとあなたが言うのはどういうわけか、現に存在しているものはみな、そうあら**ねばならない**ようにしか存在しないのに、どうして人間はそうではないのか、と質問しないのは何故ですか、と。

――ドクトル、あなたという方はなんて危険な詭弁家なのでしょう。あなたのことをよく知らなかったら、わたしはあなたをまったく非道徳的な人だと思うでしょうね。お魚にどんな余分な骨があるかは存じませんが、お魚たちには足りない骨などないということは知っていますわ。それに、人びとには自立への、あらゆる自由への深い願望があるということも知っていますす。わたしはこのことを確信しています。でも、人びとはその生活のほんの些細なことにかまけて、内なる声を押し殺しています。わたしが彼らに怒りを覚えるのはこのためです。わたしが彼らを非難するほうが、あなたが彼らを擁護するよりも、ずっと慰めは多いというものですわ。

――私と貴女はほんのひと言ふた言、言葉を交わすだけで、役割が入れ替わるだろうということを、私は知っていました。あるいは、貴女は私の後ろに回りこみ、逆方向から攻撃をすることになるだろう、と言ったほうがいいかもしれませんね。貴女は人びとが道徳的な高さや独立や、その他、貴女のあらゆる理想に到達できないからといって、腹を立てて人びとから逃げ出そうと望んでいらっしゃいます。しかし、同時に、貴女は彼らを甘えん坊を見るように見ています。そして、彼らがいつか真っ当になり、賢くなるだろうと確信してもいらっしゃる。私は人びとが幾ら急いでもその歩みは緩慢なものでしかないことを知っています。私は、彼らのために考え出された願望を実現するだけの力が、彼らにあるとは思っていません。しかし、私は彼らから離れることはないでしょう。これらの樹木や動物から離れることがないようにね。そして彼らを研究し、愛しすらします。貴女は物事を a priori（予見をもって）見ています。そして、人間は独立を志向しなくてはならないとおっしゃるとき、それはおそらく論理的には正しいのでしょう。しかし、私は病理学者の目で物事を見ています。そして奴隷制が、今日に至るまで、今なお社会が発達するための条件であり続けていることを認めています。おそらく、奴隷制は不可欠であるか、あるいは、考えられているほど嫌悪すべきものでもないのでしょう。

——歴史を良心的に見ていながら、わたしたちはどうしてこうも違った見方になるのでしょう。

——それは私たちが別のことを話しているからですよ。貴女が歴史や民族について語るとき、貴女が言っているのは飛魚のことであるのに対して、私は魚一般のことを話しているのです。貴女がご覧になっているのは、事実から切り離された理念の世界であり、それぞれの時代の知性の頂点を体現する一連の活動家や思想家たちのことです。まるまる一つの民族が突如として立ち上がり、幾多の思想をまるごと飲み込み、以後は幾世紀もかけてこれを消化しながら平穏に生きてゆくといった、そんな精力的な時代を、あなたは見ておいでなのです。貴女は諸民族の成長につきもののこうした大変動や、こうした例外的な人物たちを通常の事実と見なしているのです。しかし、これは頂点とも極限ともいうべき事実に過ぎません。凡人より一頭地を抜き、底辺を這い回る大衆には縁のない思想や希求を、世紀を越えて伝える成熟した少数者は、人間の本性がどれほどまで発達しうるものか、極限的な状況がどれほど恐ろしいまでに豊かな力を呼び起こすものか、ということを輝かしく証明しています。しかし、こうしたことはすべて大衆には、万人には関係のないことです。二十もの世代にわたって育成されたアラブ種の馬が幾ら美しいからといって、どの馬にも同じ体軀を期待するわけにはいきません。理想主義者というものは、常に何としても、自分の理想を押し付けようとするものです。人びとの間でも肉体的な美しさは、独特の醜さと同様、例外的なものです。日曜日になるとシャン・ゼリゼにぞろぞろと繰り出す町人たちをご覧なさい。貴女は人間の本性というものがそれほど美しいものではない、ということを得心なさるでしょう。

——そのことならわたしも知っていますわ。間の抜けた口元、脂ぎった額、恥ずかしげもなく上を向いた鼻や馬鹿みたいに下がった鼻など、驚くにはあたりませんが、本当に不愉快ですわね。

——ラバが鹿ほど美しくないといって大仰に驚く人間を見れば、貴女はきっと大笑いすることでしょう。ルソーにはその時代の愚かしい社会組織が我慢できませんでした。彼の傍らにいた知的に進んだ一握りの人びとは、自分たちにのしかかっている悪を明示するほどの天才的な先見性を持ち合わせていませんでしたが、彼の呼びかけには応えました。これらの背教者にして異端派たちは彼に忠実であり続け、九二年には山岳派になりました。彼らはほとんどみな、フランスの民衆のために力を尽くしながら、死んでゆきました。しかし、求めることが極めて控えめであった民衆は、彼らの処刑を何とも思わずに許したのでした。私はこれを忘恩と呼ぼうとは思いません。事実、彼らのやったことは必ずしもすべてが民衆のためだったわけではなかったからです。われわれは**自分たちを**解放したいのです。大衆が抑圧されているのを見ているのは、**自分たちに**とって辛いのです。彼らが奴隷状態にあることは、**自分たちを**侮辱することのように思えるのです。われわれは彼らのために苦しんでいます。が、その実、自分たちの苦しみを取り除こうとしているのです。ここにどうして感謝しなくてはならないものがあるでしょうか。十八世紀の半ばに大衆は自由や contrat social（社会契約）を求めることができたでしょうか。だって、ルソーが死んで一世紀、国民公会からも半世紀経った今、大衆は未だに自由に対して無関心ではありませんか。彼らは未だに俗悪極まりない市民生活の狭い枠の中にあって、水を得た魚のように、嬉々としているではありませんか。

――ヨーロッパ全土の高揚とあなたのお考えとは、うまく合っていないようですね。

――諸国民を揺り動かしている漠然とした高揚の原因は飢えにあります。プロレタリアートだって少しでも豊かになれば、共産主義についてなど考えないでしょう。町人たちは飽食しています。彼らの財産は保護されています。そこで彼らは自由とか独立について考えることをやめました。逆に、彼らが望んでいるのは強力な権力です。彼らはどこやらの雑誌が襲われたとか、誰某がその見解のために監獄に入れられたといったことに憤慨して語られるのを聞いて、ほくそ笑んでいます。こうしたことに憤ったりいきり立ったりしているのは、ほんの一握りのエキセントリックな人たちだけです。他の連中は傍らを無関心のままに通り過ぎます。彼らは忙しいのです。彼らには商売があるのです。彼らには家庭があるのです。だからといって、われわれに完全無欠な独立を要求する権利がない、ということにはなりません。ただ、われわれの嘆きに対して民衆が無関心だからといって、彼らに腹を立てても仕方がないでしょう。

――それはそうですが、しかし、あなたは算術に頼りすぎていらっしゃいますわ。この場合大切なのは頭数ではなく、道徳的な力です。そこにこそ徳の上での**多数派**があるのです。

――質的な優越性ということでは、私は力のある個人たちにこの優越性を与えることにやぶさかではありません。私にとってアリストテレスはその時代の集約的な力であるばかりか、それ以上の存在でもあります。人びとは彼の言葉の意味を最終的に理解するために、彼の言うことを二千年にわたりあべこべに理解しなくてはなりませんでした。貴女はアリストテレスがアナクサゴラスのことを酔っ払ったギリシャ人の中で最初の素面《しらふ》の人間と呼んだことを覚えていらっしゃるでしょうが、[6] 当のアリストテレスはその最後の人でした。彼らの間にソクラテスを置いてご覧なさい。ベーコン以前の素面の人たちの完全なリストを得ることになるでしょう。こんな例外的な人びとによって大衆を判断することは難しいですよ。

――学問にたずさわってきたのは、いつでもほんのわずかな人たちです。こんな抽象的な分野に入れるのは、厳しい例外的な知性の持ち主たちだけですからね。でも、確かに、大衆の中で素面の大才に出会うことはありませんが、真理への底知れぬほどの共感を持った、霊感に満ちた酔っ払いを見つけることはできますわ。大衆はセネカやキケロを理解できませんでしたが、[7] 十二使徒の呼びかけには応答できたではありませんか。

――でもね、私に言わせれば、彼らにどれほどの同情を寄せようと、彼らがとんでもないfiasco（大間違い）を仕出かしたことも認めないわけにはいかないでしょう。

――ええ、世界の半分しか洗礼できませんでしたからね。

――四世紀にわたる闘い、六世紀にわたる完全な野蛮状態という、千年も続いたこうした骨折りの後に、世界は洗礼を受けたにもかかわらず、使徒の教えは何も残りませんでした。解放を説く福音書から出来上がったのは抑圧的なカトリックでしたし、愛と平等の宗教から出来上がったのは血と戦争の教会でした。古代世界は己の生命力を使い果たした後に崩壊し、キリスト教はその枕辺に医師として、慰め手として登場しました。しかし、それは病人に連れ添っているうちに自分もその病に感染し、ローマ的とも蛮族的とも、そう呼びたければいかようにも呼べるようなものになってしまいましたが、ただ、福音的なものにだけはなりませんでした。父祖伝来のもののもつ生命力といい、大衆の力といい、状況の力といい、万事こうしたものですよ。人びとは真理が受け入れられるには、数学の定理のように証明すればそれで十分だと思っています。他人が信ずるようになるには、自分が信じれば事足りると考えているのです。しかし、実際は全く違ったことになります。ある者たちがあることを語りますが、他の者たちはそれを聞いて別様に理解します。というのは、発達の程度が同じではないからです。最初のキリスト教徒たちは何を教え、大衆は何を理解したでしょう。大衆はわけのわからないこと、愚かしいこと、神秘的なことはすべて理解しましたが、明瞭なこと、単純なことはすべて、彼らには分からなかったのです。大衆は良心を束縛するものすべてを受け入れましたが、人間を解放するものは何一つとして受け入れませんでした。かくして、後に彼らは革命を血の制裁、ギロチン、復讐とのみ理解するにいたったのです。苦い歴史的必然性が勝利の雄叫びとなりました。「友愛」という言葉には「死」という言葉が貼り付けられました。《Fratanité ou la

《友愛か、しからずんば死か》はテロリストたちの《La bourse ou la vie》（財布か、しからずんば生か）みたいなことになってしまいました。われわれ自身長く生きてきました、たくさんのものを見てきました、先人たちもまた私たちのためにたくさん生きてきてくれました。だから今では、**赤い**使徒たちが考えていたように、ローマ世界を民主的社会的共和制にするためには、これに福音を宣言するだけで十分だとか、人間を自由にするためには des droits de l'homme（人権宣言）をイラスト付きの二段組の冊子に印刷すれば十分だ、などと大真面目に考えることが、私たちには最早許しがたいのです。

——どうしてあなたは人間の本性の忌まわしい側面だけをこうも言い立てたがるのか、ひとつお教えいただきたいものですわ。

——貴女は人びとに対する激しい呪いから話を始めておきながら、今度は彼らを弁護なさろうとしていらっしゃる。貴女は今私のことを楽観的すぎると非難されましたが、私はこの非難をお返しすることができます。私にはいかなる体系もありませんし、真理以外にいかなる関心もありません。私は真理を私の目に見える通りにお話ししているだけです。私は人類に対する儀礼上、彼らのために何らかの美徳や勇気を考え出さねばならない、などと考えてはいないのです。私はキリスト教徒にとっての信仰箇条のように、自分たちが慣れ親しんでいる美辞麗句を憎みます。それらは一見いかに道徳的で結構なものに見えようとも、思想を束縛し、これを支配してしまうからです。私たちはこれらを点検することなく受け入れ、こんな偽の標識をあとに残して前に進み、そして道に踏み迷っているのです。私たちはこうした決まり文句にあまりに慣れ親しんでいるために、今では疑う力を失い、こうした聖所に触れることを憚るようになっているのです。貴女は「人は生まれつき自由だ」という言葉の意味を、これまでに考えたことはありますか。その意味を読み替えてお聞かせいたしましょう。つまり、人間は生まれつき動物だという、ただそれだけのことですよ。野生の馬の群れを例にとってみましょう。彼らは完全に自由で、平等に権利を与えられています。完全この上ない共産主義です。しかし、発達ということは不可能です。奴隷制は文明への最初の一歩です。発達のためにはある者たちがずっと優れていて、他の者たちはずっと劣っているということが必要です。そうであってはじめて、より優れた者たちは他の者たちの生活を犠牲にして前へ進んでゆくことができるのです。自然は発達のためとあれば、何物をも惜しみません。人間とは異常に出来の良い脳を持った動物です。そこに人間の力があります。人間は自分の中に虎の敏捷さもライオンの力も感じていませんでした。人間は彼らのような恐るべき筋肉も、あれほどに発達した外的感覚も持っていませんでした。しかし、人間には計り知れない狡猾さと多くの温和な性質があり、それが群れを成して生きるという自然の動機と一緒になって、人間を社会性の最初の段階に立たせたのでした。忘れてはいけません、人間というものは服従することを好み、いつでも何かに寄りかかっていたい、何かの陰に隠れていたいと思っているのです。そこには猛獣の誇り高い自立性などないのです。人間は家族や種族への従属の中で大きくなってきましたから、社会生活の絆が複雑であればあるほど、強ければ強いほど、人びとはそれだけ大きな奴隷状態に陥ってきました。彼らは臆病なのをいいことに自分たちを迫害してきた宗教によって、慣習の上に乗って自分たちを迫害してきた古々しいことによって、押しひしがれてきたのです。バイロンは家畜を「人間によって堕落させられた」品種と呼んでいますが、この品種以外のいかなる動物も、こんな人間的な諸関係には我慢できなかったことでしょう。狼は羊を食べますが、それは自分が腹をすかせていて、羊が自分よりも弱いからです。しかし、狼は羊に自分の奴隷となれとは言いませんし、羊も狼に服従しません。羊は叫んで逃げて抵抗するだけです。が、人間は動物たちの原始の独立的で自立的な世界に忠誠という要素を、キャリバン〔シェークスピアの『テンペスト』の登場人物で服従する者の典型〕の要素を持ち込みます。それがあってはじめてプロスペロ〔同じく支配する者の典型〕が生まれ育つことができたのです。ここにも自然の例の仮借なき倹約、手段の計算性があります。自然はどこかを過度に発達させれば、きっとどこかを切り縮めます。キリンの前足と首を過度に伸ばしましたが、後ろ足は短くしてあります。

——ドクトル、あなたという方はとてつもない貴族ですのね。

——私は博物学者なのですよ。ご存じでしょうか、それにさらに……私は臆病ではありません。私は真理を知ることを恐れませんし、それを口にすることも恐れません。

——わたしはあなたに反論するつもりはありませんわ。でも、理論の上では、誰でも自分の理解する限りの真実を語るものですから、そうすることにそれほどの勇気は要りませんでしょう。

——そうお考えなのですか。なんという偏見でしょう……いやはや、百人の哲学者がいたとしても、そんなにはっきりものを言う哲学者など、一人として見つけられませんよ。たとえ間違ったり馬鹿なことを考えたりすることがあっても、ただ率直でありさえすればそれで十分なのにね。ある者たちは道徳的目的から他の者たちを欺き、他の者たちは安心したくて自分を欺きます。結論がどうあろうとも勇敢に突き進むスピノザやヒュームのような人びとが、それほどたくさんいるわけではありません。人間知性のこれらの偉大な解放者たちは、ルターやカルヴァンのように振舞いました。そして、恐らく、実際的見地からは正しかったのでしょう。彼らは、自分と他人とを共々に解放したのですから。しかし、その彼らもある種の奴隷状態に、象徴的な書物に、聖書の字句に行き着いてしまい、それ以上は進むまいという節度と穏健さを心の中に見出してしまいました。大方の追随者たちも師の道を厳密に歩み続けています。彼らの中には、本当は全く違うのではないかと疑う幾分勇敢な者たちも現れますが、敬虔の念から黙ってしまいます。そして相手への敬意から偽りを言います。これはちょうど、判事たちがぺテン師であることをよく知りながら、そして彼らのことをまったく信用していないにもかかわらず、判事たちの公正さを疑うわけにはいかないなどと、日々嘘をつく弁護士に似ています。こうした慇懃《いんぎん》さは全く卑屈ですが、しかし、われわれはこれに慣れ切っています。真理を知ることは簡単ではありません。しかし、その真理が多くの人の言うところと一致しない時に、これを口に出して言うことに比べれば、やはり簡単です。ベーコンやヘーゲルといった最良の知性ですら、愚かな憤激や俗悪な嘲笑を恐れ、平易に言うまいとして、どれほどの韜晦、どれほどの修辞、どれほどの粉飾、どれほどの婉曲話法を用いたことでしょう。学問を理解することがかくも難しいのはそのためです。歪めて語られた真実を見抜かなくてはなりませんからね。師たちがそれぞれに理解したところを覆い隠した肥沃な土を掘り返し、彼らの学問の模造の宝石や色付きガラスを選《よ》り分《わ》けることによって、その思想の内奥を極めるだけの時間的なゆとりと意欲をもった人がたくさんいるかどうか、今こそよくよく考えてみてください。

——またまたあなたの貴族的な思想が始まりましたわね。真理は少数者のためのもので、偽りは万人のものとか……

——やめてください。貴女は私のことを二度も貴族とおっしゃいましたが、私はその度にロベスピエールの言った《L'athéisme est aristocrate》（無神論は貴族的である）というセリフ[*8]を思い起こします。ロベスピエールが、無神論は微分法や物理学と同じように誰にでも分かるというものではない、ということを言いたかっただけだとすれば、彼は間違ってはいなかったでしょう。しかし、彼は「無神論は貴族的である」と言うことによって、無神論は偽りであると結論づけたのです。これは私に言わせれば、全く怪しからんデマゴギーです。これは愚かな多数者の票決に対する理性の屈服です。革命の厳しい論理学者はしくじりました。そして、**民主的**欺瞞を声高に語りながらも、民衆の宗教を再興することはせずに、むしろ己の力の限界を、それを超えてしまえば革命家でなくなってしまう境界を示しました。が、変革と激動の最中にこのことを言うのは、この人の時代が終わったことを想起させることを意味しています……そして実際に、Fête de l'Être Suprême（至高なる存在の祝典）[*9]の後、ロベスピエールは陰気になり、物思いに沈むようになり、情緒は不安定になります。彼は鬱に悩み、これまでの信念を失い、血を乗り越えながら血に汚れることもなく、ずんずんと突き進んだあの大胆な歩みを忘れます。あの時、彼は自分の限界を知らなかったのです、未来は果てしなかったのです。しかし、今や彼は障壁を見ました。彼は自分が保守主義者にならねばならないことを予感しました。そして偏見の犠牲とされた無神論者クローツの首が、動かぬ証拠として足元に横たわり、これを踏み越えてゆくことはできませんでした。[*10]――私たちは兄たちの年齢を過ぎました。子供でいることはやめましょう、過去の出来事や論理を恐れることをやめましょう、結果を拒否することをやめましょう、それらは私たちにはどうにもならないことなのですから。神がいないからといって、これを考え出すのはやめにしましょう、だからといって神が現れるわけではないのですから。真理は少数者のものだと私は言いましたが、貴女は本当にこのことをご存じなかったのですか。どうしてこのことが貴女には奇妙に思えたのでしょう。それは私がこのことに修辞的なことをひと言も付け加えなかったからでしょう。だってそうでしょう、私はこの事実の利害得失に責任を負ってはいないのですから、私が言っているのはただそれが存在しているということだけなのですから。私は今も昔も、周囲の人びとと心を通わせることができずにこれと敵対し、行き暮れた少数の人びとの中に、知識と真実と道徳的力と独立への志向と美しいものへの愛とを見ます。他方で、私は社会のほかの層の知性の緩慢なる発達、言い伝えに基づく狭い観念、善いことも少しはしたいが、悪いことも少しはしてみたいという、小さな願望をも見ています。

——でも、そればかりか、こうした願望の中にはことのほか信頼できるものもありますわ。

——全くその通りです。大衆の一般的な共感はほとんどいつでも間違いありません。それは動物の本能が間違いないのに似ていますが、それがどうしてだか、貴女はご存じですか。それはね、一つひとつの個性のちっぽけな自立性が、一般的なものの中で消えてしまうからですよ。大衆は個性を持たないということにこそ、その良さがあるのです。しかるに、自立的な個性を涵養することにこそ、魅力のすべてがあるのです。そして、他方で、自由な者、才能ある者、力ある者こそが、このような魅力を得るのです。

――そう、たしかに、大衆なるものがいる限り、その通りですわ。でも、過去と現在は、未来においてもこうした関係は変わらないという結論を、あなたに保証しているわけではありませんわ。なにごとも、社会の古い基盤を破壊する方向に向かっているのですから。あなたは生の中に反目と二重性があることをはっきりと理解なさり、これを明確に示してくださいます。そして、そのことにあなたは安んじていらっしゃいます。つまり、あなたは刑事法廷の告発人のように、犯罪を起訴しそれを立証しようとはなさいますが、判決は法廷に委ねようというのです。でも、もっと先に進み、犯罪をなくそうとしている人たちもいます。あなたのおっしゃる少数者の強靭な性格の持ち主たちはすべて、いつでも大衆と自分たちを隔てている淵を埋めようとしてきました。彼らはこうした淵があることを、不可避的で宿命的な事実と考えることを嫌いました。彼らの心の中には愛がありあまっていたために、自分一人だけの高みに安んじていることができなかったのです。彼らはあなたのようにこの淵の縁《へり》を徘徊することよりも、自己犠牲的な衝動に敢然と身を任せ、民衆と自分たちを隔てている淵に飛び込んで死んでしまうことのほうを潔《いさぎよ》しとしたのです。こうした人たちと大衆とを結び付けているのは、気まぐれでも口先でもなく、親近感という深い感情です。自分たちもまた大衆の中から出てきたのだという意識です。この合唱隊なくしては自分たちも存在しない、自分たちこそが彼らの願望を代弁しているのだ、自分たちは大衆が現に到達しつつあるところにひと足先に到達しただけだ、という意識です。

——疑いもなく、開花した才能はすべて、花と同じように、幾千もの糸によって草木と結び付いており、茎なくしては決して存在できません。しかし、それでもやはり、それは茎ではありませんし、葉でもありません、花なのです。その生命は他の部分と一つになってはいるものの、それでも別の命なのです。例えば、寒い朝に花が萎《しお》れたとしても、茎は残ります。もし、お望みとあれば、花こそ植物の目的であり、命の究極だと言ってもよいでしょう。しかし、それでもやはり、花冠の花びらは植物の全体ではありません。あらゆる時代は、言うなれば、完全にして最良の構造をもつものを、もしそれらが発達するための手段を持っているならば、その波頭に乗せて跳ね上げます。つまるところ、これらは大衆の中から出てくるだけでなく、大衆の中から**抜け出してもしまった**のです。例えばゲーテの場合、彼は集約され、緻密化され、濾過されて**純化された**ドイツの本質を体現しています。彼はドイツから生まれ出ました。彼は自国民の歴史の全体がなければ存在しなかったことでしょう。しかし、彼は自ら高まった領域において同国人たちをはるかに凌《しの》いでしまったために、彼らはゲーテのことをはっきりとは理解できなくなってしまいました。そして、最後には、彼のほうも彼らを理解できなくなりました。プロテスタントの世界の精神を掻き立てるものがすべて彼の中に集まり、そこから広がってゆきました。かくして彼は水面を漂う聖霊のように、当時の世界の上を駆けめぐったのでした。下界にはカオスと諍《いさか》いとスコラ哲学と理解への強要がありましたが、彼の中には同時代の者たちのはるかにあずかり知らない、晴朗な意識と静穏な思想とがあったのです。

――ゲーテはあなたの思想そのものの、輝かしい体現者ですのね。確かに彼は孤絶し、自分の偉大さに満足しています。でもこの点で、彼は例外ですわ。シラーやフィヒテやルソーやバイロンは同じだったでしょうか。彼らは皆、一般大衆を自分と同じ水準に立たせようとして苦しんだのではありませんか。ゲーテの平穏よりも、こうした人たちの出口のない、身を焦がすような、彼らを時として墓場へ、時として断頭台へ、あるいは精神病院へと送り込んできた苦悩のほうが、わたしには好ましく思われます。

――彼らはたくさん苦しみましたが、しかし、彼らに慰めがなかったとは考えないでください。彼らには多くの愛が、そしてそれ以上に多くの信仰がありました。彼らは人類を自分たちの考え出した通りに信じていました。絶望をたっぷり味わいながらも、彼らは自分たちの理性を信じ、未来を信じていました。そして、この信仰が彼らの激情を癒してきたのです。

――どうしてあなたには信仰がないんですの。

――この問いに対する答えは、すでにバイロンによってなされています。彼は自分をキリスト教に改宗させようとした婦人に答えて言ったものです。「信仰を始めるにはどういたしましょうか」。今日可能なのは、考えることなく信ずることか、あるいは、信ずることなく考えることです。貴女はどうやら平穏な懐疑というものを簡単なことのように考えているようですが、しかし、心に痛みを抱えた時、気持ちの萎えた時、そして疲れ果てた時、人は信仰のためとあればどれほどのことを犠牲に供することができるか、貴女にはお分かりでしょうか。そうした信仰はどこから得ることができるのでしょう。苦しむほうがよいと、貴女はおっしゃいます。そして信仰を持つようにと忠告なさいます。しかし、信仰をもった人びとは本当に苦しんでいるでしょうか。私は貴女に自分がドイツで体験した一つの出来事をお話ししましょう。私はさるご婦人の滞在するホテルに呼ばれました。病気の子供たちがいたのです。私は参りました。子供たちはひどい猩紅熱でした。今日では医学は大変な成功を収めたので、私たちには、ほとんどどんな病気も分からない、どんな治療法も分からない、ということが分かるようになりました。これは大変な進歩です。見ると、これは深刻な事態です。母親の気を静めるため、子供たちには当たり障りのない薬を処方し、彼女の気を紛らせるために、手間隙のかかることをあれこれと指示し、私は病気に抵抗するために、子供たちの体がどんな力を発揮するか、じっと見守りました。年上の子供の様子が静かになりました。「この子はどうやら静かに寝入ったようですわ」。母親は私に言いました。私は彼女に、この子を起こさないようにと指で示しました。子供は死につつあったのです。私には妹も全く同じ病状を辿るだろうということがはっきりと分かっていました。私にはこの子を救うことは不可能に思われました。母親は大変神経質な女で、すっかり取り乱して、絶えず祈っていました。女の子は死にました。最初の数日は人間的な本性が勝りました。母親は熱を出して床に就き、自分までもすんでのところで死ぬところでした。しかし、段々と力が蘇り、彼女は落ち着きを取り戻し、絶えずスウェーデンボルグについて話していました……出発するに当たり、彼女は私の手をとると、厳かなほどに落ち着き払った様子で、私に言いました。「辛いことでしたわ……なんというひどい体験だったでしょう……でも、私はあの子たちに良い居場所を与えてあげたのですわ。あの子たちは純粋無垢の姿に返ったのです。もうどんな塵も、どんな腐臭も、あの子たちには関係がなくなったのですもの。あの子たちは幸せになるでしょう。私はあの子たちのためにも、神様を恨んだりしてはいけないのですわ」。

——こんな狂信と、人びとへの人間の信念、より良い社会の可能性や自由への人間の信念との間には、何という大きな違いがあることでしょう。これは自覚であり、思想であり、確信であって、迷信ではありませんわ。

——そう、つまりあの世の寄宿舎に子供たちを預ける des Jenseits（彼岸）の粗野な宗教ではなく、des Diesseits（此岸）の宗教、つまり、学問の宗教、普遍的で類的で超越的な理性の宗教、観念論の宗教です。しかし、一つ説明していただけませんか、神を信ずることが滑稽なのに、人類を信ずることが滑稽でないのはなぜですか。天上の王国を信ずるのが愚かしいのに、地上のユートピアを信ずるのが愚かしくないのはどうしてですか。実際の宗教を放棄しながら、私たちはあらゆる宗教的慣習は持ち続けています。そして、天上の楽園を喪失しながら、私たちは地上の楽園の到来は信じ、これをひけらかしています。墓の向こうの来世への信仰は、初代の殉教者たちに大きな力を与えました。しかし、同じような信仰が革命の殉教者たちをも支えてきたのではありませんか。いずれも昂然と明るく、自分の頭を断頭台に差し出しました。というのは、彼らには自分たちの理念の成功への、キリスト教の勝利への、共和国の勝利への揺らぐことのない信念があったからです。しかし、彼らはいずれも間違っていました。殉教者は一人として復活せず、共和制は実現しなかったからです。われわれは彼らの後からやって来て、このことを見届けました。私は信仰の偉大さもそのありがたみも否定はしません。これは歴史における運動と発展と情熱の偉大な源泉です。しかし、人間の霊魂を信ずることは個人の事柄であるか、疫病です。こんな信仰を持ち続けることはできません。特に、分析と抜きがたい懐疑を体験してしまった者、生命を実験台に載せ、生体解剖を息を詰めて熱心に見守ったことのある者、楽屋の奥まで必要以上に覗き込んでしまった者には、それはできません。事はなされてしまいました。再び信仰することはできません。例えば、肉体と霊魂を区別することが馬鹿馬鹿しいと考えることがそれほど難しくない時代に、人間は死後にもその霊は生きていると、私に信じさせることにできるでしょうか。諸国民が友愛ということをカインとアベルのように理解していることを知っている私に、明日あるいは一年後に社会的友愛が確立されるだろうと、信じさせることはできるでしょうか。

——ドクトル、あなたには生涯の終わりまで、不毛な批評と無為という、このドラマの控えめな脇役といった役どころしか残されていませんよ。

——そうかもしれません。大いにそうかもしれません。もっとも、私は内省を無為とは呼びませんが、それでも貴女は私の運命を的確にご覧になっているように思います。キリスト教が興ったころのローマの哲学者のことを覚えておいででしょうか。彼らの境遇にはわれわれのそれと似通ったところがたくさんあります。現在と未来は彼らの手からすり抜け、過去とは敵対していました。彼らは自分たちが真理をはっきりとより正しく理解しているということを確信していながら、破壊に瀕した世界と樹立されつつある世界とを、悲しげに見つめていました。彼らは自分たちがそのどちらよりも正しいけれど、そのどちらよりも力がないことを感じていました。彼らの仲間はいよいよ少なくなり、異教と共通のものは、生活の習慣や様式以外、何一つとして持ちませんでした。背教者ユリアヌスの異説も彼の復権も、いずれもルイ十八世やシャルル十世の復権と同じように、滑稽でした。他方、キリスト教徒の弁神論は彼らの世俗的な叡智を辱めました。彼らにはこの弁神論の言辞が理解できなかったのです。彼らの足元から大地が消えてなくなりました。彼らへの共感は冷えてゆきました。しかし、彼らは、崩壊が自分たちの内の誰かを巻き込むことを、威厳を持って誇らしげに待つことができました。彼らは、自ら死を求めるでもなく、また、自分か世界のどちらかが救われることを求めるでもなく、死ぬことができました。彼らは己に執着することなく、従容《しょうよう》として死に就きました。死を免れた者たちは、普段着《トーガ》に身を包み、ローマの未来、人びとの行く末を黙って見届けることができました。おのが時代の異邦人たる彼らに残された唯一の幸せは、自分たちが真理に怯《ひる》むことがなかったし、この真理を理解することによって、自分たちがこれに耐え、これに忠実であり続けるだけの十分な力を見出しえたという、穏やかな良心であり、晴々とした自覚でした。

——でも、それだけのことですわ。

——それだけで十分ではありませんか。いや、それだけではありません。私は忘れていました。彼らにはもう一つの幸せがありました。それは個人的な結び付きです。彼らは同じように考え、共感してくれる人びとがいることを確信していました。いかなる出来事といえども断ち切ることのできない、深い結び付きを確信していたのです。これに加えて、わずかばかりの陽光、遠くの海あるいは山、ざわめく緑、温かな気候——それ以上何が必要でしょう。

——不幸にして、今ではそんなに温かく静かに憩《いこ》える場所など、ヨーロッパのどこを探しても見つからないでしょう。

――では、アメリカに行きましょうか。
――あそこも、とても退屈ですよ。
――たしかに……

パリ、一八四九年三月一日

# Ⅵ　一八四九年へのエピローグ

ここに斃れている生贄は
子羊にも牡牛にもあらず
人身御供だ——それも未曾有の
ゲーテ『コリントの花嫁』

呪われよ、血と狂乱の年よ、勝ち誇る卑俗と獣性と愚鈍の年よ、呪われるがよい！最初の日から最後の日まで、お前は不幸であった、お前には明るい一分も、穏やかな一時間も、どこにもなかった。パリに再び立てられた断頭台から、[*1] ブールジュの裁判から、[*2] 子供たちのためにイギリス人たちが立てたケファロニアの絞首台にいたるまで、[*3] プロイセン王の弟がバーデンの市民を撃った弾丸から、[*4] 人類を裏切った民の前で倒れたローマから、[*5] 祖国を裏切った司令官によって敵に売り渡されたハンガリーにいたるまで、[*6] お前の何から何までが罪と血にまみれて忌まわしく、何もかもが目をそむけたくなるようなことばかりだ。だが、これは最初の一歩、始まり、序章に過ぎない。来るべき年はより不快で、より苛酷で、より卑俗な年となるだろう。

われわれは何という涙と絶望の時代まで生き延びてしまったのだろう。眩暈がして胸が張り裂けそうだ。今、何が行われようとしているのか、それを知るのは怖い。さりとて、他にいかなる狂乱があったのか、それを知らないでいることも怖い。怖気をふるうような悪意が、憎悪と軽蔑を煽り立てる。屈辱が心を蝕む……逃げ出したい、立ち去りたい……休みたい、意識を失ったまま跡形もなく消えてなくなりたい。

心を暖め支えてきた最後の期待、それは復讐への期待、狂気じみた野蛮で無益な復讐への期待ではあるが、現代の人間の胸の中にも情念があることを示すはずのものではあった。だが、今や、それも消えようとしている。心の中で緑の葉がすべて落ち果て、何も残っていない。何もかも静まりかえってしまった。闇と寒さが広がっている……ただ時折聞こえてくるのは、刑吏が振り下ろす斧の音と、人類を信じたがゆえに銃殺される若者の高潔なる胸を目がけて、同じく刑吏が発する弾丸の唸る音ばかりだ。

**彼ら**の恨みが晴らされることはないのだろうか……

果たして彼らには友人も兄弟もいなかったのだろうか。果たして、彼らには信念を分かち合う人たちはいないのだろうか。何もかもあった。しかし、復讐だけはないだろう。

彼らの屍からはマリウスが生まれる代わりに、洗練されたテーブル・スピーチの文学が生まれた。煽情的な饒舌が生まれた（私のそれも例外ではない）。散文的な詩も生まれた。**彼ら**はこのことを知らない。彼らが今いないということ、墓の向こうに来世がないということ、これは彼らにとってなんという好運だろう。**彼ら**は人びとを信じ、一身を捧げるに値するものがあると信じていたのではないか、そして彼らは去勢された者たちの虚弱な世代を贖《あがな》い、見事な、そして神聖な死を遂げたではないか。それなのに、われわれは彼らの名前をほとんど知らない。ロベルト・ブルム[*7]の殺害はわれわれを恐怖させ、驚愕させた。そして、われわれはそれに狎れてしまった……

私は自分の世代が恥ずかしい。われわれは所詮、心のこもらない口説の徒にすぎないのだ。われわれの血は冷たく凍っているのに、インクだけは熱い。われわれの思想は跡形もなく消えてしまう憤りに、言葉は物事にいかなる影響も持たない激しいだけの言辞に、狎れてしまった。われわれは撃たねばならないところで沈思し、熱中せねばならないところで黙考する。われわれは不快なほどに分別くさいのだ。なにごとも上から眺め、なにごとも先送りする。われわれが関心を持つのは、**普遍的なこと**、**理念的なこと**、**人類**にかかわることだけだ。われわれの心は抽象的で普遍的な領域で疲労困憊してしまった。それはちょうど、修道士たちの心が祈りと瞑想の中で衰弱してしまったのに似ている。われわれは現実への感覚を喪い、現実の上に飛び出してしまった。ちょうど、町人が現実の下に落ちたように。

革命に恐れをなした革命家たるお前たちは、何をしてきたか。政治を弄ぶ自由の道化師たるお前たちは、共和制を、テロルを、政府を玩具《おもちゃ》にしてきた。お前たちは倶楽部《クラブ》で戯れ、議会で駄弁を弄び、ピストルやサーベルを身につけた道化師さながらの格好で死刑の判決を下された悪党たちが、生き永らえていることに自分で驚き、お前たちの温情を称えてくれたといって、無邪気に喜んだものだ。お前たちはなにごとも予告せず、なにごとも予知しなかった。が、**お前たちの中の最良の者たち**はお前たちの狂気を首で贖《あがな》った。お前たちは今こそ敵に学ぶべきだ。彼らがお前たちに勝ったのは、彼らの方が賢かったからだ。彼らが反動を恐れているかどうか、彼らが手を血で汚しながらも、断固として突き進むことを恐れているかどうか、よく見るがよい。彼らは肘《ひじ》まで、首まで血に浸かっている。もう少しすれば、彼らはお前たち全員を処刑することだろう。お前たちは遠くまで逃げおおせていない。だが、果たして彼らはお前たちを処刑するだろうか、いや、みなまとめて抹殺することだろう。

私には今の人たちが本当に恐ろしい。何と鈍感で視野が狭いのだろう。情念もなく、怒りもない。考える力は乏しく、心の高ぶりも長続きせず、自分のなすべきことに熱中するエネルギーも信念も早々と枯渇している。この人たちはいつ、どこで、何に自分の生命を蕩尽してしまったのか、いつ力を喪失してしまったのか。彼らは学校で愚かな教育を受け、そのまま駄目になってしまった。ビアホールや放埒な学生生活で損なわれ、安手の薄汚い放蕩に身を持ち崩してしまった。病んだ空気の中で生まれ育った彼らは、力を蓄える暇もないまま、花開く前に萎れてしまった。彼らは激しい情念に疲れたのではなく、激しい夢想に疲れ果てたのだ。そこにいるのはご多分にもれず、文学者や理想主義者や理論家である。彼らは思想に拠って堕落の何たるかを究め、情念の何たるかを講じた。実際の話、人間を別種の動物に分類するわけにいかないことが、時として忌々しくなるほどだ。明らかに、ロバや蛙や犬であったほうが、十九世紀の人間であるよりも楽しく、潔白で、上品だ。

誰も責めるわけにはいかない。これは彼らの罪でも、われわれの罪でもない。一つの世界がまるごと死に瀕している時代に生まれてきたこと自体の不幸なのだ。

慰めが一つだけ残っている。未来の世代が一層堕落し、一層卑俗になり、知的にも心情的にも一層貧しくなるというのは、大いにありうることだ。そうなれば、われわれの為してきたことは彼らにはわけの分からないことになり、われわれの考えてきたことも理解できなくなるだろう。民族も王家と同じように、崩壊を前にして愚かになり、物事の理非を弁える力も陰り、老いさらばえる。これはちょうど、淫蕩と近親相姦を孕んだメロヴィング王朝が、二度と正気に返ることなく、芬々たる臭気の中で滅んでいったのに似ている。卑小化したヨーロッパは、生き永らえて痴呆症に陥った貴族のように、最早信ずるべきものを持たず、優美な芸術も力ある詩文も喪ったまま、愚鈍の薄明の中で、麻痺した感覚の中で、おのれの貧しい生を使い果たすことだろう。無力で虚弱で愚かしい世代が幾つも登場し、爆発と溶岩流に幾度となく遭遇し、石の覆いに包まれることになるだろう。そして、すべてが忘却に、年代記に委ねられることだろう。

そしてそれから？

それから春になり、若い命が彼らの墓標の上に躍動し始め、手に負えない、しかし健康な力に溢れた幼い野蛮が、年老いた野蛮に取って代わるだろう。未開の瑞々《みずみず》しい力が若い民族の若者の胸にはじけ、歴史の新しい円環が、世界史の第三巻が始まるだろう。

その巻の基調をわれわれは今や理解できる。それは社会的理念に属することになるだろう。だが社会主義も発展すれば、そのあらゆる段階において愚かしいまでに極端な帰結に行き着くだろう。その時、革命的な少数者の巨人の如き胸の裡から再び否定の叫びが迸り、再び決死の闘いが始まり、その闘いの中で社会主義は今の保守主義の位置を占め、未来の、われわれの知らない革命によって打ち負かされることだろう……

これが、死のように仮借なく、誕生のように抗しがたい生命の永遠の戯れ、歴史の corsi e ricorsi（干満）、振り子の perpetuum mobile（恒久運動）というものだ。

十八世紀の終わりまでに、ヨーロッパのシジフォスは様々な民族の創った三つの世界の廃墟の瓦礫からできた重い石を転がし、頂上まで運び終えた。石は右に左に揺れながらも、どうやら落ち着こうとしているかに見えた。だが、そうはならなかった。石は揺らぎ、静かに、目に見えないほどにゆっくりと傾き始めた。しかし、それはおそらく何かに突き当たりながらも、代議制的統治や立憲君主制といった障害や敷居のお陰で止まるはずだった。その後、あらゆる変化を完成と思い違え、あらゆる置き換えを発展と思い違えながらも、幾世紀もかけて段々と風化してゆくはずだった――イギリスと呼ばれるこのヨーロッパの中国や、スイスと呼ばれるノアの洪水以前の山々に囲まれたノアの洪水以前のこの国家のように。しかし、そのためには強い風が吹いたり、震動があったり、動揺があってはならなかった。だが、風は吹いてしまったし、震動が起きてしまった。二月の嵐は伝来の地盤を揺すぶった。六月の日々の嵐は、ローマと封建制の堆積物を最終的に突き動かした。そしてこの堆積物はその途中で出会うものを破壊し、壊れて自ら瓦礫となりながら、速度を増して山を下った……哀れシジフォスはそれを見てわが目を疑う。顔色も失せ、疲労の汗に恐怖の冷や汗が混じり、絶望と恥辱と無力と忌々しさが涙となって目に溜まった。彼はあれほどまでに完成と人類を信じていたのに。あれほどまでに哲学的に、あれほどまでに知的に、学問的に、現代人に望みをかけてきたのに。だが、彼はやはり欺かれたのだ。

フランスの革命とドイツの学問は、ヨーロッパ世界のヘラクレスの柱である。この柱の向こう側には大洋が開け、新しい光、古いヨーロッパの改訂版とは違う、何か別のものが見える。それらは世界に教会の圧制や市民的奴隷制度や道徳的権威からの解放を約束していた。しかし、思想の自由、生活の自由を誠実に宣言しながら、変革の人びとはこうした自由がヨーロッパのカトリック的秩序と両立しないなどと、思ってもみなかった。この秩序から決別することが、彼らにはまだできなかったのだ。前進するためには自分たちの旗を巻き、これを裏切らねばならなかった。譲歩をしなくてはならなかったのである。

ルソーとヘーゲルはキリスト教徒である。

ロベスピエールとサン・ジュストは君主主義者である。

ドイツの学問は思弁的な宗教である。国民公会の共和制は五頭政治の絶対主義[*9]であり、同時に教会でもある。信仰箇条に代わって市民的教義が現れたのだ。議会と政府は人民の解放という機密の聖なる儀式を執り行った。立法者は神官とも預言者ともなり、善良にも、皮肉抜きに、人民主権の名において、永遠不変にして誤りなき判決を下した。

民衆は、当然のことながら、これまで通り**支配される**「俗人」であり続けた。彼らにとっては何も変わらなかった。そして彼らはわけも分からずに宗教の聖体礼儀に参禱したのと同じように、政治の聖体礼儀に参列したのである。

**自由**という恐るべき言葉が、習慣と仕来りと権威の世界に割り込んできた。それは心に刻み込まれた。それは耳元で鳴り響き、おとなしくしていることができなかった。それは発酵し、社会の構造物の基礎を蝕んだ。困ったことに、一箇所にでも接種され、古い血を一滴でも腐らせるだけで大変なことになるのであった。血管にこの毒が入り込んだが最後、老いさらばえた肉体を救うことはできない。危険が近づいているという意識が口に出して語られるようになったのは、帝政[*10]が狂乱の時代に入って以後のことであった。この時代の思慮深い知性は、みな破局を予期し怖れた。正統主義者のシャトーブリアンと、当時はまだ神父だったラマルチーヌはこの破局を指し示した。血に飢えたカトリックのテロリスト、メストルはこれを恐れ、片方の手を法王に差し伸べ、もう一方の手を刑吏に差し伸べた。[*11]ヘーゲルは疾風にさらわれ岸から遠くに流されることを恐れて、論理の海を誇らかに、そして、自由に渡ってきた哲学の帆を縛った。同じこの予言に苦しめられたニーブールは、一八三〇年と七月革命を見ながら死んだ。[*12]ドイツには過去によって未来を押しとどめ、父の遺体で新生児のための扉を塞ごうと夢想する一大学派が形成された。—— Vanitas vanitatum（空の空なるかな）

ついに二人の巨人が現れ、厳かに歴史の一つの局面を終わらせた。

ゲーテの老軀は周囲にざわめくもろもろの関心に煩わされることなく、現代への入り口で二つの過去を遮蔽しつつ、穏やかに立っている。彼は現代人を威圧し、過去と和解させる。十九世紀唯一の詩人が現れ、そして消えた後も、老人はまだ生きていた。懐疑と怒りの詩人にして聴解司祭、刑吏でもあり同時に犠牲者でもあったこの詩人は、老いさらばえた世界に早々と決別の詩を歌うと、「祖国の岸辺」を見たくないばかりに逃げ込んだ再生途上のギリシャで、三十七歳の命を終えた。*13

彼の死んだ後、何もかもが静まり返った。時代の不毛性に、創造的力の完全なる欠如に注意を向けようとする者は、誰一人としていなかった。初めのうち、彼はまだ十八世紀の夕映えに照らされていた。彼はその世紀の栄光によって輝き、その世紀の人びとを誇りとしていた。だが、彼ら前世紀の巨星たちが消えると、薄明と闇がすべてを覆い、いたるところで力のない者、凡庸な者、卑小なる者が横行した――と、東の空にあるかなきかの光の帯があらわれた。これは朝が遠くからやって来たことを示していた。だが、夜が明けきるまでには、暗雲が一度ならず立ちはだかることとだろう。

そしてついに、預言者たちが現れ、不幸が近づいているが贖罪の日は遠いと宣べ伝えた。人びとは彼らを瘋癲行者を見るように見た。彼らの新しい言説は人びとを苛立たせ、彼らの言葉は譫言《うわごと》と受け止められた。大衆は目覚めさせられることを望まない。彼らは惨めな状態でもいいから、俗悪な習慣でもいいから、そのままそっとしておいてくれと頼む。彼らが望んでいるのは、フリードリッヒ二世のように、汚れた下着を着替えることなく死ぬことなのだ。町人の君主制ほどこのような控えめな願望で満足できるものなど、世界のどこにもなかった。

しなし、崩壊は容赦なく進行し、「地下のもぐら」*14はたゆみなく働いていた。どの権力もどの制度も、みな隠れた癌に冒されていた。一八四八年二月二十四日、病は慢性から急性に転じた。フランスの共和制が最後の審判のラッパによって世界に向かって宣言された。古い社会制度の無力さ、虚弱さが白日の下に曝け出された。すべての結び目がほどけて緩み始めた。何もかもが入り混じり、まさにこの紛糾した状態のままだ。革命家たちは保守主義者になり、保守主義者は無政府主義者になり、共和制は王政の下で生き残っていた最後の自由な制度を殺した。ヴォルテールの祖国が偽善の中に身を投じた。みんなが負けた、何もかも負けた。しかし、勝った者はいない。

多くの者が期待を抱いていたころ、われわれは彼らに言ったものだ——この赤みは回復の印ではない、肺病の赤みだ、と。思想によって大胆、言説において不敵なわれわれは悪を突き止め、それを口にすることを恐れなかったが、いまや額に冷や汗が滲み出ている。始まりつつある暗い夜を前にして、私は真っ先に青ざめ、しり込みしている。われわれの予言が実現しつつあると思うと、鳥肌が立ち、震えが止まらない。しかもその実現がこんなに早く——こんなに有無を言わせぬかたちで。

さらば、過ぎ去ろうとしている世界よ、さらばだ、ヨーロッパよ。

——だが、われわれはどうなるのだろう。

……二つの世界を結び付けながら、どちらの世界にも属していない最後の環。家郷から切り離され、仲間とも別れ、寄る辺なき身となった者たち。無用となった者たち。それというのも、われわれには一方の人びとの老齢とも、もう一方の人びとの幼稚さとも、分かち合うものを持てないからだ。われわれにはどちらのテーブルにも席はないのだ。過去にとっては否定者にして、未来については抽象的な思索を弄ぶ者たるわれわれには、どちらの側にも財産がない。そして、ここにわれわれの力の証もこの力の無用性の証もある。

遠くへ行ってしまいたい……おのれの生によって解放と抗議と新しい生活を始めることができるなら……だが、われわれはまるで古いものから現に解放されているみたいではないか。われわれの善悪の観念も情念も、そして何よりも習慣も、みなこの世界に属しているのではないのか。われわれはただ、この世界との交わりを絶ったと、勝手に思い込んでいるだけではないのか。

われわれは人跡未踏の森で何をしようというのか。毎朝五紙の新聞を読まずには過ごせないわれわれは？　古い世界との戦いで、詩だけしか残されていなかったわれわれは？　何を？

……率直に認めよう、自分たちが出来損ないのロビンソン・クルーソーであることを。

アメリカに去った者たちは、そこへ古いイギリスを持ち込んだだけではなかったか。

遠くからうめき声が聞こえてこないだろうか。そんな声に背を向け、目を閉じ、耳を塞いでいることができるだろうか、知らぬ振りをして、じっと黙っていられるだろうか、これに自らの敗北を認め、降参することではないのか。それは不可能だ。斧が首と胴体を切り離さない限り、縄が首を縛るまで、何があろうと自由な言葉を譲り渡そうとしない不羈の人びとがいることを、敵は知らねばならない。

さればこそ、われわれは声を発しよう。

……だが、誰に向かって？　何を？――確かに、私はそれを知らない。

だが、私にはそうしないわけにはいかないのだ。

チューリッヒ、一八四九年十二月二十一日

# Ⅶ Omnia mea mecum porto（私はすべてを身につけてゆく）

戸口にいるのはカチリーナではない。死だ。

プルードン[*1]《人民の声》

こっちにおいで、席に着こう
そんな馬鹿なことを誰が気にするものか
世界は腐った魚のように悪臭を発している
防腐処理などやめておこう

ゲーテ[*2]

目に見える年老いた公式のヨーロッパは眠っているのではない――死にかけているのだ！

これまでの生の虚弱で病的な最後の残り滓《かす》をもってしては、新しい結合や新しい形式の発展を目指す肉体の解体しつつある部分を、ほんの一時なりとも維持するのに、ほとんど役に立たない。

一見したところ、まだ多くのものがしっかりと立ち、物事は捗《はかど》っているように見える。判事は裁き、教会は開かれ、取引所は活況を呈している。軍隊は演習を行い、宮中には明かりが煌々と灯っている。――だが、命の息吹は消え、誰の心にも不安がある。死は背後に忍び寄り、そして、本質的には何一つとして捗《はかど》っていない。本質において、教会もなく、軍隊もなく、政府もなく、裁判所もない。すべてが警察に変わってしまったのだ。ヨーロッパを護り救っているのは警察だ。その祝福と保護のもとに、玉座も至聖所も存立している。それは、短い時を稼ぐために、命を力ずくで維持しようとしているガルヴァーニの電流*3のようなものだ。だが、病の腐食的な炎は消えてはいない、ただ、内に籠《こも》っただけだ。それは隠されているのだ。これらの黒ずんだ壁や要塞はすべて、古くからあるがゆえに、常に変わらぬ厳然たる巌のような顔をしているが、いずれもあてにはならない代物だ。それらは森を切り開いた後に長く残されている切り株に似ている。それらは誰かが足蹴にしないうちは、確固不動といった顔をしているものだ。

多くの者に死が見えないのは、彼らが死というものを何かがなくなることと思い込んでいるからだ。死は構成要素をなくすのではなく、**これまで**一つにされていたものからこれらを解き放ち、別の諸条件のもとで自由に存続させるのだ。この世の一部がそっくり地表からなくなる、などということがありえないのは当たり前だ。それは、ちょうどローマが中世にも残っていたように、残るのである。それは四散し、来るべき時代のヨーロッパの中に溶け込み、新しいものに服することによって、その今ある性格を失いながらも、同時にそれに影響を与えるのである。父から息子に伝えられた遺産は、生理的にも社会的にも、父の死後もその命を継続させるのである。それにもかかわらず、それらの間に**死**はある。これは、ジュリアス・シーザーのローマとグレゴリウス七世のローマの間に断絶があるのと同じだ。☆

☆ 他方、グレゴリウス七世〔「カノッサの屈辱」で知られる法王。在位一〇七三―八五〕のヨーロッパとマルチン・ルター、国民公会、ナポレオンの間にあるのは死ではなく、発展であり、変容であり、成長である。古代のあらゆる反動（ブランカレオーネやリエンツィの）が不可能であったのに対して、新しいヨーロッパの王政復古がかくも容易であった所以は、まさにこの点にある。

現代の市民的秩序にかかわる様々な形式が死ぬことは、気を重くするというよりは、むしろ喜ばしいこととしなくてはならない。しかし、遠ざかってゆく世界が残すのが相続人ではなく、身ごもった寡婦だというのは恐ろしい。あるものの死と別のものの誕生の間には長い年月が横たわっており、混沌と荒廃の長い夜が続くだろう。

われわれは神を迎えし人シメオン[*4]のようには、その日まで生き延びることはないだろう。この真実がいかに辛くとも、これを変えることができない以上、これを認め、これと折り合わなくてはならない。

われわれはヨーロッパの虚弱なオルガニズムを、十分に長く研究してきた。そして、あらゆる階層やいたるところで、身近に死の触手を見出したが、ただ遠くから時折、予言が聞こえてくることもあった。われわれも初めのうちは期待し、信じた。信じようと努めた。だが、臨終を前にした苦悶が、歪んだ顔つきを短い間に次から次へと変えてみせたために、もはや欺かれようもなかった。命は、夜明け前の窓辺に灯る最後の蠟燭のように、消えようとしていた。われわれは恐れおののいた。われわれは手を拱《こまぬ》いて恐るべき死の勝利を見つめていた。二月革命以来われわれが見たものは何であったか。われわれは二年前は若かったが、今では年老いた、と言うだけで十分だろう。

党派や人びとに近づけば近づくほど、われわれを取り巻く荒野は広がり、われわれの孤独は深くなっていった。ある者の狂気と、またある者の非情を、どうして共有することができただろうか。一方には怠惰と無気力、他方には虚偽と狭量、肉体にも精神にもいかなる力もない。果たして、人びとのためになることを何一つとして残すことのできないままに、人びとのために死んでいった殉教者たちにはあっただろうか。大衆のために礫になることも厭わず、血や首級を捧げることを覚悟していた受難者たちにしたところで、そんな犠牲など必要としていない人びとの群れを見れば、血も首も大切しようという気になることだろう。

あらゆるところで倒壊しつつあるこの世界で、為すべきことを持たずに行き暮れ、無意味な諍《いさか》いや日々の侮辱に耳を聾されたわれわれは、悲しみと絶望にとらわれ、願うことはただ一つ、夢はあるのかないのか尋ねることなく、疲れ果てた頭をどこかに休ませたいということだけだった。

だが、生はその本来の力を取り戻した。そして、絶望したり死を願ったりする代わりに、私は今、生きたいと願っている。私はもはや自分が世界にそれほど依存していると認めたくない。私は死にかけた者の枕元で一生泣き続ける、永遠の泣き男でありたくはない。

果たして、われわれ自身の中には全く何もないのか、われわれはこの世界によって、この世界にあって初めて何者かであったのか——とすれば、それが全く別の法則によって壊され消滅しつつある今、われわれに為すべく残されているのは、廃墟に座って悲しむことだけなのか、その世界にとっての墓碑銘となることだけなのか。

嘆き悲しむのはもうたくさんだ。われわれはこの世界に属したものをそれに引き渡した。われわれはこの世界に自分の最良の時を惜しむことなく与え、心底からの共感を余すことなく捧げた。われわれはその世界以上にその苦しみを味わった。今や涙を拭い、勇気をもって周囲を見まわそう。つまるところ、その世界がわれわれに何を見せようと、それに耐えることはできるし、また、耐えなくては**ならないのだ**。われわれは最悪のことを耐え忍んだ。耐え忍ばれた不幸は、終わった不幸だ。この間にわれわれは自分たちの置かれた状況を知り尽くすことができた。われわれは最早何も期待しない、何も待ち望まない、あるいは、同じことだが、すべてを待ち望む。われわれはこれからも多くのことで辱められ、傷つけられ、打たれるだろう。だが、最早驚くことは**何もない**……それとも、われわれの思想も言葉も、ただ口先だけのものだったというのだろうか。

船は沈みつつある。恐ろしいのは、危険と並んで希望があったときの、疑惑の時だった。だが、今や状況は明らかだ。船を救う術は最早ない。残されているのは自分も死ぬか、自分を救うかのどちらかだ。船を捨て、小舟に乗り移ろう、丸太につかまろう。各人が運を試し、自分の力を試すが良い。水夫の **point d'honneur**（名誉の義務）はわれわれにはあてはまらない。

波乱に富んだ長い命が終わろうとしている息苦しい部屋から外へ出よう！ 重苦しい汚染された雰囲気から抜け出し、新鮮な大気の中に出よう、病室から広野に出よう。死者に香油を塗るための者たちはたくさんいる。腐ったものを食べて生きる蛆虫はもっとたくさんいる。死体は彼らに任せよう。というのも、彼らがわれわれより良いか悪いかの問題ではなく、彼らがそれを望み、われわれはそれを望まないからだ。彼らはそのことで生き、われわれはそれを苦しみとするからだ。自由に、そして何も求めずに出てゆこう。われわれには遺産がないことを知っているのだから、そして、そのようなものを必要としていないのだから。

昔ならば、時代とのこのような昂然たる決別は**逃避**と呼ばれたかもしれない。度しがたい口マン主義者は、一連の出来事を目の当たりにした後でもなお、これをそう呼ぶだろう。だが、自由な人間には逃げることはできない。というのは、彼はおのれの確信にのみ依拠しており、それ以外のものに依拠しているわけではないからだ。彼は残る権利も立ち去る権利も持っている。問題は、恐らく、逃げるかどうかにあるのではなく、人が自由であるかどうかにあるのだ。

そもそも、「逃避」という言葉は、これを、不幸にして遠くを見てしまい、他の者より必要以上に先に進んでしまいながら、後戻りすることを望まない者たちに当てはめたとき、言いようもなく滑稽なものとなる。彼らはコリオラン流にこういうこともできるかもしれない、「われわれは逃げてはいない、君たちが立ち止まっているのだ」と。だが、そのどちらも愚かしい。われわれはわれわれの、周りの人たちは彼らなりの、やるべきことをやっているだけだ。個人も大衆も、最後の帰結に責任を取ることができるほどには発達していない。だが、発達の一定の段階には、そこにどうやって到達したか、何によってそこまで到達したかにかかわりなく、責任を負っている。自分の発達を否定することは、自分自身を否定することを意味している。

人間は普通考えられているよりは自由なものだ。彼は多くの点で環境に依存してはいるが、それに隷属しているというほどではない。われわれの運命の大部分はわれわれの手の中にある。その程度を理解し、これを手放さないようにしなくてはならない。そのことを知りながら、人びとは周囲の世界が自分たちに強制したり、意に反したことをさせるに任せている。彼らは自分の自立性を放棄し、あらゆる場合に自分自身にではなく周囲の世界に依拠し、自分と世界とを結び付けている紐をいよいよきつく締め付けてしまう。彼らは生活における良いことも悪いこともすべて世界から待ち望み、自分にはほとんど何も期待しない。こうした幼児じみた従順さのゆえに、人は外からの宿命的な力に抗する術をもたず、これと敢えて闘うなど狂気の沙汰と思ってしまう。だが他方、人の心の中に自己否定と絶望の代わりに、恐怖と恭順の代わりに、素朴な問いが生まれるや、さしも恐るべき力も途端に色褪せる——「人は本当に環境によって死命を制されているのだろうか。実際に人間が環境と決別し、環境から何も求めず、環境の贈り物に無関心でいられるようになった時でも、人は環境から解放されることはできないのだろうか」。

私は個人の自立と独立の名におけるこの抵抗が、容易だとは言わない。これが人間の胸の内から迸り出てくるのは、それなりの理由があってのことだ。これに先立ち、長い個人的な試練と不幸が、あるいは、辛い時代——世界を深く理解すればするほどそれと決別することになるような時代、外的世界と彼を結び付けているあらゆる絆が鎖と化す時代、時流や大衆より自分のほうが正しいと感ずる時代、自分が属している大きな家族の一員というよりその敵対者、異邦人と自覚する時代——そのような辛い時代があるものなのだ。

われわれの外ではすべてが変わり、すべてが揺れている。われわれは絶壁の淵に立ち、それが崩れようとする様を見ている。黄昏時になっても空には導きの星一つ現れない。われわれは自分自身以外のところに、われわれの無限の自由の意識、われわれの絶対的な自立性以外のところに、入江を探すことはできない。このように自分を救うことによってはじめて、われわれは社会に自由な生活の発展を可能にするための、力強く広い基盤に立つことになるのだ――そもそも、それが人間にとって可能であるかぎり。

人びとが世界を救う代わりに自分を救おうと望み、人類を解放する代わりに自分を解放しようと望んでいたなら、彼らは世界を救い自らを解放するために、何と多くのことを為していたことだろう。

人が環境や時代に依存していることには、疑問の余地がない。その依存性は、絆の半分が意識の背後に固着していることによって、より強いものとなる。そこには、意思や知性をもってしても、めったに抗しきれない生理学的な結び付きがある。そこには、人の顔つきと同様、持って生まれた遺産的要因があり、これが一連の先行する世代と今の世代との連帯保証を為し立てている。また、そこには、人に歴史や時代性を接木する教育という道徳的生理学的要因があり、最後に、意識的要因がある。人が生まれ落ちた環境、人が生きている時代――それは人をして彼の周囲で行われていることに参加することを強い、父たちによって始められたことを続けることを強いる。人が自分を取り囲むものに愛着を感ずるのは自然のことだ。人は自分の時代と自分の環境を、自分の中で、自分自身によって、反映しないでいることはできないのである。

だが、この反映の仕方そのものの中に、人間の自立性が現れる。周囲の環境が人間の中に目覚めさせる対抗意識こそ、環境の影響に対する個性の応答にほかならない。この応答が共感に満ちていることも、反感に満ちていることもありうる。人間が道徳的に独立していることは、彼が環境に従属しているのと同じように、ゆるぎなき真理であり現実である。その差異は両者が反比例の関係にあるということにある。すなわち、意識が多ければ多いほど自立性も大きく、逆に、意識が小さければ小さいほど、環境との結び付きが緊密なものとなり、環境は人を深く飲み込む。このように意識を持たない本能が、真の独立性に行き着くことはない。そうした自立性は野獣の粗暴な自由として現れたり、あるいは、まれに社会条件の様々な側面への発作的で首尾一貫しない否定の中に現れたりもする。犯罪と呼ばれるものがこれだ。

独立性の意識はすなわち環境との齟齬を意味していないし、自立性とはすなわち社会に敵対することではない。環境と世界の関係は、必ずしも常に一様ではない。したがって、個人の側からの反抗を、必ずしも常に呼び起こすわけではない。

人間が**普遍的な大義**において自由であるような時代がある。そのような時代には、あらゆる精力的な人びとの目指す活動に、彼らが生きる社会の目指すところと一致している。このような時代――同じように滅多にあるわけではないが――万事がもろもろの出来事の渦の中に投げ込まれ、その中で生き、苦しみ、愉しみ、そして死んでゆく。ただゲーテのように独自に天才的な者たちは一人離れて立ち、そして、月並みで凡庸な者たちは無関心であり続ける。だが時代の奔流に抗して立つ人びとは、眼前の戦いに引き込まれながら、満ち足りている。亡命者たちもまた、ジャコバン派と同様、革命に飲み込まれていたのだ。そのような時代に自己犠牲や献身について云々する必要はない。万事が自然に、極めて無理なく行われるのである。誰一人として身を引くものはいない。なぜならば、みなが信念をもっているからだ。もともと犠牲などない。傍《はた》から見るものに犠牲と見えるのは、意思の素朴な遂行を内実とするような行為である。それはごく当たり前の振舞いなのである。

また別の時代もある（こちらのほうが普通である）。それは穏やかで眠気すら催すような時代であり、そこでは個人と環境とのもろもろの関係は、最後の変革によって打ち立てられた通りに**継続されている**。それらは切れるほどに張りつめてもいないし、耐えられないほどに重苦しくもない。つまるところ、それらは通常のやり方で主な欠陥を繕ったり、主な凹凸を均《なら》したりすることができないほどに、排他的でもないし頑固でもない。このような時代にあっては、個人と社会の関係で問題となることはそれほどない。個別的な衝突や幾人かの人が死に巻き込まれるような、悲劇的な惨事がないわけではない。縛《いまし》められた巨人のうめき声が聞こえてくることがないわけでもない。しかし、そうしたことは打ち立てられた秩序の中で跡形もなく消え、広く認められたもろもろの関係は揺らぐことはなく、すべてが習慣と化した人間らしい静穏な生活と怠惰の上に安らぎ、批判や皮肉といったデモーニッシュな原理が横行することもない。人びとはそれぞれ為すべきことを行っていると想像しつつ、自分たちの利害や関心に従い、家庭生活を営んだり、学問や産業の世界で仕事をしたり、裁いたり取り締まったりして生き、自分たちの子供たちの未来を確実なものにするために精いっぱい働いている。その子供たちは、今度は自分たちの子供の未来を確保してやろうとして働く。かくして、まるで今現に生きている個々の人びとや現在そのものが消え去り、自分を何か過渡的なものと思い込むようになる。イギリスではこんな時代がいまだに続いている。

しかし、さらにもう一つ、第三の種類の時代がある。それは極めて稀な、もっとも悲しい時代だ。この時、自らの生を終えたもろもろの社会的形式は、ゆっくりと、そして苦しげに死滅してゆく。一個の優れた文明が、これ以上先に進めないという極限に達するだけでなく、時代の様式によって与えられた可能性の枠を越える。かくして、この文明は一見したところ、未来に属しているように見えながら、本質的には、自ら蔑《さげす》む過去から切り離されているのと同じように、別の法則によって発展しつつある未来とも繋がっていない。社会と個人の葛藤が生ずるのは、まさにこの時代だ。過去は狂気じみた抵抗を示す。暴力、虚偽、残虐、欲得ずくの追従、狭量などが、人間の尊厳という意識の喪失が、大多数の人びとの一般的な行動規範となる。過去の優れた資質はもはやすべて消え去り、古い世界は自信を喪失し、恐れのあまり絶望的に自己保身に走り、おのれ可愛さのあまり自らの神々を忘れ、自分たちを支えてきた法を踏みにじり、教養も名誉もかなぐり捨てて狂暴化し、迫害し、処刑し、しかも力は自分の手の中に持ち続ける。かかる世界に人びとが従うのは臆病のためばかりではない。一方において何もかも動揺し、確たるものは何もなく、用意のできたものも何一つとしてないからだ――とりわけ、人びとには用意ができていないからだ。――しかるに他方、未知の未来が、人間の論理を狼狽させるような未来が、黒雲に覆われた地平線に姿を現しつつある。ローマ世界の問題はキリスト教によって解決されることになるが、死滅しつつあるローマの自由な人は、多神教と関係を持っていなかったのと同じように、この宗教ともあまり深い関係を持ってはいなかった。人類はローマ法の狭い形式を出て前進するために、ゲルマンの野蛮に後退することになるのである。

ローマの人びとのなかでも、憂愁と恐怖に追い立てられ、生きることの辛さのあまり、キリスト教に身を投じた者たちは救われた。しかし、彼らと同じように苦しみはしたが、しかし、より強固な性格と知性をもっていたがために、別の愚劣を受け入れることによって一つの愚劣から救われることを敢えて望まなかった者たちは、果たして非難されるに値するだろうか。彼らは背教者ユリアヌスと共に古い神々の側に立つことができただろうか、あるいは、コンスタンチヌスと共に新しい神々の側に立つことができただろうか。時代の精神がどこに向かっているかも分からないのに、その時代のことにかかわることができただろうか。このような時代には、自由な人間は人びとと共に同じ道を行くよりは、彼らから離れて一人、野に生きるほうが気楽だ、彼には自分の命を犠牲にするよりは、それを無にするほうが楽なのだ。

果たして人は、彼に同意する者がいないからといって、間違っているのだろうか。果たして知性は、知性以外の別の確認を必要としているだろうか。世を挙げての狂気は、個人の確信が誤りであることを証明できるだろうか。

ローマの最も賢明な人びとは完全に舞台から去ったが、その出所進退は見事であった。彼らは地中海の岸辺に四散した。他の人びとから見れば、彼らは無言のままに大いなる悲嘆の中で消えたように見えたが、彼ら自身にとっては、けっして消えたわけではなかった。——そして千五百年を経た今、われわれは彼らこそが勝利者であったことを、彼らこそが人間の不羈の人格とその尊厳性を体現する唯一の自由な力強い人びとであったことを、認めないわけにはいかない。彼らこそが**人間**だったのだ。彼らを頭数で数えてはならない、彼らは群れに属そうとはしなかった。彼らは嘘をつきたくなかった。だが、さりとて、群れと共通するものを持ってもいなかった。だから、彼らは立ち去ったのだ。

われわれには自分を取り巻く世界とどんな共通のものがあるだろう。われわれと同じ信念で結び付けられた幾人かの者たち、ソドムとゴモラの三人の穢《けが》れなき人たち[*5]はわれわれと同じ境遇にある。彼らは思想において力はあるが行動においては虚弱な、抵抗する少数者だ。彼らと以外に、われわれは現代世界と積極的な関係を持っていない。その関係の乏しさは中国との関係にも劣らない（ここでは私は生理学的関係や慣習は念頭に置いていない）。そうである以上、人びとがわれわれと同じ言葉を発するという、こうしたごく稀な場合においてすら、彼らがこれらの言葉をわれわれと同じ意味で理解しているわけでないというのは、至極当然のことだ。諸君が望んでいるのは山岳派の言う**自由**だろうか、立法議会の言う**秩序**だろうか、共産主義者の言うエジプト的労働組織だろうか。

今や誰もがカードを開いてトランプに興じている。そして遊び自体が単純化されていて、間違いようがない。ヨーロッパのどんな片隅でも、同じような二つの陣営が同じように闘っている。あなた方は自分が誰の敵かははっきりと十分に分かっている。だが、一方の陣営に対して嫌悪や憎悪を感じているのと同じように、これに対するもう一つの陣営との関係が、果たしてはっきりと分かっているのだろうか……

率直にものを言う時が来た。自由な人たちは自分も他人も欺かない。情け容赦は偽りと疑わしい何かに通ずる。

昨年という年はそれにふさわしい終わり方をするべく、ありとあらゆる道徳的侮辱と苦痛の対策を講じようとして、われわれには恐ろしい様相を呈することになった。自由な人間と**人類の解放者**たちとの闘いというのがそれだ。[*6] プルードンの大胆な演説、辛辣な懐疑、仮借なき否定、そして容赦なき皮肉は、保守主義者に劣らず名うての革命家たちをも怒らせた。彼らは彼に無慈悲に襲いかかった。彼らは正統主義者の揺るぎなさをもって、自分たちの伝承を護るために立ち上がった。彼らはプルードンの無神論、無政府主義に恐れをなした。国家や民主的統治機構がなくしてどうして自由でありうるのか、彼らにはそれが理解できなかったのだ。共和制は人びとのためにあるのであって、共和制のために人がいるのではない、という不道徳な演説を、彼らは驚愕して聞いた。そして、自分たちに論理も雄弁も足りなくなったとき、彼らはプルードンを疑わしい人物として告発し、彼を自分たちの正統的団結から追放することによって、革命流に「破門」した。プルードンを中傷から救ったのは、自分の才能と警察の獰猛さであった。彼が大統領に宛ててかの有名な論文を書いたとき、彼を裏切り者と呼ぶ厭うべき非難が民主主義の下司たちの口から口に伝えられたが、攻撃にうろたえた当の大統領は、まともに答えることができずに、すでに思想と言論のゆえに口を封じられていた囚人を、さらに抑圧するしかなかった。[*7] これを見て、大衆は納得した。

これがまさに自由の十字軍の騎士、人類の特権的解放者たちの実態にほかならない。彼らは自白を恐れている。彼らは自分たちを甘やかしておかないために主人を必要としている。彼らには権力が必要だ、というのは、彼らは自分たちを信頼していないからだ。だが、それも不思議なことではない。現にカベー[*8]と共にアメリカに移住した一握りの人びとにしても、彼らが仮の掘っ立て小屋に落ち着くや早くも、彼らの仲間内でヨーロッパの国家生活のありとあらゆる欠陥が露呈されたではないか。

こうしたあらゆることにもかかわらず、われわれより**彼ら**のほうが現代的で有益だ。というのは、彼らの方が問題の核心に近いからだ。彼らは大衆の中により多くの共感を見出すからだ。それは彼らの方が必要とされているということだ。大衆は自分が作ったパンの一切れを、自分たちから厚かましくも奪い取ろうとする手は押しとどめようとする。これが彼らの主たる要求だ。しかし、個人の自由や言論の独立といったことには、彼らは関心を持たない。大衆は権威を愛する。彼らは今なお権力の尊大な輝きに幻惑されている。一人屹立する人間を見ると、大衆はいまだに侮辱されたように感ずる。彼らは平等ということを、分け隔てない抑圧と理解している。独占と特権を恐れながら、彼らは才能のある人を白眼視し、人が自分たちのやっているのと同じようにしないことを許そうとしない。大衆は社会〔主義〕的政府でも、もしそれが今の政府のように自分たちに逆らって支配するのではなく、自分たちのために自分たちを支配してくれるというなら拒否はしない。自分で支配することなど、彼らの頭には浮かばない。**自**

**由な人間**よりも**解放者**のほうが、今日の変革にはるかに近いという理由は、まさにここにある。自由な人間など、おそらく、全く無用な人間なのだろう。しかし、だからといって彼が自分の信念にもとることをなさねばならない、ということにはならない。

だが、おとなしくしていたほうがよいと、諸君は言うのだろうか。しかし、それで一体何がどうなるというのか。確かに、人がそのすべてを挙げて大義に捧げつくしたからといって、たくさんのことを成し遂げるわけではない。さりとて、自分の諸力と諸機能の半分を意図的に切り縮めたからといって、彼に何を成し遂げることができるというのだろうか。プルードンを大蔵大臣や大統領のポストに就けてみれば、逆立ちしたボナパルトになるだろう。ボナパルトは帝国に目がくらみ、不断の動揺と戸惑いの中にあるが、プルードンといえども、同じような躊躇《ためら》いの中にいることになるだろう。というのは、現にある共和制はボナパルトにとってと同様、彼にも忌むべきものではあるものの、社会的共和制も、今では、帝国以上に可能性は低いからだ。

もっとも、内的な不一致を感じながらも、党派の闘いに公然と参加したいと思ったり、あるいは現にそれができたりする者たちもいる。他の者たちと道が別の方向に向かっていることを知りながら、自分の道を歩もうという要求を持たない者、自分の真理を譲り渡すよりは、道に迷い、全く姿を消してしまったほうがよいと考えない者もいる。このような者たちは他の者たちと一緒に行動するがよい。こうした者はそれなりの働きをするに違いない、というのは、他にやりようがないのだから。だが、人類の解放者たちはヨーロッパの古い君主制のもろもろの形式を、自分共々、深い淵に引きずり込むだろう。私は活動することを望む者にも、離れていたいと願う者にも、同じような権利を認める。なにごとも各人の意のままに。そのことをとやかく言う謂れは、われわれにはない。

この錯綜した問題、人を縛り付ける最も強固なこの鎖に言及できたことを、私は大いに喜んでいる。ここで「最も強固な鎖」というのは、人がそれを強制と感じていないか、あるいは、それよりも悪いことに、それを無条件に正しいと認めているからだ。だが、果たして、この鎖は錆びついてはいないだろうか。

個人を社会や民族や人類や理念に従わせること――それは人身御供を続けることであり、神の怒りを鎮めるために子羊を殺すことであり、罪なき者を罪ある者たちの代わりに十字架に架けることだ。あらゆる宗教はその道徳性を恭順に、すなわち、自発的な隷属に基礎を置いてきた。それゆえ、宗教は常に政治制度より有害であった。政治制度には強制があったが、宗教には意思の堕落があったからだ。恭順はとりもなおさず個人のあらゆる自立性を、個人とは無関係な普遍的で非個性的領域に移し替えることを意味している。キリスト教は矛盾した宗教で、一面において、個人の無限の価値を認めたが、それはあたかも贖罪や教会や天なる父の前でより一層厳かに死なせるためであるかのようだった。だが、そうしたキリスト教の見解は道徳に浸み込み、道徳的不自由の一大体系を、歪んではいるがそれなりに極めて首尾一貫した一大弁証法を、作り出すにいたった。世界はより世俗的なものになることによって、あるいは、もっと良く言えば、自分が本質的には以前と同じく世俗的であることについに気づいた時、それは自分の諸要素をキリスト教の道徳律の中に混入したが、土台そのものは変わらずに残ったのである。社会の真に現実的なモナド〔究極の単位〕たる個人は常に、何らかの普遍的な観念や集合名詞、何らかの旗印に捧げられてきた。個人の自由を譲り渡すことによって、自分たちが誰のために働いたのか、誰の犠牲になったのか、誰が得をしたのか、誰を解放したのか――そうしたことを誰一人として問うたものはいなかった。誰もが自分たちを、そしてお互いを犠牲にしあってきたのだ（少なくとも、言葉の上で）。

ここは人びとの未発達がこのような教育のやり方をどれほど正当化してきたかを検討する場ではない。おそらく、そうしたやり方は当然にして不可欠なものだったのだろう。われわれはそれらにいたるところで出会うのだから。しかし、われわれは大胆に次のように言うことができる。そうしたやり方はたしかに偉大な成果を生んだかもしれないが、誤った観念で知を歪めることによって、間違いなく、それと同じくらい発達の歩みを遅らせもしたのだ、と。私は概して嘘の効用を信ずるものではない。特に、最早誰もその嘘を信じていないときには。私にはこのマキャヴェリズム、このレトリックはすべて、最早、宣教師や律法学者にとっての貴族的なぐさみに過ぎないものに思われるのである。

人間の道徳的従属とその人格の「卑下」をかくも強固に支えている、この見解の共通の基盤は、ほとんど挙げて、われわれの判断に浸み込んだ二元論にある。

二元論——それは論理学にまで高められたキリスト教、伝承と神秘主義から解放されたキリスト教である。そのやり方の大切な点は、例えば、肉体と精神のように本当は分割できないものをあたかも対立するもののようにみなして分割し、これら抽象化した観念を敵対的に対置し、もともと分かちがたく一つに結びついているものを不自然に和解させる、ということにある。これはキリストによって和解させられる神と人との福音的神話を、哲学的言辞に翻訳したものだ。

キリストが人類の罪を贖おうとして肉体を蔑《ないがし》ろにするように、二元論にあっては観念論が、物質に対して精神に、分類不能なものに対して類に専権的権威を与え、そうすることによって人間を国家の、国家を人類の犠牲に供しつつ、対立させられた影のうち一方の味方をするのである。

幼いころから同じことばかりを聞いてきた人びとの良心と知性にもたらされた混乱を、今こそすべて想像してみるべきだ。二元論が単純な観念をすべてかくも歪めてしまったために、火を見るより明らかな真理を理解するためにも、人びとは大変な努力をしなくてはならない。われわれの言辞は二元論の言辞であり、われわれの想像力はそれ以外のイメージや、それ以外のメタファーを持たない。千五百年もの長きにわたり、教育や伝道や著作や行動のあらゆるところに二元論が浸み込んでしまった。そして十七世紀の終わりになって辛うじて、何人かの者がこれに疑問を呈した。しかし、疑問を抱きながらも、彼らもまた、礼儀上、部分的には恐怖の念も手伝って、二元論の言葉で語り続けたのであった。

今さら言うまでもないことながら、われわれの道徳観はすべてこの同じ原理に由来している。この道徳観は犠牲や功業や自己否定を絶えず要求してきた。その徳目が、大部分、一度として現実に行われたことがなかったのはそのためだ。生というものは、理論とは比較にならないほどに頑固なもので、理論とはかかわりなくわが道を行き、これを黙々と打ち負かす。このような実際的な否定ほど、お定まりのモラルへの完膚なきまでの反論はありえない。しかし、人びとはこの矛盾の上に安んじて生きている。彼らはこの矛盾に幾世紀にもわたり慣れ親しんできたのだ。キリスト教は人間をある種の理想とある種の獣性に二分することによって、人間というものの理解を惑わせてきた。良心と願望との闘いからの出口を見出せないまま、人は偽善に狎れてしまったために、それはしばしばあからさまな偽善であっても、言葉と行為の矛盾を気にも留めたくなっている。人は人で、自分のか弱い邪《よこしま》た本性を言い訳にし、教会は教会で、絶望が、告白や赦しによって簡単に寝かしつけることができないような別種の思想に行き着くことを恐れ、怯えた良心を宥めるための安直な手立てを与えようと、免罪符と贖罪の教えをもって大急ぎで駆けつけた。こんなお遊びはあまりに深く根付いてしまったために、それは教会の権威そのものよりも長生きしてしまった。こじつけられた市民的美徳が、こじつけられた偽善に取って代わった。ローマ風の流儀やキリスト教の苦難者や封建時代の騎士風の流儀への、芝居がかった熱意はここに由来する。

だが、現実の生は、英雄的なモラルにいささかなりともかかずらうことなく、ここでも自分の歩みをやめない。

だが、この英雄的なモラルに敢えて攻撃を加えようとする者は、誰一人としていない。それは一面において、サンマリノの共和制[*9]のように、赦免と敬意とのある種の秘密の協定に支えられており、他面において、われわれの臆病さや意気地のなさに、偽りの羞恥心に、われわれの道徳的隷従に支えられている。われわれは不道徳という謗《そし》りを恐れている。そしてこのことがわれわれを束縛している。われわれは聞こえてくる道徳的な戯言に何の意義も認めていないのに、これに反駁することはしない。これはちょうど、自然科学者が**儀礼上**、序文で創造主について語り、そのいと高き叡智に驚いてみせるのに似ている。大衆の粗暴な叫びへの恐怖によって、われわれに押し付けられた敬意は習慣と化し、そのためわれわれはこのレトリックの真実性を敢えて疑う率直で自由な人の大胆さを、驚きと憤りとをもって見る。その昔、国王について云々する不敬が臣下を侮辱したように、この疑問はわれわれを侮辱する。これは従僕の傲慢であり、奴隷の不遜だ、というのだ。

馴れ合いの道徳律、馴れ合いの言辞はこうして出来上がった。われわれはこの言葉によって偽りの神への信仰を子供たちに伝え、両親が自分たちを欺いてきたように子供たちを欺き、同じように、われわれの子供たちも自分の子供を欺くことだろう。そして、それは変革が虚偽と欺瞞のこの世界に片をつけないかぎり続くことだろう。

つまるところ、私には現実にいかなる影響も及ぼさない愛国的博愛的饒舌のいつ果てるとも知れないレトリックを、冷静に耐えることができないのだ。なにごとによらず命を犠牲に供するべく用意している人びとなど、果たしてどれほどいるだろうか。勿論、たくさんはいないだろう。しかし、それでも《Mourir pour la patrie》（祖国のために死ぬ）ことは、現実には人間の幸せの極致などではないとか、祖国も人間自身も無事に生き残れるなら、そのほうがずっといいのに、などと言う勇気を持つ者たちよりは、ずっとたくさんいるだろう。

われわれはなんと子供であることか、いまだに何たる奴隷であることか。われわれの意思や道徳観の重心や支点がすべて、相も変わらずわれわれの外にあるとは！

この嘘は人を害するばかりでなく、貶《おとし》めるものでもある。それは人間固有の尊厳の意識を侮辱し、その行為を堕落させる。言うこととやることを同じにするような、強い意思の力を身につけなくてはならない。人びとが日常の生活によって認めていることを、言葉の上でも認めなくてはならないのは、まさにそのためだ。おそらく、こんな感傷的なお喋りでも、より野蛮な時代なら、上っ面の儀礼と同じように、幾分かは役に立ったことだろう。しかし、今やこんなお喋りは人から力を奪い、人を眠らせ、惑わせる。われわれは、合理主義の濁った水や博愛の甘ったるい溶液によって薄められ、温め返されたキリスト教から構成された修辞的練習問題が、罰を受けずに幅を利かせるのを、十分の長きにわたり許してきた。ついに巫女の予言の書を判読し、われわれの師たちに釈明を求める時が来たのだ。

エゴイズムや個人主義を批判するあらゆる饒舌にどんな意義があるのか。エゴイズムとは何か、**友愛**とは何か、個人主義とは何か――そして人類への愛とは何か。

勿論、人間はみなエゴイストだ、なぜならば彼らは**個人**だからだ。自分の個性について明確な意識を持たずして、自分自身であることができるだろうか。人間からこの意識を奪うことは人間の箍《たが》を外し、味気ない陳腐な没個性的な存在としてしまうことを意味する。われわれはエゴイストである。さればこそわれわれは独立と幸福と自分たちの権利の承認を勝ち取ろうとする。さればこそわれわれは愛を渇望し、活動を求める……だから、他人に対しても同じ権利を、あからさまな対立がない限り、拒否することはできない。

個人主義の伝道は、一世紀前に、カトリックの芥子の影響の下で落ち込んでいた重い眠りから、人びとを目覚めさせた。謙譲が恭順に通じているように、個人主義の伝道は自由へと導いた。エゴイスト、ヴォルテールの著作は、愛に満ちたルソーの著作が友愛のために為したことと以上のことを、解放のために為した。

道学者《モラリスト》たちは、個性という生き生きとした感情を失った人間が人間でありうるかどうかを問うことなく、エゴイズムを悪しき慣習のように言うが、「隣人愛」や「人類愛」の中にエゴイズムまがいのどんなものがあるかを言おうとしないし、そもそもなぜ万人と仲良くしなくてはならないのか、なぜこの世のすべての者たちを愛する義務があるのか、説明しようともしない。われわれはただ何かが存在するからというだけでは、それを愛する理由も憎む理由も、等しく認めない。人間をあるがままの共感の中に自由に放置しておけば、人は誰を愛するべきか、誰と仲良くするべきかを知るだろう。このことで人に教訓を垂れたり指図したりする必要はない。もしそれがわからない者がいたとしても、それは本人の責任であり、本人の不幸というものだ。

キリスト教は、少なくとも、このような些細なことに拘泥することなく、大胆にも、万人を愛するだけでなく、敵を特に愛するようにと命じた。千八百年もの間、人びとはこうした教えに心を動かされてきた。だが、今やついに、この教えが空疎なものであることを認める時が来た。何のために敵を愛さなくてはならないのか、そもそも、彼らがそれほど愛すべきものであるなら、どうして彼らと敵対しなくてはならないのか。

つまるところ、エゴイズムも社会性も、いずれも美徳でも悪徳でもないのである。これらは人間の生の根源的な自然力であり、これらなくしては歴史も進歩もなく、野生の動物のまとまりのない生活か、おとなしい穴居人の群れがあるだけになってしまうだろう。人間の中にある社会性を無きものにしてしまえば、人間は凶暴なオランウータンになってしまうだろうし、人間の中のエゴイズムを無きものにしてしまえば、従順なチンパンジーになってしまうだろう。エゴイズムは奴隷にはほとんどない。「エゴイズム」という言葉そのものが、その内容を十全に示していない。視野の狭い動物的な厭わしいエゴイズムがあるのと同じように、厭わしい動物的な視野の狭い愛だってある。本当に大事なのは、言葉の上でエゴイズムを貶め、友愛を称揚することではまったくなく（いずれが上下《うえした》ということではなく）、人間が生きる上で切り離すことのできないこれらの二つの原理を、調和のとれた形で自由に結合することだ。

共同生活を営む存在である人間は愛そうとする。このことを人間に命ずる必要はまったくない。自分を憎む謂れなど、全くないのだ。道学者たちはあらゆる道徳的行為を人間本来の性《さが》に悖《もと》るものと見なしているので、どんな善行にもおおげさな価値を与え、まさにそれゆえに彼らは、精進日を守ったり肉欲を克服したりするのと同じように、友愛を義務として課す。奴隷の宗教の最後の形式は、社会と人間とを二分して両者を対立関係に置くという仮想に基づいている。一方に友愛の大天使が、他方にエゴイズムの魔王がいるかぎり、人間と社会を和解させその結び目を維持するために、政府はあり続けるだろうし、罰するために判事が、処刑するために刑吏があり続けるだろうし、赦しを求めて神に祈るために教会が、恐怖を抱かせるために神が、そして投獄するために警察署長があり続けることだろう。

個人と社会の調和は、いったん出来上がれば永遠に続くというものではない。それはどの時代によっても、ほとんどどの国によっても**作り上げられる**ものであり、あらゆる生き物がそうであるように、状況に応じて変わるものである。一般的規範とか一般的解決など、そこにはありえない。われわれがすでに見てきたように、環境に身を任せることが難しいことではないような時代があるかと思えば、また、決別することによって、離れることによって、**自分のものすべてを身につけて立ち去る**ことによってはじめて、関係を**維持する**ことができるような時代もある。個人と社会との歴史的関係を変えることは、われわれの意のままになることではない。しかも、不幸なことに、それは社会それ自身の意のままになることでもないのだ。しかし、われわれの発達の程度にふさわしいその時代の人間であること、つまり、状況に応じて自分たちの行為を**創造する**こと——それならわれわれにもできる。

実際、自由な人間は自分の道徳律を**創り出す**。ストア派が「賢者に法はない」と言ったのは、このことを言いたかったのである。昨日のこの上なき立派な行いが、今日はこの上なき悪しき行いになることもありうる。永遠不変の道徳律など、永遠不変の褒賞や処罰と同じように、存在しない。道徳律において真に確固不動なものは、個別的なものをほとんど失っているような普遍性、例えば、自分たちの確信に反する行為はすべて犯罪的であるとか、あるいは、カントが言ったように、人間が一般化ないし規範化できないような行為は非道徳的であるというような、いつどこででも通用することに帰着するのである。

われわれは論文の冒頭で忠告したように、いかに高くつこうとも、自分との矛盾に陥ってはいけない。（ベンジャミン・コンスタンの『アルフレッド』[*10]に見るような）偽りの恥の意識、無用の自己犠牲によって支えられているような間違った関係は、断ち切らねばならない。

現代の状況が私の描いてきたようなものであるかどうか、議論の余地はあるだろう。そして、あなたが私にその逆であることを立証してくれたとするならば、私は喜んであなたの手を握ろう。あなたは私の恩人ということになる。おそらく私は興奮のあまり、身近に起こっている恐ろしいことをいたたまれない思いで考察することによって、明るい面を見る力を失ってしまったのかもしれない。私には耳を傾ける用意がある。私は同意するのにやぶさかではない。しかし、状況が本当にそのようなものであるなら、議論の余地はない。

「それでは、怒って何もせず、あらゆることと縁を切り、いつも不平不満を言い立て、老人たちのように腹を立て、活動に沸き立ち溢れかえる舞台を降り、他人にとっては無用な人間として、ご自分を重荷と感じながら、時代を終えるべきだというのですね」——あなたはそう言うことだろう。

——私が言っているのは、世界に悪態をつけということではない。独立した自立的な生き方を始めるように、と言っているのだ。われわれはそのように生きることによって初めて、自分たちを取り巻いている世界がたとえ滅びようとも、自分自身の中に救いを見出すことができるだろう。私はまた、大衆が歩んでいる方向が、本当にわれわれが考えている方向なのかどうか、よく見極めるようにと忠告しているのだ。そして、その方向を知った上で、共に歩むか、離れるかを決めるように、と言っているのだ。私は子供のころから教え込まれてきた、本に書かれた見方を捨てるように、とも忠告している。そこでは人間が本当の姿とは全く違ったものとして描かれているからだ。私は「不毛な不平、気まぐれな不満」をやめにしたい。私は人間というものがこれ以上ましではありえない、彼らが今あるのは彼らの罪ではない、ということを得心した上で、彼らと和解したいと思う。

そうである以上、今後どんな行為がありうるだろう。あるいはどんな行為もありえないのだろうか。私には分からない。確かに、本質において、これは大事なことではない。あなたに力があるならば、何か役立つことができるだけでなく、他の者たちを深く揺り動かす何かを為すことができるだろう。そうした行為が無駄になるということはない。それが自然の理法というものだ。あなたの力は一滴の酵母のように、その影響の及ぶあらゆることを必ずや沸き立たせ、発酵させずには置かないだろう。あなたの言葉、行為、思想は特に労することなく、しかるべき場を得ることだろう。たとえそのような力がないとしても、あるいは、それが現代の人間を揺り動かすような力でないとしても、そのことがあなたにとって、あるいは他の人たちにとって、大きな不幸というわけではない。われわれは永遠の喜劇役者でも、幇間《ほうかん》でもないのだから。われわれは他人のために生きているのではなく、自分のために生きているのだ。人びとというのは大多数は常に実際的だから、**歴史的**活動が不足していることを気にかけたりはしないものだ。

民衆が熱烈に望んでいるのは自分たちが望んでいることと同じだと、彼らに納得させる代わりに、彼らが今この瞬間に何かを望んでいるかどうかを考えたほうがいい。そして、もし彼らの望んでいるのが全く別のことならば、他人に強いたり無駄骨を折ったりせずに、もっぱら自分のことだけを考え、喧騒を逃れ、俗世から身を引いたほうがよい。

**おそらく、**この否定的な行為こそが、新しい生の始まりとなるだろう。いずれにしろ、これは誠実な振舞いとなるだろう。

パリ、ミラボー・ホテル、一八五〇年四月三日

## Ⅷ　ヴァリデガマス侯ドノゾ・コルテスとローマ皇帝ユリアヌス

保守主義者にも目があるが、ただ見ることはできない。使徒トマス以上に懐疑家たる彼らは、指で傷口に触ってみながら、それでもそれを信じない。[*1]
「これは社会の壊疽《えそ》の恐ろしい瀰漫《びまん》だ――と彼ら自身が言う――退廃の気の漂う否定の精神だ、国家の年来の建造物の根底を揺るがす革命のデーモンだ……見えるか、われわれの世界がその文化と制度と、それによって創られたあらゆるもの共々に、崩壊し破滅しつつあるのが。見るがよい、その片方の足はすでに墓の中だ」。
かくして、「政府の力を軍隊で倍加させよ、失った信仰に人びとを立ち返らせよ、今や世界全体の危急存亡の時だ」というのがその結論ということになる。
世界を思い出と暴力によって救うとは！　世界を救うのは「佳き便り」であって、温め返された宗教ではない。それを救うのは新しい世界の萌芽を身内に秘めた**言葉**であって、古い世界の死者の復活ではない。

頑強さ――というのは彼らの側からの言い分だが、有体《ありてい》に言えば物分かりの悪さ、あるいは暗い未来を前にした恐怖というべきものが彼らを不安にし、そのあまり、彼らに見えるのは滅びつつあるものだけで、彼らはただ過去にのみ縛られ、廃墟あるいは倒れかけた壁に縋《すが》りつくばかりなのではないか。現代の人間の観念の中には何という混沌があることか、何と一貫性が欠如していることか。

少なくとも、過去にはある種の統一性があった。狂気は流行《はや》り病《やまい》のようなもので、それが人にはほとんど気づかれることがないままに、世界中が迷妄の中にあった。大部分は愚かしくはあったが、それが万人に受け入れられた共通の与件であった。今日では事態は全く異なる――中世の偏見と並んでローマ世界の偏見、福音と政治経済学、ロヨラとヴォルテール、言葉の上での観念論と実際上の唯物論、抽象的で修辞的な道徳律とこれに真っ向から対立する行為。これら多種多様な膨大な数の観念が、われわれの頭の中に無秩序に居着いている。成年に達したわれわれは、自分たちの道徳的戒律を裁きにかけるにはあまりにも忙しく、あまりにも怠惰で、そしておそらくあまりに臆病だ。かくして物事は薄明の中に取り残されている。

観念のこの混乱がフランスほど進行している国はどこにもない。フランス人は概して哲学的素養に欠ける。もろもろの結論を深い洞察力をもって会得《えとく》するが、その会得の仕方は一面的で、それらの結論はばらばらで、それらを結び付ける統一性がなく、これらを同じ水準に導くこともできない。それゆえ、一足ごとに矛盾をきたすことになる。それゆえに、彼らと話していると、ずっと以前に自明のものとなっている原理に立ち返り、スピノザあるいはベーコンによって語られた真理を、事新しく繰り返さなくてはならなくなる。

彼らは根から切り離して結論だけを持ってくるから、彼らには本来的な意味で理解されたものは何一つとしてない。学問においても、実生活においても完成したものがない――つまり、算数の四則やドイツの幾つかの一見学問風の原理やイギリスの幾つかの法の基礎が完結しているという意味での、完成したものがないのだ。一つの極端から別の極端へという変化や移行の、われわれをかくも驚かすあの安直さの原因は、部分的にはここにある。革命家の世代が絶対主義者になる。幾つも革命をやっておいて、彼らはまたしても、人権は認めなくてはならないのか、法の形式の外で裁いてもよいか、出版の自由を容認するべきか、などと尋ねるのである……激動の終わる度に繰り返されるこの問いは、彼らが実際には何も議論せず、何も受け入れてこなかったことをはっきりと示している。

学問におけるこの混乱をクーザンは折衷主義（つまり、よいものを少しずつ）という名の下で体系的に組織化した。現実において、この体系は急進主義者にも正統主義者にもなじみのものであり、とりわけ、**穏健派**、すなわち、**自分たちが何を望んでいるかも**、**何を望んでいない**

かも知らない人びとになじみのものだ。

王党派やカトリック系の新聞は一様に、ドノゾ・コルテスがマドリッドの議会で行った演説に、いまだに熱狂してやまない。[*2]この演説は、実際に、様々な意味で注目すべきものである。ドノゾ・コルテスは現代のヨーロッパ諸国が陥っている恐るべき状態に、極めて的確な診断を下している。彼はこれらの国々が崩壊の淵に、避けがたい宿命的な破局の前夜にあると理解しているのである。彼によって描き出された絵図は、それが正しいだけに恐ろしいものだ。彼が描くヨーロッパは、周章狼狽して力を失い、まっしぐらに破滅に向かって突き進み、混乱のゆえに瀕死の状態にある。他方、彼はこれにゲルマン＝ローマ的世界に押し入るべく身構えたスラヴ世界を対置して語る。「カタストローフはこれにとどまると考えてはならない。……スラヴ人はすでに以前から革命とかかわりを持っている。……打ちのめされた塵埃の中に横たわるヨーロッパに交じって、ヨーロッパがすでに飲み干し、これを殺しつつある毒を、ロシアはそのあらゆる毛穴を通じて吸い込むことだろう。ロシアは同じように腐敗して瓦解することだろう。神がこの普遍的瓦解を食い止めるために、どのような治療法を用意なされているか、私は知らない」。

来るべき死の姿をかくも恐ろしく、かくも的確に描き出したわが陰鬱な預言者が、神の薬餌を待ちつつ何を提案しようとしているのか、知っているだろうか。われわれにはこれを繰り返すのも気恥ずかしい。彼の考えによれば、イギリスがカトリックに戻れば、ヨーロッパ全体が法王と君主権力とその軍隊によって救われるだろうというのだ。彼はありえない過去に立ち返ることによって、恐るべき未来を免れようと望んでいるのである。

ヴァリデガマス侯の病理学は、われわれには何となく疑わしく思われる。危険はそれほど大きくないのではないか、あるいは、薬の効き目はそれほどでもないのではないか。君主制の原理はいたるところで復活し、軍隊はどこでも力を振るっている。教会は、ドノゾ・コルテス自身やその友人のモンタランベールも言っているように、勝利しつつあり、ティエールはカトリックに改宗した。[*3] つまり、最早これ以上の抑圧や迫害や反動を願うことは難しいのだ。それなのに救いは来ない。果たしてこれはイギリスが背教という罪を犯したからなのか。

社会主義者は毎日のように、連中はただ批判や悪の告発や否定を得意とするだけだと非難されている。社会主義に敵対する者たちについて、諸君は今や何と言うのだろうか。

……極めて**白い**〔極右の〕さる雑誌の編集部はドノゾ・コルテスの演説と、キリスト教の初期のころのことや背教者ユリアヌスのことを書いたかなり月並みな歴史論の寄せ集めからの抜粋とを、同じ号でひどく持ち上げて掲載したが、その寄せ集めの中で言われていることはわが侯爵の持論を真っ向から否定するものなのだから、これはもう、愚かさもここに極まったという感がある。

ドノゾ・コルテスは当時のローマの保守主義者たちと全く同じ地盤に立ちつつある。彼らと同様、彼もまた自分を取り巻く社会秩序が解体する有様を見ている。恐怖が彼を捉える。それも当然だ。驚愕すべきことがあるのだから。そこで彼らと同様に彼もまた、何がどうあろうともこの秩序を救おうと望む。そして、未来を押しとどめ、これを退ける以外にいかなる手立ても見出さない。まるで、この未来がすでに存在しているものの当然の帰結ではないかのように。

ローマ人たちと同じように、彼は全く誤った一般的な与件から、根拠のない仮定から、恣意的な意見から出発している。彼が確信するところによれば、社会生活の現在の諸形式は、それらがローマやゲルマンやキリスト教の原理の影響の下で創られたがゆえに、ありうべき唯一のものなのである。古代世界や現代の東方が示している社会生活は、現代のそれとは全く別の、水準は低いかもしれないが、しかし、ことのほか強固な原理に基づいていたというのに。

ドノゾ・コルテスはさらに、**教養**は現代ヨーロッパの諸形式においてのみ発達しうると考えている。古代世界には文化があったが文明はなかった(«Le monde ancien a été cultivé et non civilisé»)というドノゾ・コルテスの意見に同意することにやぶさかではない。確かにこの種の洗練された論法は神学論ではもてはやされるだろう。ローマやギリシャは大変**教養が高かった**が、彼らの教養はヨーロッパのそれと同じように、少数者の教養であった。もっとも、ここで大切なのは算術的差異ではない。むしろ、彼らの生活には最も重要な要因、カトリシズムが欠けていたということが大切なところだ。

未来に永遠に背を向けたドノゾ・コルテスに見えるのは、ただ崩壊と腐敗と、その後のロシア人の侵入、さらにその後の野蛮化だけだ。この恐るべき運命に驚愕した彼は、断末魔のこの世界に救済の手立てと拠り所を、何か堅固で健康的なものを探したが、何も見つけることができない。彼は助けを道徳的な死と物理的な死に――僧侶と兵士に求める。

このような手段によって救わねばならない社会制度とは、一体いかなるものであろうか。この制度がいかなるものであるにしろ、果たして、そうまでして護るに値するのだろうか。

ヨーロッパが今ある形式においては瓦解しつつあるというドノゾ・コルテスの意見に、われわれも賛成である。社会主義者はそもそもこの世にあらわれた最初の時以来、これと同じことを言ってきた。この点では彼らはみな同じ意見だ。彼らと政治的革命家たちとの主たる差異は、後者が従来からある基盤を残したまま、現存するものを作り直し、改善することを望んでいるのに対して、社会主義は物事の古い秩序を、法律や代議制、教会や裁判所、民法や刑法共々、完全に否定するということ――初期のキリスト教徒たちがローマ世界を否定したように、完膚なきまでに否定するということにある。

このような否定は病的な空想ではなく、社会から辱めを受けた人間の私的な慟哭でもない。それはその社会への死刑判決であり、終わりの予感であり、古い世界を死へと招き、別の形式の中で再生させるための病の意識である。現代の国家制度は社会主義の抗議のもとに倒れるだろう。その力はすでに使い果たされている。その制度が与えることができるものはすべて与えつくした。今やこれは自らの血と肉体とを犠牲にしつつ支えられている。それは最早これ以上発展する力も、押しとどめる力も持たない。それには語るべき言葉もなく、為すべきこともない。そして、活動のすべてをあげて、保守主義とおのれの居場所の防御に向けている。

運命の成就を押しとどめることは、ある程度までは可能である。歴史にはカトリックが教え、哲学者たちが喧伝しているような厳しい不動の定めなどない。その発展の公式には多くの可変的な原理が加わっている。第一に、個人の**意思と力**である。

まるまる一つの世代を道から逸脱させ、これを盲目と化し、狂乱させ、誤った道に向けることもできる。ナポレオンはそのことを立証した。

反動はこうした手立てすら持たない。ドノゾ・コルテスはカトリックの教会と君主的兵営以外、何ものも見出さなかった。**信ずる**か**信じないか**は個人の恣意に任せられているわけではない以上……残っているのは暴力と恐怖と迫害と処刑だけということになる。

……発展と進歩には多くのことが赦されている。しかし、それにもかかわらず、テロルが勝利と自由の名の下で行われたとき、それは正当にも、万人の心を憤慨させせた。しかるに、反動が現存する秩序——その老朽と崩壊がわれわれの託宣者によってかくも力強く証言されたこの秩序――を護らんがために、まさにこうした手段を用いようとしている。テロルに訴えるのは前進するためではなく、後退するためだ。死にかけた老人を養い、失われた力を一時なりとも彼に取り戻させるために、幼児を殺そうというのだ。

ナントの勅令とスペインの異端糾問の幸せな時代に立ち返るためには、どれほどの血を流す必要があるだろう。[*4] われわれは人類の歩みを一時押しとどめることは不可能だとは思わない。だが、それにはバーソロミューの夜なくしては不可能だ。われわれの世代の精力的なものすべて、思索するものすべて、活動的なものをすべて根絶し、殺戮し、追放し、投獄しなくてはならない。民衆を無知の世界にさらに深く押しやり、民衆の中の力強いものをすべて徴発しなくてはならない。まるまる一つの世代の精神的嬰児殺しを敢行しなくてはならない。それというのもみな、もはや**諸君もわれわれも**満足させることのない、疲弊した社会的形式を救うためなのだ。

だが、その場合、ロシアの野蛮とカトリックの文明との違いはどこにあるのだろう。

あたかも国家制度というモロク神もどきのものがわれわれの生活の目的のすべてであるかのように、幾千もの人びと、一つの時代全体の発展をそれに捧げるということ……このことの意味を人間愛に満ちたキリスト教徒たる諸君は考えたことがあるだろうか。他人を犠牲にしておきながら彼らのために献身するなど、美徳と呼ぶにはあまりに安直だ。民衆の熱狂の只中では、長く鬱屈していた思いが、血に飢えた手に負えない苛酷な復讐の情念となって解き放たれるような時がある。われわれはこのような情念に服従し恐怖しつつも、これらに理解を示す。しかし、われわれはこれらを一般的規則とは見なさない、これらを手段としては薦めない！　盲目的に従順な兵士へのドノゾ・コルテスの讃辞が意味しているのは、果たしてこういうことではないのか——彼らの武器に、彼はおのれの期待の半分をかけているのだから。

「聖職者と兵士とはお互い考えられているよりはずっと近い」と彼は言う。彼は生きた死者たる修道士を、社会によって悪を行うことを宿命づけられたこの無実の殺人者になぞらえている。恐ろしいことを認めるものだ。滅亡しつつある世界の両極端は、バイロンの『闇』[*5]の中の二人の敵が出会ったときのように、互いに手を差し伸べあう。崩壊しつつある世界の廃墟の上でこれを救うために、知的隷属の最後の代表者が肉体的隷属の最後の代表者と結び付くのである。

教会はそれが国家の教会となるや、すぐに兵士と和解した。しかし、教会はこの変節を認める勇気をもってはいなかった。というのは、教会はこの同盟にはどれほどの偽りがあるか、どれほどの欺瞞があるかを理解していたからだ。これは教会が軽蔑すべき**束の間**の世界に対して為した、幾千もの譲歩の一つに過ぎなかった。われわれはこのことで教会を非難しないだろう。それは自分の教義に反することをたくさん受け入れざるをえなかったのだから。キリスト教の道徳律は常に決して実現されることのない、高貴な夢でしかなかったのだ。

しかしヴァリデガマス侯は大胆にも兵士を僧侶の傍らに、衛兵所と至聖所とを、罪を赦す福音書と過ちを銃殺によって罰することを命ずる操典書とを、並べて置いたのだ。「永久《とわ》の記憶」を、あるいはお望みとあれば、「感謝祈禱」を詠う、われわれの時代が到来したのである。教会に終わりを、軍隊に終わりを！

仮面はついに落ちた。仮装した者たちは互いに正体を認め合った。司祭と兵士が兄弟であるのは当然だ。彼らは共に道徳的な闇と、人類を今なお苦しめその力を奪っているあの狂気じみた二元論との、不幸な申し子なのだから。そして、「汝の隣人を愛せよ、権力に服従せよ」と言う者は、本質において、「政府に服従せよ、汝の隣人を銃殺せよ」とも語っているのだ。

肉体性を殺すキリスト教の教義は、命令によって他人を殺すことと同様、自然に反する。敵意がなくとも、理由が分からなくとも、自分の信念に反していようとも、人を殺すことは神聖な義務であると人びとに納得させるためには、よほど深く堕落し、単純極まりない観念をすべて、良心と呼ばれるものをすべて、混乱の極に陥れなくてはならない。こうしたことはすべて同じ一つの基礎、人びとをしてかくも多くの涙を、かくも多くの血を流させた、あの根源的な誤りに基づいている――こうしたことはすべて、地上と束の間のものの蔑視に、天上と永遠的なるものへの拝跪に、個人の軽視と国家への拝跪に由来している、« Salus populi suprema lex, pereat mundus et fait justitia »（人民の福祉は至上の法である。よしんば世界が滅びるとも、正義はおこなわれるべし）に類するすべてのご託宣に由来しているのだ。そこでは肉を焼く匂い、血の匂いが芬々とする。異端糾問や拷問、つまるところ、**秩序の勝利**が匂ってくるのだ。

それにしても、ドノゾ・コルテスが三番目の兄弟、没落しつつある諸国家の第三の守護天使たる**刑吏**を忘れたのはどうしてだろう。それは刑吏が果たすことを強要されている役割のせいで、彼らが兵士と混同される機会がいよいよ増しているからではないだろうか。

ドノゾ・コルテスによって尊敬されている美徳は、すべて控えめながら、しかし、権力への恭順、盲目的執行、際限のない自己犠牲といった形では最高度に、刑吏に集約されている。刑吏には聖職者の信仰も兵士の戦闘意欲も必要がない。彼は冷血に、意図的に、安全に、法として――社会の名において、秩序の名において――人を殺す。彼はあらゆる悪行と覇を競うが、常に勝利者として勝ち残る。というのも彼の手は国家全体によって支えられているからだ。彼は聖職者の誇りも兵士の功名心も持たない。彼は神からも人びとからも褒賞を期待しない。彼には地上に栄光もなければ敬意もないし、天上に極楽も約束されていない。彼は名前も名誉も尊厳も、何もかも犠牲にする。彼は人目を憚る。それというのも、すべて社会の敵を厳粛に処刑するためなのだ。

社会的報復を仕事とする人への公平を期して、わが御託宣者に倣い、われわれも言おう、

「刑吏と聖職者とは、人が考えているより、ずっと近い」と。

「新しい人間」を磔にしたり、王冠を被った老いた幽霊の首を落としたりしなくてはならないとき、刑吏はいつでも偉大な役割を果たす……ド・メストルは法王について語るとき、刑吏のことを忘れていなかった。

……はしなくも、私はゴルゴタと共に初期のキリスト教徒の迫害の断片を思い起こした。これを読んでみるがよい。あるいはむしろ初期の教父、テルトゥリアヌスあるいはローマの保守主義者の誰かの著作の方を取り上げてみるのも、さらに良い。現代の闘いと何と似ていることか。一方に同じような激情《パッション》〔受難〕と力、他方に同じような反撃――表現まで同じだ。

セルススやユリアヌスがキリスト教徒を告発して、道徳的でないとか、狂気染みたユートピアだとか、子供を殺し成人を堕落させているとか、国家や宗教や家庭を破壊しようとしている、と書いているのを読むと、これは《立憲主義者》や《国民公会》の社説ではないかと思われてならない。ただ、もう少し知的に書かれてはいるが。

ローマの秩序の友が「ナザレ人」を殺戮し皆殺しにするように教えなかったのは、異教世界がカトリック的町人たちよりはずっと人間的であり、それほど宗教的でなく、はるかに寛容だったからだ。古代ローマは西欧の教会が考え出し、アルビジョア派の殺戮や*6バーソロミューの夜にその効力を発揮したような、強力な手段を知らなかったのだ。この夜のことはパリの街頭からユグノーを敬神の念をこめて一掃したことを称える出来事として、いまだにヴァチカンのフレスコ画に描き残されている。パリの街頭といえば、一年前に町人たちが社会主義者をかくも熱心に一掃した、まさにあの街頭だ。いずれにしろ、精神は同じ、違いは多くの場合、状況や個性に由来するだけだ。だが、この違いはわれわれを利する。ボシャールの報告と小プリニウスのそれを比較したとき[*7]、またキリスト教徒についての告発に嫌悪感をいだいていた皇帝トラヤヌスの寛大さと、社会主義者に対してこの種の偏見を分け持ってはいなかった皇帝カヴェニャックの清廉さとを比較したとき、われわれは、死滅しつつある物事の秩序はあまりにひどく、最早トラヤヌスのような擁護者も、プリニウスのような調査委員会の書記も見出すことができないのを見るのである。

一般的な治安対策の措置もまた似ていた。キリスト教徒のクラブは、官憲の知るところとなるとすぐに、兵士によって閉鎖された。キリスト教徒は些細なことや外見上の特徴で難癖をつけられ、自分たちの教説を述べることを禁じられ、弁明の機会を与えられないままに、有罪の判決を下された。こうしたことにテルトゥリアヌスは怒った（今日のわれわれすべてと同じように）。そこで彼はローマの元老院にキリスト教徒を擁護する書簡を送った[*8]。キリスト教徒たちは猛獣の餌食に供された。ローマでは野獣が警察隊の代わりをしていたのだ。宣教活動は強化され、処刑のされ方は屈辱的ではあったが、彼らを貶めることはできず、逆に、裁かれた者たちは英雄となった――ブールジュの「徒刑囚」のように。[*9]

あらゆる措置が不成功に終わったのを見て、秩序と宗教と国家の偉大なる守護者ディオクレチアヌスは、反逆的な教説に厳しい打撃を与えることを決心し、剣と火とをもってキリスト教徒に立ち向かった。

こうしたことはすべてどんな結末に終わったか。保守主義者たちは自分たちの文明（あるいは文化）で、軍団や法律で、捕吏や刑吏で、猛獣や殺人者で、その他もろもろの恐怖で何を為したか。

彼らはただ、保守主義の残酷さ、野蛮さがどこまで行き着くことができるか、判事に盲目的に従い、彼らによって刑吏とされる兵士というものがどれほど恐ろしい道具となりうるかを証明しただけであり、同時に、時宜を得た**言葉**には、このような手段をもってしても対抗できないということも、よりはっきりと証明したのである。

だが、古代世界といえども、キリスト教がそのユートピア的で実現不可能な教説の名の下で自分たちを破壊しようとした時、これに敵対したのは、時として正しかったのだということも言っておきたい。おそらく、わが保守主義者たちが個々の社会主義的教説に非難を浴びせる時、彼らが正しい場合もあるのだろう。だが、彼らの正しさは何の役に立ったのだろう。ローマの時代は過去のものとなり、福音の時代が到来しつつあったのだ！

これらすべての恐怖、流血、殺戮、迫害は反動家の中の最も賢明な人、背教者ユリアヌスのよく知られた絶望的な叫びに行き着いたのだった――**「ガリラヤ人よ、汝は勝てり!」**[*10]

《人民の声》一八五〇年三月十八日☆

☆「最初はベルリンに、その後パリに駐在したスペイン大使、ドノゾ・コルテスの演説は、そのくだらなさと、愚かなことに金を使うことで有名なポアチエ街協会の費用で、大量の部数が印刷された。私はその頃用事があってパリにいたが、プルードンの雑誌と緊密な関係にあったことから、その編集者が私に返答を書くように提案してきた。プルードンはこの返答に満足であった。だが、《パトリエ》紙のほうは憤慨し、夕刊で「社会の第三の擁護者について」私の書いたことを繰り返した後、共和国の検事に向かって、兵士と刑吏とを同列に置き、刑吏を崇高な任務の遂行者(exécuteur des hautes œuvres)と呼ばずに、死刑の執行者(bourreau)と呼んでいるような論文をこのまま放置しておくつもりかどうか、質した。警察雑誌の告発は効果を発揮した。翌日、編集部には《人民の声》の通常の発行部数四万のうち、ただの一部も残らなかった。

# 訳注

## 序文

＊1――一八五一年十二月二日、フランス議会は大統領ルイ・ナポレオンによって解散させられた。

＊2――フランスの歴史家ジュール・ミシュレが一八五一年に「コスチューシコの伝説」の中で言った言葉。ゲルツェンは西欧人のこのようなロシア観に対して「ロシアの人民と社会主義」の中で反論している。

＊3――歴史家ニコライ・カラムジン（一七六六―一八二六）の『Мелодор к Филалету（メロドールからフィラレートへの手紙）』より。

＊4――一八四八年のハンガリー革命を鎮圧したロシア軍を指揮したのは、一八三〇年のポーランド蜂起を鎮圧したパズケーヴィチ元帥であった。

＊5――一八四七―四八年のイタリアのリソルジメント運動と四八年のフランスの二月革命。

＊6――古典古代の文明とキリスト教誕生後の文明。ゲルツェンによれば、現在はこの文明が崩壊し、次の新しい文明が生まれ出ようとしている過渡的時代。

＊7――一八二五年十二月十四日、近衛連隊の一部は、ペテルブルクの聖イサク寺院の広場で行わ

れた新帝ニコライ一世への忠誠を誓う式典で宣誓を拒否し、専制と農奴制の廃止を目指して反乱を企てたが、即時に鎮圧された。

＊8――一八一二年、ナポレオンがロシア遠征において敗北したことを指す。

＊9――アウグスト・フォン・ハクストハウゼン男爵（一七九二―一八六六）のこと。四〇年代にニコライ一世の招きによりロシアを訪問。農村共同体の社会統合的役割にロシア人の関心を向けた。

## I　嵐の前

＊1――パスカル『パンセ』第五章に類似の表現が見出される。

＊2――カルタゴの将軍ハンニバルは十歳の時に父ハミルカル・バルカスによって、ローマとの闘いに生涯を捧げることを誓わされた。

＊3――「別の自然」「別の太陽」は、ゲルツェンの愛唱するシラーの詩「異郷の乙女」より。ここではドイツの保守的ロマン主義者を揶揄することに使われている。

＊4――「ギリシャの七賢人」はギリシャの半ば伝説の賢人・哲学者たち。実用的な生活の知恵を分かりやすく教えたとされる。

＊5――マクベスは睡眠中の王ダンカンを殺害した（シェークスピア『マクベス』第二幕第二場）。それによってマクベスは眠れなくなり、「マクベスは眠りを殺した」と自嘲した。

＊6――ラ・フォンテーヌの寓意詩『ドナウの農民』より。

＊7――ベランジェの詩「自死」より。

＊8――一六四四―一七一八、北アメリカ、ペンシルヴァニア州の創始者。

＊9――ルソーの弟子ともいうべきフランス革命時の「山岳派」は、師の「社会契約論」の思想を一七八九年の「人権宣言」と一七九三年の憲法に盛り込み、独裁政治を断行、多数の反対派を処刑したが、最後には自分たちが処刑された。

＊10――一八三〇年の革命の結果、金融ブルジョアジーの支配権が確立された。

＊11――シェークスピア『マクベス』の中のマクベスのセリフ（第五幕第一場）。

＊12――イタリアの哲学者ジャンバッティスタ・ヴィーコ（一六六八―一七四四）の歴史観。

＊13――ギリシャ神話では、クロノス（ローマ神話ではサトゥルヌス）はわが子に権力を奪われるという予言を怖れ、生まれてくる子供をすべて食べ殺したが、母（レア）により石に姿を変えられて生き延びた末子ゼウス（ローマ神話ではジュピター）によって、覇権を奪われた。

＊14――古代ローマで皇帝が入場するときに叫ばれる剣闘士の言葉。

＊15――タキトゥスはその著作の中で絶えずローマの滅亡を予感し、それを嘆いた。

＊16――当時エンケの彗星が地球に衝突するという噂が広まっていた。

＊17――シェークスピアの『ハムレット』でハムレットが墓場でホレーショーに言うセリフ（第五幕第一場）。

## Ⅱ　嵐の後

＊1――エリザ・ラシェル（一八二一―五八）はフランスの女優。この時、ゲルツェンと共にツルゲーネフやアンネンコフらが彼女の歌った「マルセイエーズ」を聴いていた。
＊2――ブルジョア自由主義者の機関紙《ナショナル》が六月事件の折に政府によるパリ市民の弾圧を支持したことを念頭に置いている。
＊3――一七八九年の時の革命歌「マルセイエーズ」に代わって歌われた。
＊4――この年、パリはナポレオン一世を追走してきたロシア軍とプロイセン軍に占領された。
＊5――バイロンの『アビドスの花嫁』（第二の歌二十六連）より。
＊6――一七九三年の革命法廷の検事（一七四六―九五）。
＊7――ローマ皇帝ネロは自分を王位に就けてくれた母の殺害を命じた。
＊8――一七九三年一月二十一日にフランス王ルイ十六世は処刑された。
＊9――ジロンド党員の一部はルイ十六世の処刑に反対の票を投ずることをためらったが、国民公会ではその処刑に反対する立場をとった。
＊10――一七九三年十月に処刑されたジロンド党員のことを言っている。
＊11――一七九四年四月五日にダントンとその一統が処刑された。
＊12――ロベスピエール、サン・ジュストらジャコバン党員が一七九四年七月二十八日に処刑された。
＊13――アナカルシス・クローツ（一七五五―九四）は全世界の共和国化を夢見た。

＊14――フランス革命の時以来自由のシンボルとしてかぶられた赤いふちなしの帽子。

＊15――ゲルツェンの記憶違い。憲法制定議会の選挙が行われたのは一八四八年四月二十三日。六月事件の二ヶ月前である。

＊16――パリの大司教アフルは一八四八年六月二十五日、蜂起を思いとどまらせようとバリケードの市民を説得している最中に、政府軍の銃弾に斃れた。

＊17――パリ市民を弾圧するためにカヴェニャックに全権を委ねた憲法制定議会のこと。

＊18――ゲルツェンが一八四八―五〇年の政治状況の中で「山岳党」と呼んでいるのは、ルドリュ・ロランが指導する自由主義的共和主義者たちのこと。

＊19――二月革命の後ラムネーは《Le Peuple constituent》を刊行し始めた。「陰鬱な呪い」とはこの雑誌の最終号の論説のこと。ここでラムネーは六月の弾圧を激しく非難した。この論説のゆえにこの雑誌は発禁処分を受けた。

＊20――一五七二年八月二十四日、旧教徒による新教徒ユグノー派の大虐殺事件。

＊21――一七九二年九月初頭、収監されていた反革命派の囚人が、当時パリに進軍中のプロイセン軍との内通を怖れた革命政府によって、大量に殺害された。

＊22――六月二十七日、パリを制圧したカヴェニャックの勝利を祝って、イルミネーションが灯された。

＊23――ナポレオン一世のこと。

＊24――一八〇六年、ヴァンドーム広場の円柱の天辺《てっぺん》に据えられたナポレオンの像は、一八一四年

にはいったん取り外されたが、一八三三年に復活した。

＊25――一八四〇年にナポレオン一世の遺灰はセント・ヘレナ島からパリの廃兵院に移された。

## Ⅲ　単一にして不可分なる共和国の第五十七年

＊1――一八四八年九月二十二日（革命暦五十七年葡萄月一日）フランス第一共和政の五十七周年が祝われた。

＊2――一八四八年十二月十日の大統領選挙投票日までの間、カヴェニャックによる独裁体制が続いた。

＊3――臨時政府のメンバーは、民衆の圧力に押されていったんは共和制を宣言したものの、立法議会の議員となるや、カヴェニャックに全権を委ね、民衆の蜂起を鎮圧させた。

＊4――サン・クルーはパリ近郊の町でルイ・フィリップの夏の宮殿があった。二月二十四日、王座を追われたルイはまずはここに逃げ込んだ。その後、同じこの日に市庁舎では臨時政府が発足し、共和制の樹立が宣言された。

＊5――キリストが囚われの身となった時、身の危険を恐れたペテロは、イエスの予言したとおり、自分は彼の仲間ではないと三度まで否定した（『マタイによる福音書』第二十六章六十九―七十五節）。

＊6――一八五〇年の版ではこの文章のあとに次の文章が続く。「同じことが政治の世界にもあてはまる。社会的大変革といえども、勿論、フランスを消し去ることはできない。だが、ル

イ十四世のフランス、ナポレオンと王政復古のフランスは生き続けることができない」。

＊7――マルサス『人口論』初版（一七九八年）より。

＊8――ニコラ・ジョルジュ・ジルベール（一七五一―八〇）。フランスの風刺詩人。貧しい農民の出身。

＊9――ゲルツェンが念頭に置いているのは、一八四八年七月五日に憲法制定議会がパリの貧民向けに三百万フランを拠出することと、労働者の協同組合への補助として三百万フランの支出することを決めたこと。

＊10――ジェルジャーヴィンの「至賢なるキルギス・カイサツの王女フェリーチェの頌歌」より。

＊11――ゲルツェンがここで、ギリシャ文化の継承者をもって任ずるビザンツ帝国の王朝の名を出したのは、生を終え死を運命づけられた文化を例示するため。

## Ⅳ VIXERUNT!

＊1――この日、去る十一月四日に国民議会で制定された憲法がコンコルド広場で宣言された。

＊2――戒厳令下の軍事独裁者カヴェニャック将軍の風貌を描いている。

＊3――国民議会議長マラストの風貌を描いている。

＊4――一八三〇年革命の時に斃れた人びとを悼んで、一八四〇年にバスチーユ広場に建てられた記念柱。

＊5――Ｉ「嵐の前」を参照。

＊6——七九年八月二十四日、ポンペイを埋没させた。

＊7——四八年革命時のウィーンには再三にわたりバリケードで堡塁が築かれた。

＊8——シェークスピア『ハムレット』第五幕第二場。ノルウェーの若き王フォーティンブラスが登場し、ハムレットの英明さを称え、その早すぎる死を悼む。

＊9——一八四八年八月六日、ラデツキ元帥の指揮のもと、オーストリア軍がミラノを制圧した。この出来事はイタリアのリソルジメント運動の死命を制した。

＊10——ドイツにおける四八年革命の結果フランクフルト・アム・マインで発足した全ドイツ国民議会を皮肉っている。

＊11——サルデニア王カルロ・アルベルトは独立運動の高揚を背景として、一八四八年三月二十三日、いったんはオーストリアに宣戦を布告しイタリアの解放運動の先頭に立とうとしたが、民衆運動のあまりの高まりに怯《おび》え、同年八月にはオーストリア軍と停戦協定を結んだ。

＊12——ピオ九世は民衆蜂起の圧力に屈していったんは政治改革を試みたが、すぐにそれを撤回し、オーストリアとの戦闘の停止を命じた。

＊13——オーストリア軍の兵士のこと。

＊14——マリー・アントワネットの側近で、ルイ十六世の反革命政治に深く関与していたが、一七九二年九月に処刑された。彼女に対する民衆の憎しみは深く、人びとは彼女の首を槍に差し、パリ市中を練り歩いた。

＊15——パレルモの蜂起は一八四八年一月十二日に始まった。

＊16――一八〇七年二月、エイラウ近郊で行われたナポレオン軍とロシア軍との戦闘では、一日で四万人の将兵が死傷した。

＊17――一八〇七年六月二十五日、ナポレオン一世とアレクサンドル一世のネマン河上での最初の会見が行われ、その結果、同年七月七日にティルジット平和条約が成った。

＊18――フランス王ルイ・フィリップのこと。

＊19――フランソワ・ギゾー（一七八七―一八七四）のこと。彼は一八四八年革命の前夜、首相の地位にあった。

＊20――ラマルチーヌのこと。彼は革命によって成立した臨時政府で外務大臣を務め、事実上政府全体を動かした。

＊21――二月二十六日に「三色旗」が新しい共和制の国旗と定められた。この事実にゲルツェンは「人民の革命」がブルジョアジーに簒奪されたことの象徴を見た。

＊22――ジャン・ポール・マラー（一七四三―九三）のこと。

＊23――フランソワ・ヴァンサン・ラスパイユ（一七九四―一八七八）は彼の雑誌《人民の友》で反臨時政府の論陣を張った。

＊24――ゲルツェンは臨時政府の内務大臣ルドリュ・ロランが四八年三月八日と十一日に出した回状をこのように呼んでいる。この中でロランは政府部内の各所から君主主義者を放逐し、そのポストに共和派を就けるように指示した。

＊25――一八四八年六月事件以後、国民議会によってパリに敷かれた戒厳令は、同年の十月まで続

いた。
＊26――アルジェリアのフランス軍で行われていた厳罰刑。
＊27――パリの大司教アフルのこと。Ⅱの注16を参照。
＊28――シェークスピア『リア王』第二幕第四場より。
＊29――アルマン・バルベスは一八三九年の蜂起に参加した廉で死刑判決を受けたが、ルイ・フィリップはこれを終身刑に代えた。
＊30――一八三三年没。出生不明の捨て子。一八二八年に出現した時、その数奇の運命はヨーロッパ中の関心を集めた。ゲルツェンは文明から切り離されて育った彼の境遇を民衆のそれになぞらえている。
＊31――セルバンテス『ドン・キホーテ』第二部四二―五三章参照。サンチョが断ったのは、正確には知事の座。
＊32――ルイ・ナポレオンはナポレオン一世の甥である。
＊33――一八四八年三月十六日に、臨時政府によって導入された、土地を所有するすべてのフランス人に課せられた直接税。農民には不評であった。
＊34――マラストもオディロン・バロも、当時のフランスの政治家。

## V　CONSOLATIO

＊1――イエスの一滴の涙によるラザロの復活のこと（『ヨハネによる福音書』第十一章十七―四

十五節)。
＊2――アントワーヌ・モンティヨン(一七三三―一八二〇、男爵)は莫大な財産によって亡命貴族の救済に当たり、また、フランスの芸術や産業を奨励するために私財を投じた。遺言により貧民救済のための「徳賞」をはじめ、文学賞や科学賞を設けた。
＊3――清廉をもって聞こえたアテナイの政治家。紀元前六―五世紀の人。
＊4――初期キリスト教の苦行僧で柱頭に座して修行を積んだ。四―五世紀の人。
＊5――ルソーの『社会契約論』の冒頭の一節。
＊6――アリストテレス『形而上学』(第一巻三章)。
＊7――セネカもキケロもローマ時代の哲学者・政治家。彼らの思想の影響が民衆のレヴェルに及ぶことはなかった。
＊8――ロベスピエールが一七九三年十一月二十一日にジャコバンクラブで語ったセリフ。
＊9――一七九四年五月七日に国民公会によって布告された法令により、同年六月八日に「至高なる存在」の祭典が行われた。
＊10――クローツ(通称アナカルシス、一七五五―九四)は神の敵を標榜し反宗教を貫いたが、民衆のためには宗教は必要と考えるロベスピエールと対立して処刑された。

## Ⅵ　一八四九年へのエピローグ

＊1――一八四九年一月から二月にかけて開かれた法廷で、二人の反徒が死刑を宣告され、断頭台

で処刑された。これは死刑の廃止を宣言した臨時政府の布告への最初の侵犯であった。

＊2――一八四九年三月から四月にかけてブールジュで開かれた法廷では、一八四八年五月十五日のパリの示威行進を組織したバルベス、ブランキ、ラスパイユらに追放、あるいは長期にわたる禁固の判決が下された。

＊3――一八四八―四九年に英領イオニア諸島中の島、ケファロニア島で民族の独立を目指す民衆の蜂起があったが、イギリス軍によって苛酷に弾圧された。

＊4――一八四九年五月から六月にかけてのバーデン公国での革命運動は、プロイセン王の弟ウィルヘルムの指揮する軍隊によって鎮圧された。ウィルヘルムは後にドイツ帝国の初代の皇帝になる人である。

＊5――フランス人のこと。フランス軍は一八四九年七月、法王ピオ九世を救うという名目でイタリア共和国に介入し、ローマ市民の抵抗運動を圧殺した。

＊6――ハンガリーの革命軍の司令官アルトゥール・ギョルゲイ（一八一八―一九一六）は一八四九年八月、ロシア軍に降伏した。

＊7――ローマの司令官にして執政官たるガイウス・マリウス（前一五七―前八六）のこと。農民の出身で、大地主や奴隷所有者に抗して繰り返し闘った史実を踏まえ、ここでは「復讐の権化」とみなされている。

＊8――ブルム（一八〇七―四八）は四八年革命時のサクソニア地方の革命運動の指導者。フランクフルト議会によって派遣されウィーン蜂起に加わったが、反革命軍に捕縛され、処刑さ

れた。

＊9――フランス大革命時、一七九三年四月に国民公会により全権を委ねられた社会救済委員会は、ロベスピエールを初めとする五人のジャコバン派によって牛耳られていた。

＊10――ナポレオン一世の帝国を指す。

＊11――ジョセフ・ド・メストル（一七五三―一八二一）は反革命の拠り所として法王の権威を掲げ、一八一九年に『法王論』を書いた。同時に彼は革命の圧殺を是認する立場から、「反徒」の死刑を支持した。

＊12――バルトホルド・ゲオルク・ニーブール（一七七六―一八三一）はドイツの古代史家。古代ローマ研究の第一人者。もろもろの出来事の因果関係を予言（Divination）によって説明する傾向があったとされる。ゲルツェンは彼ならば二つの革命をどのような予言によって説明したか、と皮肉っている。

＊13――バイロン（一七八八―一八二四）のこと。本文に「三十七歳」とあるのは誤り。正しくは「三十六歳」。

＊14――シェークスピア『ハムレット』第一幕第五場より。

## Ⅶ Omnia mea mecum porto

＊1――《人民の声》誌一七八号（一八五〇年三月二十九日）に掲載されたプルードンの論文「三月十日の哲学（第二論文）」の末尾の一文。

＊2――ゲーテの『風刺詩』からの不正確な引用。
＊3――一七三七―九八、イタリアの生理学者、解剖学者。蛙の解剖中に電流の存在を発見、ボルタの電池の発見にヒントを与えた。
＊4――シメオンは神殿に見た幼児イエスに神の子の誕生を予見し、「今こそ死なめ」と安んじて死に赴いた（『ルカによる福音書』第二章二十五―三十二節）。
＊5――神はソドムとゴモラの町をその堕落のゆえに滅ぼしたが、ロトと二人の娘は助けた（旧約聖書『創世記』第十九章一―二十九節）。
＊6――一八四八年から四九年にかけて行われたプルードンと山岳派との論争。
＊7――一八四八年末から四九年初頭にかけて書いた論文でルイ・ナポレオンを厳しく批判して収監されていたプルードンは、一八五〇年二月五日に《人民の声》誌に「皇帝万歳！」と題する論文を書いてルイ・ナポレオンをさらに厳しく批判することによって、獄中にあってさらに厳しい処分を受け、雑誌は廃刊とされた。
＊8――エチエンヌ・カベー（一七八八―一八五六）は共産主義のコロニー（「イカリア」）を建設しようと、一八四九年に少数の労働者と共に北アメリカに渡ったが、失敗した。著書に『イカリア旅行記』がある。
＊9――イタリアのチタノ山中にある世界最古（三〇四年建国）の小共和国。聖マリアンヌ（サン・マリノ）と共に迫害を逃れたキリスト教徒によって建てられた。
＊10――「アドルフ」の間違い。

## Ⅷ　ヴァリデガマス侯ドノゾ・コルテスとローマ皇帝ユリアヌス

＊1――聖書によれば使徒トマスはイエスの傷口に触れてみるまで、イエスの復活を信じようとはしなかった（『ヨハネによる福音書』第二十章二十四―二十九節）。

＊2――一八五〇年一月三十日、スペインの政治家ドノゾ・コルテスはマドリッドの議会で、社会主義革命の脅威を語り、その対抗措置として治安部隊と法王権力の強化を訴え、一部の人びとの熱狂的な支持を受けた。

＊3――ルイ・アドルフ・ティエール（一七九七―一八七七）は立法議会に国民教育に関する法案を提出し、初等教育をカトリック教会に委ねるべきことを提案した。

＊4――アンリ四世が一五九八年に発した「ナントの勅令」により、フランスにおける宗教戦争は終結し、プロテスタント（ユグノー）は一定の条件付きながら、信教の自由を得た。

＊5――一八一六年の作。前年に起こったインドネシアのタンボラ山の大噴火によりヨーロッパ全土は黒雲に包まれ、終末の意識が広まった。『闇』はその狂躁に題材をとっている。

＊6――十二―十三世紀のフランス南部に多かったキリスト教の異端の一派「アルビジョア派」は、法王イノケンチウス三世の命により、大々的な弾圧を蒙った。

＊7――アレクサンドル・ボシャール（一八〇九―八七）は一八四八年五月の示威行進と六月事件に関する「調査委員会」のメンバーで、左翼勢力を厳しく告発した。小プリニウス（六〇頃―一一四頃）は小アジア地方の提督であった時、皇帝トラヤヌスに、キリスト教徒にと

って不利な報告を送ったところ、皇帝は入信者の処罰は認めたものの、匿名による「密告」に基づき処罰することは禁じた。

＊8――テルトゥリアヌス（一六〇頃―二二二頃）はキリスト教神学者・伝道者。キリスト教徒の迫害に抗議する書（Liber apologesticus）をローマの官憲に送った。

＊9――ブランキ、ラスパーユ、バルベスら、一八四八年五月十五日事件で裁かれた者たち。

＊10――「背教者」ユリアヌス帝がキリスト教の勝利を認めて叫んだとされるセリフ。

# 解説

長縄光男

ここに訳出した『向こう岸から』(一八四七―五〇年)は、ロシア人亡命者、アレクサンドル・ゲルツェン(一八一二―七〇年)が書いた「四八年革命」論である。時期を同じくして、ゲルツェンは『フランスとイタリアからの手紙』(一八四七―五一年)という書簡体の評論集を書いているが、こちらには時局論的色彩が強いのに対して、『向こう岸から』は哲学論、文明論といった趣がある。

一八四八年の革命、とりわけパリに始まった「二月革命」についての優れた評論として、われわれはすでにトクヴィルの『フランス二月革命の日々』とマルクスの『ルイ・ボナパルトのブリュメール十八日』を持っている。前者が勝利したブルジョアジー、とりわけ中産的ブルジョアジーの視点から書かれた著作であり、後者が敗北したパリの市民・労働者(「プロレタリアート」）の視点から書かれた著作であるとすれば、ゲルツェンの著作もまた、明確に、敗者の視点から書かれている。

トクヴィルの著作の眼目は、社会主義者・労働者の攻撃から、「フランス国民」がいかに一致団結して国の安寧と秩序を守ったか、その経過を記述し、その原因を究明し、そして、今後このような革命をなくすには何が必要かを考察することにあった。その彼にとって、六月事件はまさに全フランス国民の「勝利」であった。たとえば、彼はこの事件についてこう書いている。

「それは必然的で痛ましい事件であった。それはフランスから革命の火を消し去りはしなかった。しかし、少なくとも一時の間、二月革命に固有の仕事といいうるものに終止符をうった。六月事件はパリの労働者の圧政から国民を自由にし、国民を国民自身のものとした。」（喜安明訳『日々』、岩波文庫、二六七頁）

確かに、トクヴィルは兵士に「捕虜を殺してはならぬ」と命ずる。しかし「戦おうという様子の者は直ちに殺さねばならぬ」とも言う（同、二八三頁）。ここには屠られた者への哀悼の念はない。

他方、ゲルツェンと同じ敗者の視点から書かれた著作ではあっても、マルクスとゲルツェンとの間には大きな違いがある。マルクスから見れば、六月事件が「最初の階級決戦」と規定されていることからも知られるように、この年に始まる一連の事件は「ブルジョアジー」と「プロレタリアート」という、近代社会を分ける二つの「階級」の最終的決戦へのプロローグであった。したがって、この著作の最大の関心事は、この諸事件から「プロレタリアート」が最終的に勝利するためにいかなる教訓が得られるか、ということにあった。その意味で、マルクスにとって六月事件に集約される二月革命の敗北は、プロレタリアートの最終的な勝利にとって避けて通れない、必然的なプロセスの一コマに過ぎなかったのである。しかし、ここにも斃れた者への哀惜の念は希薄である。

これに対して、ゲルツェンの最大の関心事は、この出来事の中で「人間」が、それも大文字で書かれるべき「人間」ではなく、小文字で書かれる「人間」、「生身の人間」がいかに扱われていたか、という点にあった。パリの街頭で白昼公然と繰り広げられた、あまりにもむごたらしい殺戮への恐怖と怒りが、あたかも通奏低音のように、著作の全編に響き続けているのはそのためである。

専制と農奴制の国ロシアから来た者から見れば、農民に対する官憲の専制や地主の横暴をも児戯に等しくするような人間の肉体へのかかる残虐な行為が、近代文明の精華たるフランスで、しかも、その首都パリで行われえたのはなぜか——ゲルツェンが本書の全体を通じて執拗に問うのは、その根本的な原因であった。その過程でゲルツェンの思索は、近代思想の陥穽を暴き、近代文明そのものの終焉を宣告し、人類の歴史にとっての新しい理念を模索する。

ゲルツェンが一貫して「人間」にこだわり続ける理由は、彼が生まれ育った時代環境の中に、すでに見て取れる。

＊　＊　＊

アレクサンドル・イワノヴィッチ・ゲルツェンはロシアにナポレオンの侵攻が始まる直前の、一八一二年四月六日（西暦）にモスクワで生まれた。父方のヤーコヴレフ家はロマノフ王家とは遠縁にあたる名門貴族であったが、母方はビュルテンブルグ公国の下級官吏であった。こうした身分違いのためか、父イワン・ヤーコヴレフは母ルイーゼ・ハークと、ついに正式に結婚することがなかった。したがってアレクサンドルは「私生児」ということになった。父はドイツ語の「ヘルツ」をもとに、「ゲルツェン」という姓を創って息子に与えた。「心の子」ともいうほどの意味だから、決して悪い姓ではない。実際、「私生児」とはいえ、その生活の実態は大貴族の子弟のそれとなんら変わるところはなかったのである。

しかし、出生の事情と不自然な父母の関係は、幼いゲルツェンの心に屈折をもたらさずにはおかなかった。彼の思想の根底に流れる「反権威」「反デスポチズム」の精神が、母への冷たい仕打ちに対する、父への反感に素地を持つことは否定しがたい。

ゲルツェンが青年時代を過ごしたニコライ一世治下のロシアは、専制政治と農奴制の極致にあった。周到に張り巡らされた秘密警察は些細な反体制の動きも見逃さず、すべてを萌芽の内に摘み取った。他方、農奴農民への収奪の苛酷さも、この時代、頂点に達していた。鞭や棍棒による制裁は役所や軍隊や警察はおろか野良にも横行し、スリッパや靴や平手による殴打も日常茶飯のこととして、屋敷内に瀰漫していた。地主殺しが最も多発したのもこの時代のことである。要するに、この時代のロシアにいたのは少数の大小の専制者と大多数の奴隷ばかりであって、そこには上にも下にも「人間」はいなかったのである。農奴農民によって流されるこの血と涙に共苦し、彼らの肉体と心の痛みを自らの痛みとしうるような、鋭敏な感受性の持ち主に育っていたゲルツェンにとって、彼らの、そして自分たちの「人間性」をどうしたら取り戻せるかという問いこそ、その思索のコアとなったものにほかならない。

ゲルツェンのこの感性を育んだのは、皮肉なことに、父の蔵書であった。彼は地主としてこそ小型の専制君主ではあったが、教養的には西欧文化への深い造詣の持ち主だったのである。ゲルツェンがその蔵書で学んだのはルネッサンスから始まり、合理主義思想が成立し、さらにその批判者としてロマン主義が登場するという、近代西欧思想の大道であった。なかでも、彼の関心をとりわけ強く引いたのは、フランス百科全書派の著作であった。これはイデオロギー的には市民革命の思想ではあるが、「市民」不在のロシアでこれを読む者にとっては、それは何よりも「人間解放」の思想であった。人間は古い秩序と権威から解放されなくてはならない、君主の権力と神の権威から自由にならなくてはならない、そうして初めて人間はその本来的の姿、その尊厳性を取り戻すことができるだろう――父の蔵書が教えたのはこのような思想であった。専制と農奴制のロシアにこれを当てはめれば、農奴農民はツァーリズムや地主の横暴と宗教（正教）の呪縛から解放され、自由な人間にならなくてはならないということになる。そうして初めて農奴農民は――そして彼らを支配する自分たちも――「人間」となることができるだろう。彼はそのように語ったことにより、逮捕と流刑の辛酸を幾度となく舐めなければならなかったのである（一八三五―四〇年、ペルミ、ヴャトカ、ウラジーミル、一八四一―四二年、ノヴゴロド）。

その彼が警察の監視を解かれ、出国を許されるのは一八四七年の初め――以後、彼は、当初は旅行者として、後には亡命者として、検閲を受けない自由な言論によって専制と農奴制のロシアを批判しつつ、命の尽きる一八七〇年一月二十一日まで、西欧で活動し続けることになるのである。

＊　＊　＊

「二月革命」の報をゲルツェンはイタリアで知った。当時イタリアは「再生運動」（リソルジメント」の只中にあり、その民心の高揚に酔い痴れていたゲルツェンは、パリの出来事に前の世紀の出来事を重ね合わせた。ゲルツェンは新しい「革命」に「大革命」の再来を期待したのである。

だが、その現実は徐々に彼の期待を裏切っていった。まず、四月二十八日——この日、選挙の不正に抗議して立ったルーアンの労働者は早くも流血の弾圧に屈していた。ゲルツェンはこの血に「不吉なことの前兆」を見た。次いで、五月十五日——ポーランドの独立運動への支援を拒否する政府に対する抗議行動は、国民軍によって蹂躙された。彼はこの事件に早くも二月の共和制の「死」を予感している。

そして、「六月事件」——二十三日に始まった戦闘は二十六日には終結した。伝えられるところによれば、この事件による逮捕者は一万二千、バリケードの銃撃戦で倒れた者は四、五百人。そして、三千人にも上る叛徒が戦闘の終わった後に銃殺されたという（ジェフロア『幽閉者——ブランキ伝』、野村・加藤訳、現代思潮社、一九七三年、一六一頁）。

確かに、ロシアでは暴力は日常茶飯事のことであり、そのために死者が出ることもありはしたが、しかし、これほどの数の処刑者が一時に出るなどということは、十六世紀、イワン雷帝の時代ならいざ知らず、十七世紀このかた、ロシアの歴史はついぞ知らなかったのである。Ⅱ「嵐の後」の全篇は、この事件がロシア人旅行者に与えた心理的衝撃の大きさを如実に伝えている。

六月事件を頂点とする一連の出来事からゲルツェンが得た教訓――それは、超越的なドグマと化した時の思想が、人間に対していかに暴力的になりうるかということであった。臨時政府は「共和制を守る」、「公共の秩序を守る」という名目のもとで、大量の血を流したことを正当化する。だが、この論理は、つまるところ、信仰の「正統性を護る」という名目のもとに、「異端派」を火炙りにして憚らなかった中世のキリスト教の論理とどこが違うというのか、とゲルツェンは問う。近代思想が中世の思想から離陸しえたのは、「神」に対する「人間」の自立性を認識したことにあったはずだ。しかし、それは実は、西欧近代の思想から「神」がいなくなったということを意味してはいなかった。彼は西欧に出る以前に書いた『自然研究書簡』(一八四五―四六年)という著作の中で、デカルトとベーコンに始まりヘーゲルにいたる西欧思想の歴史を批判的に総括して、「封建主義は宗教改革を生き延びた。それはヨーロッパの新しい生活のあらゆる現象に浸透している。これはルターの改革や前世紀の最後の歳月の改革にもかかわらず生き残っている」と書いているが(三十巻著作集第三巻、二四三頁)、ゲルツェンが六月事件に見たのは、すでに見抜いていた西欧思想の陥穽の実例だったのである。いかなる高邁で進歩的な理想や理念といえども、それが絶対視しされ、人間に対して超越的な「聖典」となってしまえば、それはいつでも「神」に変身しうる。そして、その「神」の名においてすべてが弁明されるのである。ゲルツェンに言わせれば、（たとえば、ドストエフスキーが言っているように）「神を失った人間にはあらゆることが許されている」のではなく、逆に、神がいればこそ、あるいは、神が味方だと思えばこそ、人間にはあらゆることが許されてきたのだ。

そうした目で二月革命の「共和制」を見れば、「人間」にとって抑圧的な存在と化したというその一点において、それは本質的に古い「君主制」と何ら変わりがないということになる。ゲルツェンにとって政治学上の「進歩」という観念は、いかなる意味も持たないのである。彼はⅡ「嵐の後」で書いている。

「宗教的なもの、政治的なものがすべて人間的で単純素朴なものに、批判と否定に曝されるものにならない限り、世界に自由はないだろう。成熟した論理は聖典と化したもろもろの真理を憎む。それはこれらから天使の位を剝奪し、これらを人間の位に就ける。神聖なる機密を明白な真理とする。それは何ものも神聖にして不可侵なものとは見なさない。もし、共和制が君主制と同様の諸権利をわがものとするなら、君主制を侮蔑したように、いや、それよりははるかに激しくこれを軽蔑する。（中略）「共和制」という名目には、心情により強く訴えかけるものがある。君主制はそれ自体宗教であるが、共和制には神秘的な言い訳はない、神聖な権利もない。それはわれわれと同じ地盤に立っている。王冠を憎悪するだけでは足りない。フリジア帽をも尊敬することをやめなくてはならない。大逆罪を罪と認めないだけでは十分ではない。人民の福祉をも罪と認めなくてはならない。」（本書八一―八二頁）

ゲルツェンから見れば、その後の歴史の現実は西欧にはいまだに君主制が、そして神が生き残っているという自らの思想の正しさを、余すところなく立証した。というのは、フランスの共和制は大統領ルイ・ボナパルトのクーデターにより帝政に変じ（一八五二年）、イタリアのリソルジメントはヴィットリオ・エマヌエレ二世のサルデニア王国に帰着し（一八六一年）、そして、ゲルツェンの死んだ翌年のことだが、ドイツではプロイセンを中心とした統一国家が、「帝国」を宣言する（一八七一年）ことになるからだ。

だが、そもそも「進歩」とはなにか。「歴史の目的」とは何か――近代思想にとっての核心ともいうべきこの観念をも、ゲルツェンは「一回限りの生しか持ちえない生身の個人」の名の下で、裁きにかけようとする。

「もし進歩が目的ならば、私たちは誰のために働いているのでしょう。（中略）貴方は現代の人びとに、いつの日にか他の人びとが踊るテラスを支える女人像の柱の悲しい運命を振り当てようというのでしょうか……あるいは、神秘の金羊毛を乗せ、「未来の進歩」とうやうやしく書かれた旗を掲げた平底船を膝まで泥に浸かって曳くあの不幸な人夫であれというのでしょうか。疲れ果てた者たちは道半ばで倒れ、新鮮な力に溢れた別の者たちが綱を引き継ぎますが、道は、貴方ご自身がおっしゃったように、歩き始めたときと同じくらいにたくさん残っています。なぜならば、進歩は果てしないからです。（中略）果てしもなく遠い目的、それはもはや目的ではなく、言うなれば、トリックなのですから。目的は近くにあって、少なくとも、働きにふさわしい報酬が、苦労に見合うだけ楽しみがなくてはなりません。」（Ⅰ「嵐の前」、本書六〇―六一頁）

では、人間は何のために生きているのか。その「究極の問い」に対してゲルツェンはこう答える。

「生まれてきたから生きてゆくという、ただそれだけのことですよ。万物はなぜ生きているか――思うに、これは究極の問いです。生きるということは目的であり手段であり、原因であり結果です。それは平衡を求めながらすぐにそれを失ってしまう、活動的で緊張に満ちた、物質の永遠に続く不安です。（中略）私たちは目的というものをしばしば、自分たちが習い覚えた同じ成長の首尾一貫した段階のことと見なしています。私たちは子供の目的は大人になることだと考えています。なぜならば、子供は大人になるものだからです。しかし、子供の目的はむしろ遊ぶこと、楽しむこと、子供であることなのです。もし究極を見るとすれば、生きとし生けるものの目的――それは死です。」（Ⅴ「CONSOLATIO」、本書一六七―一六八頁）

このように「一回限りの生しか持ちえない生身の個人」へのこだわりを中核として、「個別的なもの」、「現在的なもの」の視点から「歴史」を見る目には、「法則性」や「必然性」なる観念――いわゆる「ビッグ・ヒストリー」あるいは「グランド・セオリー」なるものも、疑惑の対象とならざるをえない。だが、「歴史の法則」といい、「歴史の必然性」といい、これらが厳然として存在するということは、啓蒙的合理主義にとっても、これを批判して登場したロマン主義にとっても、どちらにとっても暗黙の了解事項であった。ただ、違いは、前者が「歴史の法則」や「歴史の必然性」を人間理性によって示されるもの、あるいは示されうるものと考えるのに対して、後者はこれらを「摂理」あるいは「神慮」として、神によってすでに与えられていると考えるところにあるだけだ。いずれにしろ、そのような超越的な観念が存在するという考え方に近代思想の特質が示されているといっても、過言ではないのである。その点では、階級闘争を歴史の原理とし、プロレタリアートの支配する社会の到来を「歴史の必然性」として予見するマルクスの思想にしても、この大枠から自由になってはいないと言ってよい。

しかるに、ゲルツェンはまさにこのような思想に反逆し、「今」を生きる個々の人間の主体性にこそ、歴史における価値を要求するのである。「未来がわれわれの書く台本通りに実現される保証はどこにあるのか」と彼は問い、書いている。

「道に予《あらかじ》め決められているわけではないでしょう……自然は自分の意図をほんの少し、もっとも一般的な規範としてチラリと見せるだけで、細部はすべて人びとの意思や環境や気候や何千もの偶然的出会いに任せてきました。結果を予め知ることのできない自然の力と意思の力との闘いと相互作用こそが、歴史のあらゆる時代に尽きせぬ興味を与えているのです。もし人類が何らかの結末に向かってまっしぐらに進むものだとすれば、歴史は存在せず、あるのはただ論理だけということになり、人類は動物のように本能的な status quo（現状）において出来上がったままに、一歩も前に進まないでしょう。」（I「嵐の前」、本書六三頁）

「歴史の法則」や「歴史の必然性」なる理念が、いわば「聖典」となって人間を束縛することを否定するゲルツェンではあったが、しかし、その歴史の大筋とその方向はすでに定まっているという認識はあった。彼は現代をローマ帝国の崩壊からキリスト教世界の成立にいたる時期にも似た、大いなる過渡期と認識しているのである。

自分の生きる時代を「過渡期」とする意識は、ゲルツェンがまだ若いころに、サン・シモンの新キリスト教の思想に触れたころから、すでにわがものとしてきた意識である。彼はこうした意識に基づき「リキニウス、あるいはローマの舞台から」と題する戯曲を流刑地ウラジーミルで書き（一八三九年）、その中で自分たちを帝政末期のローマの知識人になぞらえ、ローマの未来に絶望しながらも新しい原理の到来をいまだ信ずることのできない彼らのペシミズムを描いているが、このペシミズムは西欧の現実を目の当たりにしていよいよ深まりつつ、本書の中でも生き続けている。

このペシミズムの根底にあるのは、過渡期が依然として長く続かざるをえないだろうという見通しである。「現在」には清算されなくてはならない「過去」が、まだうずたかく積まれているのだ。

「ローマの苦悶は一体何世紀続いたのでしょう。この時代にはさしたる事件もなく、さしたる英雄も輩出せず、うんざりするような単調な時間が流れていたせいで、私たちにはそれがどんな時代であったか見えません。まさにこのような言葉を失った灰色の時代こそ、その時代を生きる者たちにとっては恐ろしいのです。そんな時代にも一年には同じように三百六十五日がありましたし、そんな時代にも燃えるような心を持った人びとがいました。しかし、その彼らは崩れ落ち散乱する壁の前で、色を失い途方に暮れていたのです。当時、どれほどの悲しみの声が人間的な心の中から漏れ出したことでしょう。彼らのうめき声は今でも私たちの心に恐怖を呼び起こします。」(I「嵐の前」、本書六八―六九頁)

ゲルツェンによれば、これはまさに今を生きる自分たちの姿でもあるのだった。

だが、古代ローマ帝国末期の知識人たちと異なり、ゲルツェンには深く恃む理念があった。それは「社会主義」である。古代のローマ世界が中世のキリスト教世界によって引き継がれたように、次なる新しい世界は「社会主義」によって引き継がれるだろう、とゲルツェンは考える。彼によれば、「社会主義こそがローマ帝国におけるナザレ人の教え」なのである。そして、彼は「社会主義に賭ける」とすら言い切る。しかし、そこに「神」は、勿論、不要である。彼は別の著作（『フランスとイタリアからの手紙』）の中で書いている。

「真の共和制〔社会主義〕が人びとにもとめるのはただ一つ、彼が人間であること、これである。それは人間への信頼に立脚している。」

「その宗教は人間であり、その神も人間であって、〈人間を措いては神も存在しない。〉」

だから、ゲルツェンは自らの「社会主義」を、その実現が法則性や必然性によって保証された「聖典」とは認めない。「現存した社会主義」が崩壊した今、われわれは彼の次のような言葉に、予見的な洞察を読み取ることができるだろう。

「社会主義も発展すれば、そのあらゆる段階において愚かしいまでに極端な帰結に行き着くだろう。その時、革命的な少数者の巨人の如き胸の裡から再び否定の叫びが迸り、再び決死の闘いが始まり、その闘いの中で社会主義は今の保守主義の位置を占め、未来の、われわれの知らない革命によって打ち負かされることだろう……。

これが、死のように仮借なく、誕生のように抗しがたい生命の永遠の戯れ、歴史の corsi e cricorsi（干満）、振り子の perpetuum mobile（恒久運動）というものだ。」（第六章「一八四九年へのエピローグ」、本書二〇〇頁）

何という自由で柔軟な発想であろうか。ここには相対主義者にして価値多元論者たるゲルツェンの面目が、躍如として示されてはいないだろうか。

四八年革命に対するゲルツェンのペシミズムの原因としては、「民衆《ナロード》」像の変貌ということも挙げなくてはならない。彼の理解によれば、先の世紀のフランスの大革命は「人民《ナロード》」の革命であった。しかし、その成果は「町人《メシチャニーン》」、すなわち「ブルジョア」に簒奪された。その原因は「人民・民衆」にまだ社会を担うだけの準備ができていなかったことにある。だが、彼が一八四七年十一月から四八年五月にかけて滞在したイタリアに見たリソルジメント運動の中の「民衆」は、まさに、政治的意識や自立的精神の高さにおいて彼の理想とする「民衆」――すなわち「人民」であった〔このような「人民」のイメージは、ネグリらの言う「マルチチュード」のイメージと重なるが、残念ながら、今このことを詳述している暇はない〕。彼はパリの二月革命をイタリアの「人民」による変革運動の延長上に理解した。二月の革命を「大革命」の再来と受け止めたのはそのためである。

しかし、現実の推移の中で、「人民」は彼の期待を徐々に裏切ってゆく。二月二十六日に赤旗に変わり三色旗が国旗と定められたことは、「人民」が再び革命の成果を「町人」に譲り渡したことの象徴であった。次いで、「六月事件」における敗北――そして、それ以降、ルイ・ボナパルトの大統領当選から「立法議会」選挙における保守派の圧勝へと、反革命が少数者の暴力の結果としてではなく、まさに圧倒的な多数者の意思として勝利してゆくのを見た時、彼は次第に「人民」の姿を見失って行くのである。彼が見る「民衆」はもはや「人民」ではなく、「大衆《マス》」なのであった。例えば、V「CONSOLATIO（なぐさめ）」には次のような文章がある。

「最初のキリスト教徒たちは何を教え、大衆は何を理解したでしょう。大衆はわけのわからないこと、愚かしいこと、神秘的なことはすべて理解しましたが、明瞭なこと、単純なことはすべて、彼らには分からなかったのです。大衆は良心を束縛するものすべてを受け入れましたが、人間を解放するものは何一つとして受け入れませんでした。かくして、後に彼らは革命を血の制裁、ギロチン、復讐とのみ理解するにいたったのです。苦い歴史的必然性が勝利の雄叫びとなりました。」（本書一七七頁）

こうした大衆観の書かれた個所は枚挙にいとまがないので、これ以上の引用は省略せざるをえないが、しかし、この種の大衆観にゲルツェンの大衆蔑視や人間不信を見るとすれば、それは誤りである。彼が描く大衆像は、非理性的行動原理をもった本能的な自然力として、一切の価値判断を超越している。そして、その根底には、合理的な了解の困難なこの「大衆」こそが、歴史そのものを作り出しているのだという、諦観にも似た冷厳な認識《リアル》である。ゲルツェンが発見した「歴史の創造者」としてのこの「大衆」の像に、ほぼ八十年を経てオルテガ・イ・ガゼットが描いた「大衆」のイメージを重ね合わせることは容易だろう（神吉敬三訳『大衆の叛乱』、ちくま文庫、一九九五年）。一方が十九世紀のロシア、他方が二十世紀のスペインという、共に西欧にとっては周辺的地域の出身者であるという事実が、この類似性をどれほど説明しうるか、興味深いところであるが、いまそれを語るだけの用意がないことを遺憾とする。

この本には、ゲルツェン自身も認めているように、「古くなったところ」がないわけではない。例えば、ゲルツェンが過渡的な現象と見做した「町人・俗物・プチブル《メシチャニーン》」の支配は彼の予期、あるいは、願望に反して今なお続き、「お金」は幾多の戦場をかいくぐりながら、今では「マネー」と名乗りを替えて、世界中をいよいよ元気に駆け巡っている。他方で、ゲルツェンが賭けた「社会主義」は、「歴史の進歩」やその「法則」の名のもとで、またしても人間の自由と尊厳を踏みにじった挙句、地上から姿を消した。
だが、「社会主義」に勝利したはずの「自由世界」でも、「〜のために」という「大義名分《イデオロギー》」は相変わらず「聖典」化され、人の血は今なお流され続けている。そして、一時に流される血にその量をいよいよ増している。加えて、神々の争いはいよいよもって熾烈である。ゲルツェンが案じてやまなかった「人間」、「生身の人間」の境遇は、いまだに、何も変わっていないのである。ということは、ゲルツェンの思索はまだ古びてはいない、ということではないのか。そもそも、一握りの金満家の投ずる「マネー」の行方に、万人が一喜一憂しなくてはならないような愚かしい世界が、果たしていつまで続きうるというのか。また、消えた「社会主義」は、果たしてゲルツェンが賭けた「社会主義」であったのか。「社会主義」と言えば消えた「社会主義」以外にありえないというならば、ゲルツェンの「社会主義」には新しい名前が与えられなくてはならないだろう。だが、それがどのような名前になるべきか、われわれはまだ知らないのである。

＊　＊　＊

ゲルツェンは体系的な思想家ではない。ある思想史家がいみじくも呼んだように、彼は「思索する人」なのである。彼の著作に「理論」を展開したものは皆無で、ほとんどがエッセーであったり、論争的対話あるいは、論争的書簡であったりするのはそのことを示している。この本でもⅡ、Ⅲ、Ⅵ、Ⅶ、ⅧがエッセーでありⅠとⅣとⅤが対話形式で書かれている。また、なかには、エッセーの途中で突然相手のいない対話が始まる場合もある（たとえばⅢ、Ⅶ）。つまり、彼にとって「エッセー」や「対話」あるいは「書簡」はポリフォニックなモノローグなのである。彼は相手を擬した自分との対話によって、時として自分自身を追い詰めながら、自分の思索を深めてゆく――それが彼の思索のスタイルなのである。その意味で、筆者は「解説」の必要に迫られ、ここで様々な角度からゲルツェンの「思想」を「まとめ」はしたものの、実は、本当のゲルツェンはこのような「まとめ」の中にはいない、あるいは、いたとしてもそれはほんの一部分でしかない、と言わざるをえない。ゲルツェンの「思想」の神髄は、重厚にして華麗な一つひとつの文章に乗せて語られる、アイロニーとユーモアとウィットに満ちたアフォリズム（警句、箴言、金言）の中にこそあるのだ。訳者としてはこれらを忠実かつ正確に訳そうと努力したが、ゲルツェンの格調高い文章と、それらの文章が持つ深い意味合いをどれほど再現し、伝え得たか、心許なさは拭えない。その出来栄えについては、読者の判定に委ねるほかはない。

表題にいう「向こう岸」とは何を意味するかについて、著者自身が明確に語っていないため、読者はこれを様々に想定することができる。

まず、「向こう岸」とは今現在自分たちが立っている「古い岸」の対概念として、「次代」、あるいは「未来」を指すというのが、最初になしうる想定だろう。だが、著作から知られるように、著者自身にはまだ「古い岸」辺の住人であるという認識がある以上、この著作におけるゲルツェンの発言が「未来」からなされていると想定するわけにはゆかない。

そう考えると、別の想定をしなくてはならなくなる。

未来の社会原理をゲルツェンが「社会主義」と呼び、その実現の地をロシアに擬しているところからすれば、「向こう岸」とは「ロシア」のこととも読めるだろう。

また、別の著作（『自然研究書簡』）の中で、ヘーゲルがデカルトの思想を近代思想の行き着いた「安住の港」になぞらえていることを揶揄するように、ここは「風待ちの港」に過ぎない、自分たちはここから出発するのだ、という意味のことを書いていることと思い合わせると、「向こう岸」とは、その行き着いた先の新しい港のこととも理解できるだろう。そうなると、「向こう岸」とは「新しい思想的到達点」という意味になるだろう。

もっとも、このように詮索してみたからと言って、訳者はこのうちのどれかにこだわるつもりはない。これらの想定のどれをとってみても話は通ずるというところに、この表題の持つ妙味があるというべきだろう。

翻訳にあたっては С того берега в кн.: *А. И. Герцен, Собрание сочинений в тридцати томах*, АНСССР, М., 1955, том шестой стр. 7–42.（『向こう岸から』、ソ連邦科学アカデミー編、アレク

サンドル・ゲルツェン三十巻著作集、第六巻、モスクワ、一九五五年、七―一四二頁所収）を底本とした。

この本にはすでに外川継男氏による同じ表題の優れた翻訳がある（現代思潮社刊、一九七〇年）。それにもかかわらず、この度、敢えて新しい訳を世に問うことにしたのは、一つには、この翻訳が出てからすでに四十年以上が経っており、新しい訳が出てもおかしくない時期になっているということ、第二に、この間、ゲルツェンの主著とも言うべき『過去と思索』が完訳され（金子幸彦、長縄光男共訳、全三巻、一巻平均六百頁、筑摩書房、一九九八―九九年）、また、二〇一二年にはゲルツェン生誕二〇〇年を記念して浩瀚な伝記（長縄光男『評伝ゲルツェン』、成文社）が刊行されるなど、ゲルツェンをめぐる研究環境も大きく変わったということ、そして何よりも、多年にわたりゲルツェンに親炙して来た訳者としては、ゲルツェンの最良の書ともいうべきこの本について、自分自身の翻訳を持ちたいという切なる願いがあったということ、こうした理由による。そして、私的な願望を含むこのような幾つかの理由を平凡社はよくご理解くださり、この度の翻訳刊行の運びとなった次第である。編集の任に当たられた保科孝夫氏には、特に深く感謝申し上げる。また、仲介の労を取られた中村喜和先生にも、深甚なる感謝を捧げる。

本書が広く世に受け入れられることを願ってやまない。

二〇一三年九月十六日

横浜・大倉山にて　長縄光男

平凡社ライブラリー　799

向《む》こう岸《ぎし》から

発行日…………2013年11月8日　初版第1刷

著者……………アレクサンドル・ゲルツェン
訳者……………長縄光男
発行者…………石川順一
発行所…………株式会社平凡社
〒101-0051　東京都千代田区神田神保町3-29
電話　東京(03)3230-6579［編集］
東京(03)3230-6572［営業］
振替　00180-0-29639

印刷・製本　……株式会社東京印書館
DTP …………平凡社制作
装幀……………中垣信夫

ISBN978-4-582-76799-5
NDC 分類番号138
B6変型判（16.0cm）　総ページ296

平凡社ホームページ　http://www.heibonsha.co.jp/
落丁・乱丁本のお取り替えは小社読者サービス係まで
直接お送りください（送料、小社負担）。